생사학 워크북 2

생사학 워크북 2

2024년 7월 3일 1쇄 찍음
2024년 7월 10일 1쇄 펴냄

지은이   생사학실천마을
펴낸곳   솔트앤씨드
펴낸이   최소영

등록일   2014년 4월 7일 등록번호 제2014-000115호
전화   070-8119-1192
팩스   02-374-1191
이메일   saltnseed@naver.com
ISBN   979-11-88947-14-0   03180

생사학 워크북 2

생사학실천마을 지음

양준석 · 김경희 · 오영진 · 이지원 · 배경담 · 장현정 · 정영미 · 김재경 · 이미영

솔트앤씨드

사는 법을 익히듯 죽음을 배운다

우리는 지금 과거와는 다른 새로운 시대를 살고 있습니다. 인지과학과 생명과학의 발달로 인해 생명복제, 생명연장 기술 등이 발달하면서 평균수명이 늘어나고 있으며 삶의 환경 또한 변하고 있습니다. 예전의 사람들과는 달리 더 많은 것들을 누리며 새로운 관계 경험을 통해 오로지 지금의 삶이 유일하고 영원할 것처럼 살고 있습니다.

그런데 이러한 생명연장과 삶의 환경 변화가 진정한 의미에서 '인간다운 삶'을 담보하며 발전하는 것인지에 대해서는 여러 의견이 있습니다. 특히 윤리학의 관점에서 자율성과 생명존중에 대한 첨예한 논쟁으로 커다란 딜레마에 빠져 있습니다. 특별히 생명과 삶, 죽음에 대한 주요한 원리와 논의를 끌어내면서 '인간이란 무엇인지', '인간다움은 무엇인지'를 탐구하는 철학적 입장에선 여간 고민스러운 것이 아닙니다. 이 딜레마를 떠올리면 육체적인 고통(pain)뿐만 아니라 정신적인 괴로움(suffer)을 겪고 있는 임종기의 환자나 생의 마지막 시기를 지나는 사람들을 향해 진정한 삶의 목적과 의미에 대한 질문들을 던지게 됩니다. 예를 들면 안락사1나 존엄사2와 같은 불편한 진실들이 수면 위로 떠오르는 것을 이와 같은 맥락에서 이해할 수 있습니다.

　이미 우리 사회도 1997년 12월 보라매병원 사건, 2009년 5월 연명의료중지에 관한 대법원 판결, 2018년 연명의료결정법 시행 등으로 죽음의 문제를 사회적인 의제로 꺼내면서 제도화를 끌어내는 수준까지 오고 있습니다. 2022년 6월 안규백 의원이 연명의료결정법의 일부 개정안을 발의하면서 소위 '조력존엄사법'에 대한 논의로 의학과 법학, 윤리학과 철학 등의 관련 학계와 사회 다양한 분야에서 적지 않은 논쟁을 일으키고 있습니다. 이 논쟁은 근본적으로 '생명에 대한 자기 결정권' 문제를 제기하고 있어 이전과는 다른 양상으로 논의가 흐르고 있습니다. 물론 '생명의 존엄성'이나 '생명은 신의 주권'이라는 관점에서는 이 물음 자체가 옳은가 그른가의 논쟁으로 비화되고 있어 이에 대한 지리한 논쟁들이 이어질 것이라 생각합니다.

　특히 '조력존엄사법' 논의를 통해 '생명에 대한 자기 결정권'에 대한 논의는 시작되었고, 관련 여론조사를 통해 그 근거를 만들어내는 상황에서 '좋은 죽음'에 대한 개념 정리와 논의 과정은 매우 중요해졌습니다. 다만 이 과정에서 자주 혼용되어 사용하고 있는 죽음과 관련된 논의가 자칫 '미끄러운 비탈길의 오류'3에 빠지지 않고자 노력해야 합니다. 실제 비탈길에서 미끄러지지 않으려면 자신이 딛고 있는 현실에 대한 이해를 통해 얼마만큼 기울어져 있는지를 살펴보고

1　역사적으로 안락사란 말을 처음 사용한 사람은 로마의 역사가 수에토니우스이다. 『황제열전』에서 카이사르가 "신속하게 고통 없이…… 축복받은" 죽음을 '안락사'라고 칭한 것이 역사에 따라 윤리와 이념, 그리고 행위의 주체까지 포함하는 복합적 의미로 사용되고 있다.

2　존엄사는 존엄성을 죽음의 의미에 붙이는 것으로 사회적 지지를 끌어내기 위해 사용한 개념이라 생각된다. 존엄사는 1972년 오리건주 주지사 맥컬(Tom McCall)이 '의사조력자살'이라는 개념에 충격을 받을까 봐 주의회와 시민들을 설득하기 위해 사용했다고 한다. 실제 안락사에서 반대론자들은 '조력자살', '의사조력자살' 등과 같이 사람들의 자살 오명에 이를 덧씌우려는 의도로 자살이나 살인이라는 개념을 자주 쓴다. 이에 비해 찬성론자들은 '존엄사', '조력죽음', '자비사' 등과 같은 연민과 동정심을 불러일으키는 감정을 호소한다. 이처럼 안락사를 둘러싸고 어떤 용어를 쓰느냐에 따라 자신의 주장을 용이하게 풀어내는 의미전쟁이 벌어지고 있다.

3　미끄러운 비탈길(slippery slope) 오류는 논리학과 비판적 사고, 정치적 궤변 등에서 사용되는 논증의 한 종류로, 사소한 문제에 관심을 돌려 이후 연쇄적인 작용으로 결국은 엄청난 파국을 일으킨다는 주장을 하는 것이다. 사실 이러한 결과는 대부분 실제 인과 관계는 없고 단순한 추측에 불과하다.

그에 기초해야 제대로 갈 수 있고 합의를 끌어낼 수 있을 것입니다.

사실 죽음이란 주제는 대화하기에 참 낯선 주제입니다. 왜냐하면 그 누구도 살아서는 죽음을 경험할 수 없고 지금까지 끊임없이 논의되고 있으면서도 결론을 내지 못하는 주제이기 때문입니다. 그럼에도 불구하고 많은 철학자들은 각자의 생사관에 기초하여 죽음을 이야기해 왔습니다. 고대 그리스 철학자 소크라테스(Socrates)는 죽음을 "무지를 자각함으로써 넘어설 수 있는 사태"라 했고, 로마의 철학자 세네카(Lucius Annaeus Seneca)는 "일생을 통해 살아가는 법을 배워야 하듯, 계속해서 죽는 법도 배워야 한다"라고 했습니다. 동양의 현자들 또한 삶과 죽음이 하나이며 동전의 양면과 같다고 했습니다. 우리는 탄생을 통해 삶을 시작하고 죽음을 통해 삶을 마무리합니다. 그런 면에서 죽음은 피하려야 피할 수 없는 우리 삶의 조건이며 개개인의 고유한 가능성입니다.

여전히 삶에서 '무엇을 해야 먹고살 수 있을까, 무엇을 가져야 행복해질까, 무얼 하고 놀아야 재미가 있을까'라는 것에만 천착하는 사람에게는 죽음은 부정하고 싶은 것일 겁니다. 그러나 조금만 시선을 돌려보면 죽음은 부정한다고 해서 부정될 수 없는 것임을 깨닫게 됩니다. 사실 수많은 유가족들을 인터뷰해 보면, 고인에 대한 추억을 떠올리면서 대부분의 사람들이 "삶을 살 듯이 죽음을 맞이했다"고 말합니다. 그래서 삶은 삶대로 죽음은 죽음대로 인정하고 존중받아야 합니다. 삶이 다양하듯이 죽음에 대한 생각도 다양합니다. 삶과 죽음을 풍요롭게 나눌 수 있을 때 부정되고 억압되는 삶과 죽음이 아닌, 있는 그대로 수용하며 바라볼 수 있는 지혜가 열릴 것입니다.

삶과 죽음의 문제는 과거 인류에게도 현생 인류에게도 미래의 인류에게도 가장 중요한 문제일 수밖에 없습니다. 왜냐하면 삶에만 집착했던 사람에게 죽음은 지난 삶에서 미루었던 과제와 청구서를 한꺼번에 받아드는 중요한 사태이기 때문입니다. 죽음을 통해 우리는 유한성의 존재이며, 한정된 시간과 공간 속에서 살고 있다는 사실을 깨닫습니다. 그래서 우리 모두가 '언젠가 죽는다'는 명확한 사실이 삶을 더욱 가치 있고 의미 있는 것으로 만들어주는 것일지 모릅니다.

가끔은 차 한 잔을 마시면서 '나는 인생의 마지막 순간을 어떻게 맞이하는 게 좋을까?'라고 사색할 수 있다면, 현재를 사는 우리에게 삶의 근본 의미를 상기시켜 주지 않을까요? 죽음 이야기가 생략되지 않고 그저 자연스럽게 이야기될 수 있을 때 비로소 우리는 삶의 온전성을 느끼지 않을까요?

이런 질문들은 죽음을 공부하며 삶을 배워가던 우리들로 하여금 이 글을 쓰게 했습니다. 생사학실천마을은 교육 전문가, 웰다잉교육 전문가, 상담 전문가, 보건의료 종사자, 작가 등 다양한 분야에서 생사학을 논의하고 현장에서 실천하는 사람들의 네트워크(network)입니다. 강의, 워크숍 등을 통해 애도상담과 죽음교육을 사회에 알리는 일을 하고 있습니다. 우리는 오직 삶에 대해서만 이야기하는 것이 아니라 죽음에 대한 이야기를 통해 삶의 진정성에 다가가려고 노력하고 있습니다. 한쪽만을 바라보고 획일화된 규범을 강요하는 것에서 벗어나 좀 더 유연하고 수용적인 사회가 되기를 바라고 있습니다. 바람에도 걸리지 않는 마음처럼 죽음에 대해서도 자유롭게 상상하고, 진정한 애도의 의미를 되살리며, 삶과 죽음 사이에 다리를 놓는 이유는 그 어떤 죽음도 삶에서 소외되지 않기를 바라기 때문입니다.

이 책은 현장에서 활동한 활동가의 시선으로 죽음에 대한 성찰을 담은 글입니다. 1장은 '낯선 죽음의 시대와 생사학', '죽음의 심리학', '죽음문화와 역사' 등 죽음을 바라보는 다양한 시선을 다루었습니다. 2장은 죽음을 둘러싼 도덕성에 관한 것으로 '죽음과 윤리', '생애말기 의사소통', '용서와 화해'를 다루었습니다. 이어서 3장은 죽음교육과 상실치유에 관한 이야기로 '사별에 대한 평가와 개입', '상실과 심리치유', '외상성 죽음대처', '문학치료학을 활용한 죽음교육', '애도를 위한 정의예식'으로 구성되었습니다. 『생사학 워크북 1』을 포함하면 모두 20강입니다.

모든 공부가 그러하듯이 죽음 공부는 그 어떤 공부보다 삶의 중요성과 가치를 일깨우는 시간이었습니다. 물론 이 글을 통해 저희의 생각이 정답이라고 주장하려는 것은 아닙니다. 그저 생각의 단초를 제공하여 각자의 삶에서 죽음에 대한 논의가 활발하게 일어나기를 기대할 뿐입니다. 갑작스러운 삶과 죽음의 진실 앞에 힘들어하는 사람들에게, 의미 있고 가치 있는 삶을 마무리하려는 분들에게, 죽음에 대한 이해를 구하고자 하는 분들에게 이 책이 작은 도움이 되기를 바랍니다.

2024년 6월

생사학실천마을 저자 일동

목차

1장

죽음을 바라보는 시선

01 낯선 죽음의 시대와 생사학

양준석

I. 낯선 죽음의 시대

프랑스 미시사(微視史) 연구의 역작인 필립 아리에스(Philippe Ariès)의 『죽음의 역사』는 서양사회의 중세 초기부터 현대에 이르기까지 죽음을 어떻게 다루었는지를 분석했다. 아리에스는 서양 사회의 죽음에 대한 인식과 태도의 변화를 몇 가지 특징으로 정리했다.

첫째는 죽음 장소의 변화이다. 사람들은 더 이상 가족에게 둘러싸인 채 자신의 집에서 죽음을 맞지 않는다. 죽음 환경은 집에서 병원의 장례식장으로, 가족들과의 임종에서 병원의 수많은 기계 장치와 의사나 간호사들이 개입하는 임종으로 바뀌었다.

둘째는 죽음에 대한 의식 변화이다. 현대로 넘어오면서 죽음에 대해 가졌던 낭만주의적인 '위선'을 철저하게 거부하고, 죽음은 추한 것이 되어 버렸다. 종교적 전략, 미학적 전략이 사라지고 은폐의 대상으로 변화한 오늘날의 죽음은, 뭐라고 이름붙일 수도 없는 끔찍한 것이 되었다. 이제 방법은 하나, 그것을 잊고 그

것이 없는 것처럼 살아가는 것이다.

셋째는 죽음 그 자체보다 죽어감의 문제가 더 관심거리가 되고 있다. 100세 시대(Homo Hundred)를 사는 현대인들에게 과거에는 경험하지 못했던 수명 연장의 현실을 어떻게 받아들여야 할지, 이것이 축복인가 아니면 재앙인가 하는 질문을 마주하고 있다. 실제 의료기술의 발달로 현대인은 과거의 사람들이 죽음을 직면하던 시간보다 훨씬 더 긴 시간 동안 자신의 죽음을 직면해야 하는 존재가 되었다. 이 과정에서 고통스러운 삶을 죽음으로 마무리하고자 하는 '죽음에 대한 자기 결정권' 논의로 안락사 논쟁들이 벌어지고 있다.

이처럼 현대인은 과거 인류가 경험했던 '익숙한 죽음'에서 '낯선 죽음'의 현실을 맞이하고 있다. 무엇보다 자신의 죽음을 사전에 의학적으로 예고 받는다는 사실에서 이전의 죽음과는 다른 시대를 살고 있다. 그 결과 "근대인은 자신의 존재 근거를 자기 자신에게서 찾을 수밖에 없었다"(박상환, 2005). 삶과 죽음 또한 물화(物化)되었고 개인화는 가속화되어 이전의 공동체가 감당하고 나누던 몫을 온전히 개인이 감당해 내야 하는 사회로 변모되었다. 종교와 문화 속에서 의미를 갖는 '죽음'의 의미적 체험은 감소하였고, 죽음은 더 이상 '중요한 사회화의 대상'으로 여겨지지 않게 되었다(천선영, 2012).

이런 흐름 속에서 문명 발달에 따른 죽음의 물화, 타자화에 대한 비극적 자화상에 대한 자각운동으로 죽음학(thanatology)이 출현했다. 물질 중심적인 삶에 치우친 태도로는 죽음을 이해하고 수용할 수 없기에 죽음이 남긴 흔적들에 대한 실제적 의미를 통합하지 않고는 삶의 궁극적인 의미를 찾지 못하는 것은 물론 삶을 돌보지 못하기 때문이다.

누구나 죽는다는 사실이 생사학(生死學)의 출발점이며 죽음의 두려움을 극복하자는 것이 생사학의 목표이다. '죽음에 대한 두려움을 극복할 수 있는가'에 대해 여전히 많은 사람들이 의문을 던지며 이에 대한 다양한 논의들이 존재한다. 죽음 관련 실증적 실험을 통해 드러난 결과는 죽음에 대한 직면이 삶의 태도에 긍정적 효과가 있음을 보고한다.[4]

죽음은 삶의 자연스러운 과정이기에 죽음 문제는 삶의 문제이다. 삶에만 관심을 기울이는 태도에서 벗어나 죽음에 관심을 갖고 이해하여 의미를 찾아야 한다. 특히 죽음의 그림자가 항시 상존하는 우리 사회는 죽음을 그림자로 인식하여 거부하거나 억압하기보다 삶과 함께하는 동반자로 맞이하는 태도가 필요하다. 이렇듯 삶과 죽음의 의미에 대한 통전적(通典的) 이해를 위해서라도 생사학 연구는 중요하다.

삶과 죽음의 문제에 대한 이해를 구하는 수준에서 출발했던 생사학은 현재 학문 영역에서 검토되고 발전시키기 위한 논의로 확장되고 있다. 그 결과 몇몇 대학에서 학위과정이 개설되었고, 종교계와 민간단체를 중심으로 웰다잉 연구와 교육과정이 생기고 있다. 우리 사회는 빠른 속도로 초고령화 사회로 진입하고 있고 자살 문제와 대형사고로 인해 사회적 트라우마에 시달리고 있다. 그로 인해 생사학에 대한 논의는 우리 사회에서 앞으로 확장될 가능성이 높은 분야이다. 학제 간 융합학문으로 출발한 생사학은 인문학적 접근만 있어서도 안 되고 과학적 접근만 있어서도 안 된다. 생사학은 삶과 죽음의 문제를 의학과 종교, 철학, 교육학, 심리학, 사회학, 사회복지 등 다양한 범주에서 밀접하게 관련을 맺고 전개하는 융합학문이기 때문이다.

이에 융합학문으로서의 생사학, 특히 한국적 생사학의 지평을 넓히기 위해 지금까지 논의된 죽음학, 사생학, 생사학에 관련된 논의들을 정리하고 생사학 발전 가능성과 비전에 대해 정리하고자 한다.

---

4 생사학은 죽음에 대한 연구에서 시작되었는데 학문 용어로는 싸나톨로지(thanatology)라 한다. 죽음에 대한 학문의 의미로 death studies, death education, life & death studies, life & death education 등의 용어로 사용된다. 학자들마다 '생사학'이라 하기도 하고 '죽음학' 또는 '사생학'이라고도 한다. 다만 현대적 의미에서 죽음과 죽음 과정에만 초점을 맞추는 것이 아니기에 이 책에서는 생사학이라고 한다.

II. 죽음학, 사생학, 생사학의 개념 이해

1. 죽음학

죽음학은 학제적 용어로 thanatology, death studies, death education을 혼용하여 사용하고 있으며, 철학, 종교학, 의학, 생물학, 사회학, 심리학, 인류학, 문학, 예술 등 여러 학문들이 학제 간 융합방식으로 죽음과 관련된 주제를 종합적으로 다루는 학문 분야를 의미한다(곽혜원, 2014).

죽음학의 교과서로 평가받는 하넬로어 와스(H. Wass)와 로버트 니마이어(R. Neimeyer)의 『임종: 사실을 직시하기』(1995, 3판)의 서문에서 "죽음학은 죽음과 임종에 관한 학문이며, 동시에 '죽음 자각 운동'이라는 사회현상의 일부이며, 그 중심적 방법론은 사회심리학과 임상"이라고 정의했다.

'죽음학'에 대한 옥스퍼드 영어사전의 정의는 다음과 같다.

– 죽음, 그 원인과 사상(事象)에 대한 과학적 연구

죽음에 다가가는 것이 미치는 영향, 말기 환자와 그 가족의 요구에 의한 연구에 덧붙여 콜린스(Collins)는 여기에 일반적 의미를 부연해서 다음과 같이 정의했다.5

– 죽음, 죽음과 관련된 현상이나 행위에 대한 과학적인 연구
– 죽음, 임종과 관련된 의학적, 심리적, 사회적 문제의 초감각 지각에 대한 연구

이렇듯 죽음학은 학제 간 연구로 "임종과 관련한 호스피스 케어와 터미널

---

5 시미즈 데쓰로, 『죽음을 두고 대화하다』(한림대학교 생사학연구소 엮음, 모시는 사람들, 2015), 50-51쪽 참조.

케어, 사별에 따른 비탄작업, 죽음교육이 중심이 되는 것으로 심리학과 의료적 접근"이 중심이다.

2. 사생학

사생학(死生學)은 일본에서 1970년대 호스피스 케어와 함께 시작되었다. 서양의 죽음학에 상응하는 개념으로 사생학이 등장했는데, 어원적 뿌리를 1904년 가토 도쓰도의 『사생관』에 두기도 하고, 더 거슬러 올라가 『논어·안연』편의 '死生有命, 富貴在天'이라는 문구에 두기도 한다(시미즈 데쓰로, 2015). 도쿄대학교 사생학 연구진은 서양의 죽음학과 차별화하여 사생학으로 정의하고 있다. 그 이유는 서양의 죽음학이 생과 사를 단절적으로 보고 주로 영성을 바탕으로 한 죽음준비교육과 인간 심리의 정신적인 측면에 중점을 두지만, 일본의 사생학은 서양 죽음학의 기본적인 요소를 수용하면서 전통적인 사생관과 생명윤리의 문제까지 포함함으로써 연구 대상의 외연을 확장하면서 실천학으로서 죽음학을 정립하고자 했기 때문이다.

3. 생사학

생사학(生死學)은 대만에서 푸웨이쉰이 '죽음학'을 '생사학'으로 번역하고 '죽음교육'을 '생사교육'으로 변환하여 사용하면서 시작되었다. '죽음학'을 '생사학'이라고 변환한 것은 서양의 죽음학이 말기 환자들을 위주로 하는 호스피스 케어와 터미널 케어, 죽음교육, 죽음과 관련된 현상 연구에 주요 초점이 있기에 삶의 문제가 결여되었다는 문제의식 때문이다. 죽음학에 삶의 학문을 융합하였기에 죽음학은 생사학이나 사생학의 전신이고, 생사학이나 사생학은 죽음학이 확충되어 이루어진 영역이라 할 수 있다.

죽음학에서 생사학으로 영역이 확충된 데에는 몇 가지 이유가 있다.

첫째, 죽음에 대한 가치관의 차이다. 죽음학은 심리학적 배경으로 죽음에 대한 불안에서 연구가 시작되었고 삶과 죽음은 다르다는 이원론적 관점에 근거하여 죽음에 대한 인식, 정의, 죽음과 관련된 여러 가지 현상을 파악하는데 목적이 있다. 그러나 생사학은 삶과 죽음을 하나로 보기에 죽음 문제만 따로 떼어내 대상화하지 않는다. 오히려 삶과 죽음을 함께 아우르는 생사 문제로 본다. 또한 죽음을 극복하는 것이 죽음학의 바탕이라면 생사학에서는 무(無)에서 유(有)로, 유(有)에서 무(無)로 형태의 변화만 있을 뿐 유무상통(有無相通)한다고 믿기에 삶과 죽음을 연속성 위에서 자연스럽게 받아들인다.

둘째, 죽음에 대한 연구 영역의 차이다. 죽음학은 임종과 관련한 호스피스 케어와 터미널 케어, 사별에 따른 비탄작업, 죽음교육이 중심이 되는 것으로 심리학과 의료적 접근을 통한 웰다잉(well-dying)이 주요 영역이다. 하지만 생사학은 죽음 관련 영역뿐만 아니라 삶의 영역으로 확장되어 생사관, 생명윤리, 웰빙(well-being)과 웰리빙(well-living), 생사교육, 호스피스, 장례관리 등 삶의 주제를 다루고 있어 웰빙, 웰리빙, 웰다잉을 함께 포괄한다(부위훈, 201).

셋째, 죽음에 대한 문화적 차이다. 죽음학은 시신을 보고 만진다거나 입관체험 등 체험적으로 인식하여 죽음을 인식하는 것에 익숙한 문화이다. 하지만 생사학의 근간이 되는 동양은 유교적 윤리가 강해 죽음을 두려워하지 않고 상례를 중요시하면서도 죽음에 대해 구체적 언급을 꺼리는 문화가 있다. 죽음에 대한 예의를 지키되 지나침도 모자람도 없이, 서두르지 않고 점차적으로, 죽음도 삶도 아닌 듯한 문화가 있어 죽음을 직접적으로 표현하거나 시신을 만지는 일에 대한 터부문화가 있다. 이러한 문화성을 고려해 '죽음학'보다 '생사학'이라고 표현하는 것이 동양적 정서에 더 맞다는 것이다.

일본에서는 사생학을 즐겨 사용하고 대만에서는 생사학을 즐겨 사용하는데, 모두 동양사상에 바탕을 둔 생사일여(生死一如)의 관점이기에 같은 맥락이라 할 수 있다. 다만, 생사학으로 쓰는 경우는 상대적으로 의료, 복지, 심리, 교육 등 인간 돌봄의 관점에서 삶에 중점을 두고 죽음을 생각하는 반면, 사생학으로 쓰는 경우는 철학이나 종교학의 관점에서 '죽음'에 중점을 두고 현재의 삶을 생각하는 경향이 많다고 한다.

생사학은 태어나서 죽을 때까지의 생애 전 과정을 거쳐 이루어지는 인간의 삶과 죽음에 관한 태도와 행동에 관한 학문이라 할 수 있다. 넓은 의미로는 개인의 생사관이나 결단을 넘어선 전반적인 것으로, 자연과학 등의 성취에 기초를 두고 인문학, 사회과학, 문화·예술을 유기적으로 융합하는 학제 간의 연구이다. 좁은 의미로는 개인의 생명과 죽음에 관련된 연구와 지침으로 정의할 수 있다(전병술, 2013).

죽음학이든 생사학이든 모두 생명에 대한 사랑과 관심에서 출발하기에 서로 일맥상통하는 면이 있다. 다만 한국적 입장에서는 '생사'란 말을 더 대중적으로 즐겨 쓰고 가치관이나 연구 영역, 문화적 특성을 고려할 때 죽음학의 확충된 영역으로서 생사학이라고 하는 것이 더 적합하다.

Ⅲ. 서양에서의 죽음학

서양에서 죽음학이 반향을 불러일으키게 된 것은 1951년 미국에서 헤르만 파이펠(H. Feifel)이 『죽음의 의미』를 통해 죽음 현상을 탐구해야 한다고 천명하면서부터다. 이후 1963년 로버트 폴턴(R. Fulton) 교수가 미네소타 대학교에서 죽음을 주제로 한 최초의 정규 강좌를 개설하면서 죽음학이 발전하는 기틀이 마련되었다. 파이펠과 폴턴의 강좌에 이어 여러 학자들 칼리시, 카스텐바움, 레비톤, 슈나이드만, 와이즈만 등이 대학을 중심으로 죽음 관련 교과목을 개설하면서 죽음학은 하나의 정규 과정이 되었다. 또한 폴턴이 『죽음과 정체성』을, 글레이저와 스트라우스가 『죽어감의 자각』을, 코어가 『죽음, 비판, 애도』를 각각 출판했는데, 이 세 권의 책은 죽음교육(죽음에 대한 준비교육)의 발전에 선구적 역할을 담당했다.

1966년에는 죽음학의 실천적 과제를 다루는, 죽음교육 분야의 최초 '뉴스레터'라고 할 수 있는 《오메가》가 창간됨으로써 죽음교육의 발전에 큰 영향을 끼치게 되었다. 1969년에는 미국 전역의 많은 대학교가 죽음교육 과정을 개설하는 한편, 정신의학자 엘리자베스 퀴블러 로스(Elisabeth Kübler-Ross)가 『죽음과 죽어감』이라는 저서를 출간하면서 전 세계적으로 많은 사람이 죽음학에 관심을 두는 중요한 계기가 만들어졌다. 특히 퀴블러 로스는 삶의 마지막 순간 인간의 존엄성이 처절하게 무너져버리는 현실을 몸소 체험하고서 임종을 앞둔 환자들의 극심한 정서적 고통을 덜어주기 위해 광범위한 노력을 기울였다. 뿐만 아니라, 일반인들로 하여금 죽음과 관련된 경험에 적극적으로 관심을 두도록 하는 데 매우 중요한 기여를 했다. 그녀는 대중의 관심을 크게 이끌어냄으로써 전 세계적으로 죽음 인식 운동의 확산을 가져왔다.

이러한 성과들에 힘입어 1970년대에는 미국의 20여 개 대학에서 죽음 관련 교과과정이나 학과가 개설되었고, 죽음교육이 학교 강의실 안팎에서 활발하게 진행되기 시작했다. 로버트 스티븐슨은 1972년부터 뉴저지 주의 한 고등학교에서 죽음교육을 시작했는데, 그 여파로 1973년 고등학교에서 제공되는 죽음교육 강좌만 600개가 넘었다. 1974년에는 1,100여 곳의 중등학교에 죽음교육 관련 강좌가 개설되었고, 죽음교육의 내용과 방법이 1975년 이후의 죽음교육 개혁의 중점으로 설정되었다. 1976년에는 '죽음 관련 분야의 지도자들을 위한 국제회의'기 개최되었고, 1977년에는 '죽음교육과 연구센터', '죽음교육과 상담협회' 등 죽음학과 죽음교육 관련 단체들이 잇달아 조직되어 죽음교육 전문가들을 배출했다. 같은 해 죽음학 전문학술지 《죽음교육》이 간행되기 시작했고, 전문화된 다양한 매체들 필름, 영화, 슬라이드 등을 이용한 죽음교육 교재들이 개발되었다. 죽음학 관련 전문학술지들도 상당수 발행됨으로써 죽음교육을 원활하게 하는 사회 분위기가 조성되었다.

일찌감치 죽음학이 태동하여 이미 1960년대부터 죽음교육을 시작한 미국에서는 현재 죽음교육이 정규교육과 평생교육으로 병행하여 실시되고 있다. 먼저 학교의 수업이나 전문적 훈련 프로그램에서 죽음교육이 이루어지는데, 미국의 많은 주에서 유치원과 초·중·고교들이 죽음교육을 다양한 교과목

안에 포함시켜 보건이나 문학, 사회과목 수업 중에 가르치고 있다. 많은 대학교에서는 죽음에 관한 강좌가 인기리에 진행되고 있다. 한편 지역 사회의 기관이나 병원, 클리닉, 호스피스 시설 등도 죽음교육 프로그램의 스폰서가 되거나 직접 교육을 실시하고 있다. 이를 통해 삶의 질 못지않게 죽음의 질을 중시하게 된 미국인들은 10대 청소년들을 위해 호스피스 센터에서의 자원봉사 프로그램도 운영하고 있는데, 청소년 자원봉사자들이 해마다 늘어나는 추세라고 한다. 또한 국립죽음교육센터, 죽음교육과 상담협회, 미국 슬픔치유상담아카데미 등을 통해 죽음교육과 슬픔 치유 교육을 위한 전문가들이 다수 양성되고 있다.

독일은 몇백 년에 걸친 풍부한 죽음교육의 전통을 지닌 국가다. 그에 걸맞게 독일은 1980년대 이후 죽음교육 프로그램을 학교 교과과정에 정식으로 포함시켜 초등학교 6년, 중학교 3년, 고등학교 4년까지 총 13년에 걸쳐 연령에 맞는 적절한 죽음교육을 하고 있다. 국·공립학교의 경우, 매주 두 시간씩 정기적으로 진행되는 종교수업 시간에 죽음교육이 시행된다. 죽음교육의 교과서도 21종이나 되는데, 중학생용 교과서 『죽음과 죽음에 이르는 과정』은 그 대표적인 사례다. 독일은 학교 정규교육 이외에도 교회의 여러 행사를 통해 오래 전부터 죽음에 대한 교육을 시행해 왔는데, 기독교 신자라면 일요일 교회의 설교를 통해 죽음을 맞이할 준비에 대해 배우면서 사후의 영원한 생명에 대한 소망에 관해 경청하는 시간을 갖기도 한다. 그뿐 아니라 죽음이라는 테마는 종교에만 한정되지 않고 철학·문학·심리학·의학 등 학제 간 교류를 통해 다양한 측면에서 다루어지기도 한다. 예술 영역, 즉 음악·미술·문학에서도 죽음은 중요한 테마로 다루어짐으로써, 죽음을 모티브로 한 작품은 독일 국민의 문화적 환경을 지배하고 있다.

독일 이외에 근대적 호스피스가 탄생한 영국은 물론 캐나다, 프랑스, 스웨덴, 오스트레일리아 등지에서도 죽음학에 대한 학문적 접근과 그 실천인 죽음교육이 활발히 진행되고 있다. 이러한 일련의 흐름 속에서 서구 사회에서는 죽음학과 죽음교육이 견실하게 정착되어 가고 있다. 즉 오늘날 서구 사회에서는 죽음학에 관한 연구가 활발히 진행되는 가운데 죽음교육이 일반화되어가는 추세라고 말할 수 있다. 서구 사회의 많은 대학이 죽음학을 필수과목으로 책정하고 있으며, 죽음에 관한 많은 연구 문헌이 발행되고 있다. 최근 서구 신학계도 이러한 일반 사회의 흐름에 부응하여 비교적 적극적으로 죽음에 관한 연구와 논의를 하고 있다. 이로 보건대 오늘날 서구 사회는 죽음을 가장 핵심적인 화두 중 하나로 간주하고 있다고 말할 수 있을 것이다.

Ⅳ. 동양에서의 사생학, 생사학

일본에서는 죽음학의 대부인 알폰스 데켄 교수에 의해 죽음학이 괄목할 만한 발전을 하게 되었다. 데켄 교수는 1975년 일본 조치 대학에 '죽음의 철학'이라는 강좌를 개설한 이후 1982년 '삶과 죽음을 생각하는 세미나'와 1983년 '삶과 죽음을 생각하는 모임'을 결성했다. 이를 통해 그는 일본인들에게 죽음학을 소개하고 죽음교육이 일본 사회에 뿌리내릴 수 있도록 크게 공헌했다. 현재 이 단체들을 중심으로 홋카이도에서 오키나와에 이르기까지 53개 지역 모임에서 5,000여 명의 회원들이 적극적으로 활동하고 있다.

또한 1999년에는 웰다잉 교육의 보급을 위해 '죽음교육연구회'가 결성되어 활발한 활동을 벌이고 있다. 이러한 활동에 힘입어 죽음교육이 2004년부터 학교 교육에 포함되었으며, 2005년에는 죽음교육 과정을 개발하기 위해 400만 달러의 예산이 책정되기도 했다. 그뿐 아니라 '일본존엄사협회'는 일본 전역에서 30년 넘게 공개 강연회와 토론회를 통해 자신이 원하는 임종 방식을 미리 준비하는 '생전유서 준비하기' 운동을 벌였는데, 이 운동에 동참한 사람이 여러 유명인사를 포함해 12만여 명을 넘어선 것으로 알려졌다. 이처럼 일본에서는 죽음교육이 전국의 학교 기관과 다양한 평생교육 시설에서

30년 넘게 시행되고 있다.

대만에서는 죽음학 역사에서 중요한 한 획이 그어졌다. 서양 개념인 죽음학이 '생사학'이라는 동양 개념으로 변환되어 새로운 학문 분야가 구축되었던 것이다. 미국 템플 대학교 종교학과 교수인 푸웨이쉰은 10여 년간의 죽음 관련 교육 내용을 바탕으로 1993년에『생명의 존엄과 사망의 존엄』을 출간했는데(한국에서는『죽음, 그 마지막 성장』이란 제목으로 청계에서 번역 출간했다), 이 책이 학계에 큰 반향을 불러일으키면서 연구 방향의 새로운 지평을 열었다. 특별히 그는 동양 전통철학(특히 중국 전통의 생명학)의 기초 위에 서양의 죽음학을 결합해 삶(생명)과 죽음을 포괄하는 생사학을 제창했다. 이를 통해 동서양 사상을 종합적으로 엮어서 삶과 죽음을 생명에 대한 사랑으로 아우르고자 시도했다.

그런데 당시 대만에는 죽음교육이 도입된 지 여러 해 되었고 생사학이 이미 제창되었음에도, 이는 여전히 대학의 강의실 안에만 머물러 있는 상황이었다. 그런 분위기는 1999년 1,500여 명의 사상자를 낸 대지진으로 인해 변하게 된다. 대지진 이후 대만 정부가 중·고등학교에서 죽음교육을 시작했는데 이것이 국민들의 커다란 호응을 얻게 된 것이다. 민관이 함께 노력을 기울인 결과, 마침내 대만 교육부는 제7차 교육과정에 생명교육을 편성했고, 그 생명교육 안에 죽음학이 포함되어 정규 교과과정에 들어가게 되었다. 이를 결정적인 계기로 해서 대만에서 죽음교육은 초등학교에서 대학교에 이르기까지 정규 교육과정으로 편성되어 활발히 실행되고 있다.

V. 우리나라에서의 생사학, 죽음학

죽음에 관한 연구는 1974년 유계주의「죽음의 태도에 관한 조사연구 - 임종환자의 간호를 위하여」를 시작으로 문학, 역사, 철학, 종교, 민속학, 사회학, 심리학, 간호학, 사회복지학 등에 의해 죽음에 대한 깊이 있는 논의로 진행되어 왔다. 간호학에서 임종 환자, 호스피스, 환자의 죽음 태도, 죽음불안 등으로 죽음을 맞이하는 의료인의 지식과 태도 등에 연구의 초점을 맞추었고, 사회학에서 죽음의식, 자살, 안락사의 윤리성, 죽음관 등 사회적 현상으로서 죽음을 연구했다. 신학 등 종교학에서 죽음에 대한 태도, 목회적 돌봄, 임종에 대한 이해, 신학적인 죽음의 해석 등 종교적 입장에서 죽음 이해에 초점을 맞추었으며, 사회복지학에서 죽음과 임종에 관한 사회사업적 접근, 복지 실태와 개선 방향, 노인을 대상으로 하는 연구에 초점을 맞추었다.6

국내에서의 생사학은 1991년 '삶과 죽음을 생각하는 회'가 창립된 것으로 본격화되었으며, 이후 해외의 죽음학과 일본 사생학과 대만의 생사학 등에 영향을 받아 연구가 진행 중이다.

국내에서의 웰다잉 교육은 크게 인문학적 접근, 장묘문화적 접근, 학제적 접근, 실천적 접근 등으로 나눌 수 있다.

인문학적 접근은 철학, 종교, 문학, 민속학, 사회학, 심리학 등에 의해 죽음에 대한 깊이 있는 논의로 정진홍『만남, 죽음과의 만남』(2003), 김열규『메멘토 모리, 죽음을 기억하라: 한국인의 죽음론』(2001), 정동호 외『철학, 죽음을 말하다』(2004), 구미래『한국인의 죽음과 사십구재』(2009), 김상우『죽음의 사회학』(2005), 천선영『죽음을 살다: 우리 시대 죽음의 의미와 담론』(2012)을 통해 죽음에 대한 인식을 높이고 있다.

장묘문화적 접근은 1999년 서울보건대(을지대)에 장례지도과가 개설되고,

---

6 종교계인 원로인 정진홍은『만남, 죽음과의 만남』(2003)을 통해 종교라는 인식의 틀을 통해 죽음문화에 대한 연구를 진행했다. 국문학자이며 민속학자인 김열규는『메멘토 모리, 죽음을 기억하라: 한국인의 죽음론』(2001)을 통해 한국인의 죽음관을 소개하고 있다. 철학자인 정동호는『죽음의 철학 삶』(2004)을 통해 죽음에 대한 철학적 입장과 다양한 입장 등에 대해 사유하고, 민속학자인 구미래는『한국인의 죽음과 사십구재』(2009)를 통해 상장례를 통한 죽음의 의미를 연구했다. 사회학자인 김상우는『죽음의 사회학』(2005), 천선영은『죽음을 살다: 우리 시대 죽음의 의미와 담론』(2012)을 통해 죽음에 대한 사회학적 비평을 높였다.

2000년 동국대 불교대학원 장례문화학과(2014년 9월 생사문화산업연구소 설립)가 인가되는 등 대학에서 장례문화에 대한 영역이 구축된 것은 의미가 있었다. 그러나 주로 장례의식에 관한 실무적 역할을 담당하는 것으로 생사학적 토대나 산업적 수요가 뒷받침되지 않아 정체되고 있다.

학제적 접근은 1973년 덕성여대에서 김상태 교수를 중심으로 처음 대학교에 정규 교과목으로 개설하여 운영하다가 폐강되었고, 1979년 서강대학교와 1990년 덕성여대 평생교육원에서 죽음교육 강좌가 개설되어 대학생과 일반인을 대상으로 죽음과 관련된 교육을 실시했다. 2004년 한림대학교에서 오진탁 교수를 중심으로 '생사학연구소'를 창립했고, 생사학 정립과 자살예방을 위한 인프라와 네트워크 구축이라는 활동을 수행하고 있다. 또 2013년도부터는 죽음교육 전문교육과정(석박사 과정)을 개설하여 생사학 전문가를 양성하고 있다. 2005년 이화여대 최준식 교수를 중심으로 '당하는 죽음에서 맞이하는 죽음으로'라는 기치 아래 철학, 종교학, 심리학, 사회학, 의학 등 각 분야의 전문가들이 '한국죽음학회'를 창립하여 활동하고 있다.

한편 2007년부터 전일의료재단과 임병식 박사를 중심으로 말기암 환자를 대상으로 싸나톨로지 프로그램과 강좌가 개설되었다. 2013년에 구성된 SDL재단의 한국싸나톨로지협회는 전국 25개의 병원과 대학이 회원으로 참가한 기구이다. 품위 있는 죽음, 존엄한 죽음을 의미하는 의료미학적 임종을 목표로 활동하고 있으며, 2015년부터 전국 5개 대학 평생교육원과 대학원에서 일반인을 대상으로 국제표준 죽음교육을 실시하고 있다. 미국 ADEC(죽음교육상담협회)의 인증시험 대행도 하고 있다.

2018년 고려대학교에서는 심리학부 소속의 죽음교육연구센터를 설립하여 죽음학에 대한 프로그램 연구와 개발을 진행하고 있다. 2009년에는 동의대학교 인문사회연구소에서 정효운 교수를 중심으로 사생학 연구과정을 운영했다. 그러다가 정효운 교수팀은 이후 한국연구재단의 인문사회·과학기술 학제 간 융합연구지원사업 지원으로 '인문학적 인간' 또는 '인간다운 인간'을 함축하는 의미로 '호모 후마니타스 사생학7 사업단을 발족시켰다. 2014년 건양대학교 웰다잉 융합연구팀은 한국연구재단의 학제 간 융합연구사업의 새싹형 사업에 선정되어 '한국인의 사회적 삶의 질 향상을 위한 의료인문학 기반 완성적 죽음교육 프로그램 개발' 사업을 벌이고 있다.

실천적 접근은 1991년 사회복지법인 각당복지재단이 있다. 김옥라 이사장을 중심으로 '삶과 죽음을 생각하는 회'가 발족되어 지금까지 매년 죽음을 주제로 한 공개강좌, 세미나와 워크숍, 자격증 교육과정을 운영하고 있다. 특히 2012~2013년에는 전국 11개 지역에 죽음준비교육기관과 네트워크를 형성하여 웰다잉 교육을 확대했다. 또한 2016년 애도상담 전문가과정 개설, 2018년 웰라이프지도사 전문강사과정, 자살예방 전문가 교육, 호스피스 교육과 봉사 등 다양한 활동을 지속적으로 해오면서 삶과 죽음을 위한 교육의 저변 확대에 기여했다. 이후 수많은 단체들이 생겨나면서 활동을 하고 있다. 현재 국내에서 웰다잉 교육을 진행하는 과정은 공식적인 통계는 없으나 한국직업능력연구원에 등록된 민간자격증 과정으로 총 50여 개가 있다.

VI. 융합학문으로서 생사학적 실천

생사학은 삶과 죽음이 다르지 않다는 견해로, 삶이 출생과 죽음 사이의 기간이므로 삶과 죽음, 죽음 이후를 통합적으로 바라보겠다는 학문이다. 삶의 의미, 죽음의 의미, 죽음 이후의 궁극적 의미를 밝히는 일이 생사학이다. 하

---

7 호모 후마니타스(homo humanitas)는 homo와 humanitas의 합성어로 호모는 생물학적 인간을, 후마니티스는 인간성, 인문학 등을 뜻한다. 인문학은 일차적으로 자기 자신을 이해하고 나아가 사회와 타인을 이해해 각인각색의 무늬를 만들어가며 인생을 완성해 가는 학문이다. 문제로 드러난 현상이 아니라 그 근본을 통섭적으로 이해하며 개인과 사회 스스로가 인간다워지도록 이끈다. 이런 면에서 호모 후마니타스는 인간존엄, 연민, 공동선을 짚어내기 위해 사용한 것이며, 이를 통해 생물학적인 인간이 아닌 '인문학적 인간'으로 죽음을 사유하는 방법을 모색하는 것이다.

지만 학제 간 학문으로서 종교와 철학, 과학적 접근에서 필연적으로 발생하는 인식론이나 방법론적인 충돌이나 모순들을 어떻게 해결해야 할 것인가? 이것을 해결하는 것이 생사학 건립의 기본적인 작업일 것이다.8 이를 위해 생사학의 학문적 기반 구축에 충실해야 한다. 이를 실천하기 위한 몇 가지 제언을 하면 다음과 같다.

[그림 1] 생사학 교육 관련 지형도

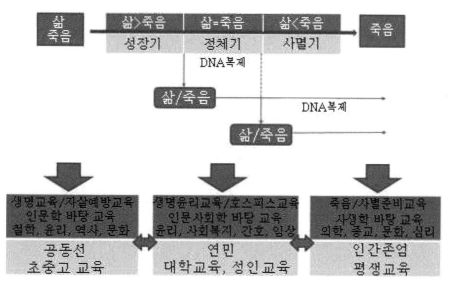

첫째, 생사학이 학제 간의 학문임을 분명히 하고 융합학문으로서 이론적 연구가 필요하다. 생사학을 접근하는 데 있어 의과학적 접근, 인문학적 접근, 사회과학적 접근, 문화예술적 접근 등 다양한 범주에서 학문적 접근의 장단점, 효과와 의미 발견, 이해를 위한 공감대가 필요하다. 예를 들면 대중들에게 생사학의 효과성을 알리는 데는 의과학적 접근을, 삶과 죽음의 의미와 이

---

8 부위훈, 『죽음, 그 마지막 성장』, 청계, 2001, 215-217쪽 참조. 이와 관련하여 퀴블러로스도 비슷한 지적을 했다. 종교적 관점에서 보면 죽음은 원래 자신들의 영역인데 이를 넘본다고 싫어할 것이고, 과학자나 의사들은 비과학적이라는 이유로 공격해 올 것이라고 했다.

해를 위해서는 인문학적 접근과 문화예술적 접근, 사회문화 현상으로 제도 구축을 위해서는 사회과학적 접근이 필요할 것이다. 이 부분에 대해 공유하고 공감을 이끌어내는 노력을 기울여야 한다. 또한 생사학 관련 연구의 편중을 막기 위해 죽음 관련 여러 학회나 연구기관들의 네트워크를 통해 생사학의 학문적 성과를 공유하고 확산하기 위한 노력들이 필요하다.

둘째, 생사학의 학문성을 갖추기 위해서 연구 영역에 대한 정리를 해야 한다. 연구 영역을 분석하기 위해 라스웰(Lasswell, 1965)은 '누가, 무엇을, 누구에게, 어떻게 말하며, 그 효과는 어떤 것이며, 언제, 어디서'라고 7하 원칙을 제시했다(서영준, 2006). 이를 생사학에 적용하여 생사학은 누가 누구에게 하는 것이고, 어디에서 하며, 무엇을 하고, 왜 하려는지, 언제, 어떻게 하는지에 대해 응답해야 한다. 이 과정을 통해 생사학의 연구 대상, 연구 방법, 학적 체계가 갖춰지기 시작할 것이다. 연구 대상, 연구 방법, 학적 체계를 위한 논의를 기초로 기존의 철학, 종교학, 심리학, 사회복지, 의과학, 간호학, 법학 등에서 생명과 죽음에 관한 주제들에 대해 다양한 학문적 성과를 공유하며 생사학의 이론적 구성과 실천적 영역들을 구체화해야 한다. 생사학의 이론적 구성은 생사관, 목적과 의미, 역사, 구성, 내용 등 생사학의 개론서를 준비하는 과정이다. 또 실천적 구성은 교육론, 방법론, 실천론, 정책론 등 생사학이 효율적으로 자리잡기 위한 내용들이 포함되어야 한다.

셋째, 한국적 생사학의 지평을 넓히기 위해 우리 문화 속에서 사유하고 죽음 문제를 치열하게 직시하며 삶을 살았던 전형에 대한 연구가 필요하다. 죽음학이 동양에 들어오면서 삶의 영역이 더 추가되어 생사학이라고 하듯이, 한국적 생사학은 삶과 죽음을 통해 다양한 인물연구와 생사관에 대한 이론적 연구, 비교사적 관점에서의 연구가 필요하다. 실제 외국에서 학위를 받고 온 연구자들이 외국의 전형을 소개하는 것을 넘어 한국적 생사학에 알맞은 전형과 연구를 통해 한국적 생사학 모델의 기초를 만들어야 한다.

넷째, 생사학이 국민들 정서에 파고들기에는 문화적 장벽이 너무 많다.

생사학이 아직까지 걸음마 단계이고 일반인들에게 죽음이란 먼 문제이며 가까이 가고 싶지 않은 주제이기에 향후 정부 차원이나 학계에서 실질적으로 생명문화와 죽음준비에 대한 올바른 이해와 문화적 확산 노력이 요구된다.

다섯째, 평생학습 관점에서 아동기부터 노년기에 이르기까지 생사학의 주제를 다루기 위한 교육과 상담 프로그램 등을 다양하게 개발해야 한다. 평생학습 차원에서 생사관, 생명교육, 자살예방, 죽음교육, 죽음준비, 호스피스, 상실치유, 사후생, 생명윤리 등과 같이 실천 분야에서 다양한 프로그램으로 접할 수 있도록 개발과 지원이 요구된다.

02 죽음의 심리학 - 죽음의 불안과 심리

양준석

인간의 역사는 죽음의 역사이기도 하다. 동서고금을 막론하고 죽음에 대한 생각은 공통점도 있지만 시대별, 문화별로 차이를 보이기도 한다. 죽음의 문제는 죽음에 관한 인식이나 태도의 문제이며 다양한 의미와 불안, 사후에 대한 인식과 태도 등 여러 요소가 복합된 개념이다. 생명은 물질적인 것이기도 하지만 육체적인 것을 넘어 영혼, 정신, 삶의 의미와 같은 비물질적인 것이기도 하다. 죽음 또한 물질적 죽음을 넘어 정신적 영역을 포함해 감정적, 지적, 영적 영역을 고려해야 한다.

정신의학자 엘리자베스 퀴블러 로스는 인간 존재가 육체적, 감정적, 지적, 영적 4가지 측면으로 구성되어 있다고 보았다. 그는 수많은 임상사례를 통해 죽어가는 육신은 껍질에 불과하고 자기가 사랑했던 사람은 더 이상 그 껍질 안에 있지 않다고 확신했다. "진짜 문제는 우리가 죽음에 대해 참된 정의를 갖고 있지 못하고 있기 때문"이라고도 했다. 사람이 죽으면 시체는 남지만, 시체는 그 사람이 아니다. 사람은 죽더라도 존재의 양상만 바뀔 뿐 계속 존재하는 것이다. 이번에는 간략하게나마 죽음불안을 살펴보고, 한국인의 죽음에 대한 태도와 죽음불안에 대해 고찰해 보고자 한다.

Ⅰ. 죽음불안

‘죽음불안’은 언젠가 자신에게 다가올 치명적인 위험을 말하는 것이다. 광의적으로는 죽음에 대한 생각으로 유발되는 불안을 말하며 자신의 죽음뿐만 아니라 타인의 죽음, 장례식장, 화장터 등 죽음 관련 주제로 일어나는 불쾌한 감정을 말한다. 본질적으로 죽음불안의 핵심은 그 시기와 장소, 방식은 모르지만 언젠가 닥쳐올 죽음에 대한 두려움을 말한다. 실제 프로이트(Freud)는 죽음에 대한 공포를 우리의 의식과 무의식에 잠재되어 있는 불안의 표출이라고 생각했다. 그는 그 불안의 양태를 ‘약탈당할 불안(predatory death anxiety)’, ‘포식당할 불안(predation death anxiety)’, ‘실존적 죽음에 대한 불안(existential death anxiety)’으로 분류했다. 그는 우리의 죽음에 대한 염려는 각자 자신의 죽음을 상상하며 ‘해로움’을 당할 것이라 생각하는 심리에서 나온다고 봤다.

죽음불안은 다차원적 구조를 갖는다.

첫째, 죽음불안의 인지적 차원으로 죽음, 죽어감과 관련된 사건에 대한 반복적인 생각이 있다.

둘째, 죽음불안의 정서적 차원으로 죽음, 죽어감을 생각할 때 경험되는 걱정과 공포의 감정이 있다.

셋째, 죽음불안의 생리적 차원으로 죽음, 죽어감을 생각할 때 나타나는 생리적인 반응이 있다.

넷째, 죽음불안의 행동적 차원으로 죽음, 죽어감과 관련된 회피행동이 있다.

또한 죽음불안을 마운트(Mount)는 3가지 공포로 설명하고 있다.

첫째, 죽어가는 과정에서 일어난 일에 대한 공포이다. 예를 들면, 통증과 존엄 상실, 타인에게 짐이 되는 것과 같은 것이다.

둘째, 죽음 자체에 대한 공포로 자기 존재가 사라지는 것에 대한 두려움이다. 예를 들면 생명과 삶을 구성하는 활동과 통제력의 상실, 그동안 추구하던 일과 관계의 상실 등과 같은 것이다.

셋째, 죽음 이후에 일어날 일에 대한 공포로 육체의 운명, 사후세계의 심판, 완전한 소멸 등 영원한 징벌이나 망각되는 것에 대한 공포이다.

알폰스 디켄(Alfons Deeken, 1992)은 죽음공포의 구체적인 내용을 10가지로 세분하여 제시했다.

첫째, 고통에 대한 공포로 질병으로 인한 육체적 고통, 죽을 수밖에 없다는 심리적 고통, 남은 가족의 장래를 염려하는 사회적 고통, 사후세계의 심판에 대한 불안으로 인해 영적 고통에 대한 두려움을 느끼는 것이다.

둘째, 고독에 대한 공포로 혼자 죽음을 맞이해야 하기 때문에 오는 고독감에 대한 두려움이다.

셋째, 존엄 상실에 대한 공포로 질병과 노쇠로 인해 초라하고 비참한 모습을 나타냄으로써 존엄과 품위가 상실되는 것에 대한 두려움이다.

넷째, 타인에게 짐이 되는 것에 대한 공포로 가족과 사회에 부담이 되고 의료비 증가로 인한 재정적인 부담에 대해 두려움을 느끼는 것이다.

다섯째, 통제 상실에 대한 공포로 죽음이 다가올 때 자신을 돌보거나 통제하지 못함으로써 무력하고 의존적인 존재가 되는 것에 대한 두려움이다.

여섯째, 불확실성에 대한 공포로 언제 어떻게 죽을지 모르는 것에 대한 두려움이다.

일곱째, 미완성의 삶에 대한 공포로 살아 있는 동안 추구했던 일을 완성하지 못하고 인생을 불완전한 채로 끝내야 하는 것에 대한 두려움이다.

여덟째, 인격 소실에 대한 공포로 자신의 인격 자체가 없어져 버리는 것에 대한 두려움이다.

아홉째, 사후의 징벌에 대한 공포로 죽은 후에 내세에서 심판을 받아 징벌을 받거나 지옥에 가게 될 것에 대한 두려움이다.

열째, 공포에 대한 공포로 자신이 죽음을 앞두고 공포의 고통에 시달릴 것에 대한 두려움이다.

이처럼 죽음, 죽어감은 모든 이에게 두려움과 근심을 자아낸다. 죽어서 소멸되고 사라진다는 생각은 대부분의 사람에게 이해 불가능한 무(無), 공(空), 허(虛)의 심연에 빠지는 공포를 만들고, 죽음 이후에 아무것도 확증할 수 없다는 사실은 이를 더욱더 공포스럽게 만든다.

II. 베커(Becker)의 『죽음의 부정』

죽음이 가까이 다가올 때 현실을 거부하는 내면의 의식이 그 사실을 부정함으로써 죽음을 두려워하는 죽음불안이 형성된다는 것은 당연한 심리적 이치다.

어니스트 베커(Ernest Becker 1973)는 『죽음의 부정(The Denial of Death)』에서 인간과 사회를 움직이는 무의식적 원동력은 죽음의 부정, 즉 불멸의 추구라고 했다. 이러한 베커의 주장을 셸던 솔로몬(Sheldon Solomon), 제프 그린버그(Jeff Greenberg), 톰 피진스키(Tom Pyszczynski)가 공포관리이론(Terror Management Theory)을 정리하여 죽음불안과 공포에 대한 이론들을 정립했다.

이 이론에 의하면 인간의 문화 체계는 죽음의 공포를 관리하기 위한 것이며, 인간 대부분의 행동은 죽음을 부정하기 위한 것으로 설명된다. 그는 프로이트(Freud)가 인간의 1차적 동기라고 주장했던 리비도(Libido)를 죽음공포로 바꾸어놓았다. 실제 인간을 움직이는 원동력은 죽음공포에서 벗어나기 위한 불멸 추구라고 본 것이다.

인간은 죽음이나 불안에 대한 근원적인 무력감이 있다. 따라서 죽음공포를 방어하기 위해 개인적 역량을 강화하고 집단적 문화를 형성하며 인간의 문명은 궁극적으로 죽음공포에 저항하기 위한 상징적 방어 체계가 된다는 것이다.

이러한 불안과 공포를 대처하는 것은 육체는 소멸되어도 의미와 상징적 세계에서 영웅심의 충족을 통해 죽음의 딜레마를 극복하고 불멸을 추구한다는 것이다. 그는 이를 불멸 프로젝트(immortality project)라고 불렀다. 인간은 불멸 프로젝트를 성공적으로 완수함으로써 영웅적 존재가 될 수 있으며 결코 죽지 않는 상징적 불멸을 이룰 수 있다고 했다.

의미와 상징적 차원에서 사회적 상징 체계는 종교, 학문, 예술, 법률 등으로 삶의 의미를 느낄 수 있게 하는 가치 체계를 제공한다. 이러한 사회적 상징 체계에서 문화적 가치와 일치하는 성취와 능력을 보임으로써 자신의 탁월성을 평가받을 수 있다. 또한 개인적 상징 체계에서는 자존감(self-esteem)의 추구를 통해서 죽음공포의 충격을 완충한다. 자존감은 자기 자신이 특별한 존재로서 죽음의 운명으로부터 면제되거나 유예될 수 있다고 믿는 마음으로, 자신이 속한 사회의 문화적 가치를 성공적으로 성취함으로써 물질적 보상과 사회적 인정을 통해 유지되거나 고양될 수 있다.

특별히 자신을 중요한 예외적 존재로 여기려는 높은 자존감을 영웅심(heroism)이라 하는데, 영웅심은 본능적인 자기애뿐만 아니라 자존감을 추구하는 욕구에 근거하고 있기에 본성적이라고 본다. 예를 들면 영웅심은 국가나 민족과 같은 집단을 위해 죽음을 불사하며 탁월한 업적을 남김으로써 많은 사람의 칭송을 받으며 오래도록 기억되는 불멸의 존재가 되고자 하는 동기라 할 수 있다. 실제 우리 사회는 개인의 삶에 대해서 특별한 의미와 가치를 부여하는 영웅의 이야기로 가득 차 있다.

[그림 2]는 죽음공포를 어떻게 방어하는지 그 흐름을 나타낸 것이다.

[그림 2] 죽음공포의 방어 과정

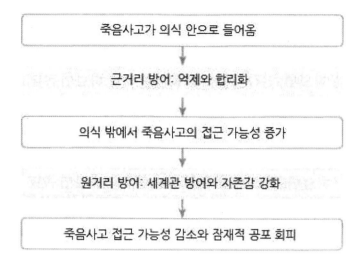

하지만 인간은 각자 불멸을 추구하기 때문에 사회적 갈등을 초래하게 된다. 한 인간의 불멸 프로젝트는 다른 이의 불멸 프로젝트와 충돌할 수 있고 그러면 서로 각자의 불멸 프로젝트가 우월하다고 주장할 것이기에 서로를 비난할 수밖에 없다. 이처럼 불멸 프로젝트는 민족주의, 전쟁, 편견, 집단살해 등의 사회적 갈등을 유발하는 근본적인 동력이 된다. 결국 세상의 수많은 갈등과 전쟁은 죽음의 부정이라는 욕망의 결과라 할 수 있다.

또한 정신장애도 불멸 프로젝트와 관련되어 있는데 우울증은 불멸 프로젝트가 실패했다는 인식에 근거한 것이며, 정신분열증은 현실을 부인하며 불멸 프로젝트에 강박적으로 매달릴 때 발생한다고 보았다. 물론 창의적인 사람들도 정신분열증 환자와 마찬가지로 기존의 문화적 불멸 프로젝트를 부인하고 자신만의 현실을 창조하려는 노력을 기울인다. 하지만 창조적인 사람들은 단지 내면적인 심리적 현실을 만들어내는 것이 아니라 다른 사람들이나 사회적 가치 체계에서 인정할 수 있는 현실을 창조하고 표현한다는 점에서 다르다.

지금까지 종교는 불멸 프로젝트를 통해 영웅심을 충족시키는 상징적인 사회문화 체계였으나 근대를 지나면서 설득력을 상실했으며 존립의 위기에 처해 있다. 현대 사회는 인간의 진화하는 지성을 통해서 이러한 환상들이 해체되고 파괴되는 방향으로 나아가고 있다. 물론 종교의 자리에 과학이 들어와 종교를 대신하고자 했으나 인간의 삶에 절대적 의미를 제공할 수 없기 때문에 성공하기 어렵다.

Ⅲ. 죽음불안에 대한 대처

지난 인간의 역사에서 죽음을 극복하고 영생을 얻고자 하는 욕망은 끝없이 추구되었다. 이를 케이브(Cave)는 4가지 방식으로 소개하고 있다.

첫째, 불로장생을 통해 육체적 영생을 추구하는 것이다. 예를 들면 불로초를 구하는 행위 같은 것인데, 무병장수를 위해 지금도 인간은 생명과학 노력에 매진하고 있다.

둘째, 죽었다 다시 살아나는 것으로 육체적 부활을 꿈꾸는 것이다. 예를 들면 이집트 미이라나 티벳불교의 환생이나 기독교에서 부활의 가능성을 주장하는 것이다.

셋째, 정신적 존재로 살아남으려는 추구이다. 예를 들면 사후에도 영혼의 존재를 믿거나 영적 차원에서 계속 존재한다고 생각하는 것이다.

넷째, 자신의 유산이나 흔적을 남기는 것이다. 예를 들면 자녀를 출산하는 것도 문화적 기념물로서 남기는 것이며 자신의 업적을 실현하는 것이다.

또한 카스텐바움(Robert Kastenbaum)은 죽음에 대한 태도로 부정, 불안, 수용을 핵심 개념으로 꼽았다. 태도는 우리가 어떤 대상에 대해 느끼고 행동하는 지속적 경향성으로 인지적인 측면, 감정적인 측면, 행동적인 측면을 갖는다. 흔히 죽음이 임박하거나 죽음에 가까운 경험을 하게 될 때 사람들이 보이는 반응이나 태도는 심리적 성숙, 대처기술, 종교, 나이, 사회경제적 요인, 신체 상태, 주변 관계와 지원 정도 등에 따라 다르게 나타나지만 대략적으로 범주화하면 죽음부정, 죽음불안, 죽음수용으로 나눌 수 있다.

1. 죽음부정(Denial)

부정은 불안이나 자아 보호의 방어기제로 현실을 무시하는 반응이다. 예를 들어 죽음 판정을 받은 사람이 죽음으로부터 심리적 거리를 두기 위해 자신의 현실적 죽음을 무시하고 받아들이지 않는 경우이다. 수백 명의 말기 암 환자를 대상으로 임상 연구를 했던 퀴블러 로스는 저서 『죽음의 순간』에서 많은 사람이 불치병에 걸렸다는 사실을 알았을 때 죽음의 선고를 부정하며, 자신에게 이런 일이 일어났다는 것을 부인한다고 했다. 모든 인간은 모두 죽는다는 자명한 사실을 알고 있음에도 불구하고 '나는 죽지 않는다'는 본능적인 신념을 가지고 있기 때문에 자신의 죽음을 부인하는 현상이 나타난다는 것이다.

죽음부정은 죽음에 대한 거부적 태도로 죽음공포와 죽음회피로 나뉜다. 죽음공포는 죽음에 대해 두려움과 공포를 느끼는 경우로서 죽음의 상태와 죽어감의 과정에 대한 부정적인 사고와 감정을 의미한다. 죽음공포를 지닌 사람들은 죽음을 회피하지 않고 직면하지만, 죽음을 수용하지 못한 채 죽음에 대한 지속적인 공포감을 경험한다.

죽음회피는 죽음에 대한 불안과 공포를 회피하기 위해서 죽음에 관한 생각을 하지 않으려는 죽음부정의 태도를 말한다. 이런 태도를 가진 사람들은 무의식적으로 죽음에 대한 불안을 지니고 있으며 이러한 죽음불안과의 직면을 두려워한다. 이들은 죽음에 대한 대화를 회피할 뿐만 아니라 죽음을 떠올리는 자극이나 상황을 외면한다. 죽음회피는 죽음에 대한 생각을 의식에서 멀리 밀어내는 방어적 태도다.

카스텐바움은 부정과 부정처럼 보이는 반응을 6가지로 나누어 설명하고 있다.

① 선택적 주의(selective attention)

일상생활에서 우리의 주의를 끄는 것은 많기 때문에 일어나는 모든 일에 주의를 기울일 수는 없다. 여기에서 선택적 주의는 주로 성인보다 어린 환자에게서 많이 발견되는데, 죽음을 부정하는 것이 아니라 눈에 가장 잘 띄는 것에 단순히 관심을 돌리는 것이라 할 수 있다.

② 선택적 반응(selective response)

선택적 반응을 나타내는 사람은 자기 나름의 생각을 가지고 있으며 이를 표현할 시기와 장소를 선택한다. 자신보다 더 겁먹은 사람들에게는 자신의 생각을 나누지 않거나 그 상황에서 아무 일도 할 수 없기에 죽음 이외의 다른 것에 대해 선택적 반응을 하는 것이다. 또는 자신에게 아직 중요한 것이 있다고 생각하기에 죽음을 잠시 뒤로 물리려는 태도일 수도 있다.

③ 구분하기(compartmentalizing)

구분하기는 죽음이 임박했음을 인식하되 어떤 측면에는 반응하면서 어떤 측면은 깨닫지 못하는 것이다. 예를 들면 병이 예후가 안 좋다는 것을 알고 있으며 치료에 적극적으로 임하면서 몇 년 후 건강을 회복할 것이라는 계획을 세우는 것으로, 죽음의 현실은 인정하지만 죽는다는 현실을 실감하지 못할 때 나타나는 반응이다.

④ 속임(deception)

속임은 사람들이 때때로 잘못된 정보를 주는 것으로 죽음 상황에서 서로 거짓말을 하고 있을 때 서로 속이고 있다는 것을 인정하는 것이다.

⑤ 저항(resistance)

저항이란 죽음의 현실을 받아들이지 않고 죽음과 싸워 이길 것을 결심하는 것이다. 이것은 죽음을 수용하고 받아들이면서 가능한 한 삶을 위해 싸우기로 결정한 사람과는 다른 것이다.

⑥ 부정(denial)

부정이란 죽음 현실을 인정하지 않는 방어기제로 무의식적으로 작동한다. 부정과 회피는 행동적으로는 비슷해 보이지만 회피는 의식적인 반면, 부정은 무의식적이다. 부정을 이해하기 위해서는 부정과 수용의 대인관계적인 측면을 고려해야 한다. 와이즈만(Weisman)은 부정하는 목적은 단순히 피하는 것보다는 의미 있는 관계의 상실을 막고자 하는 행동으로 정의한다. 중요한 것은 부정도 자신을 보호하는 초기 과정이라는 점이다. 부정처럼 보이는 행동의 이면을 보고 이에 대한 관심과 이해를 기울여야 한다.

2. 죽음불안

죽음에 대한 불안은 죽음을 생각나게 하는 상황에 부딪힐 때 유발되는 정서적 불안정이나 고통을 말하는 것으로 '죽음, 죽어가는 것에 대한 우려나 근심, 두려움, 또는 그것을 중단하려는 생각'이다. 많은 논문에서 불안과 공포를 혼용하여 사용하고 있다. 굳이 구별을 하자면 불안이 확인할 수 있는 원인이 없는 죽음에 대한 감정이라면, 공포는 죽음불안에서 느껴지는 감정으로 비교적 확인할 수 있는 원인이 있는 경우를 말한다. 하지만 죽음의 상황에서는 죽음불안과 죽음공포를 구별하기 곤란하기에 구별 없이 사용하고 있다.

① 죽음불안의 원인

사람들이 죽음을 두려워하는 이유를 몇 가지 살펴보고자 한다. 첫째, 삶의 본능 때문이다. 살고자 하는 본능이 우선적이기에 직감적으로 죽음은 근절해야 할 악이며 삶은 죽음으로부터 보호해야 하는 것이다. 둘째, 우리가 가진 불사불멸의 무의식적 환상 때문이다. 우리의 무의식은 자신이 사라진다는 생각을 하지 않기에 죽음은 자신이 살해당하는 것일 뿐이며, 그 자체가 보복, 처벌, 악행이라는 생각을 떠올리게 만든다. 셋째, 과도한 개인주의나 자아정체성으로 집단유대감이 약화되었기 때문이다. 실제 죽음불안은 집합적 개념보다는 개인적 개념으로 자신을 생각할 때 더욱 커진다. 또한 죽음에 대한 병적이고 신경증적 공포는 일반적 불안의 표현으로 어린 시절, 과거의 정신적 외상에 기인하기도 한다.

② 죽음불안의 내용

죽음에 대해 불안을 느끼는 경우는 자신의 죽음을 예측하는 데서 기인하는 것으로, 자신이 죽는 순간 무슨 일이 일어날지 두려움을 느끼게 된다. 또는 사랑하는 사람을 잃거나 죽음 이후 받을 처벌에 대한 생각, 정든 것과의 이별도 불안을 일으키는 요인이다. 죽음의 과정에서 일어날 수 있는 모든 일은 불안을 야기할 수 있다. 또한 죽음에 대한 인류의 집단적 무의식에 근거하는 것으로 시체에 대한 공포도 해당한다. 일상적으로 일어나는 일은 아니지만, 행성 간의 충돌, 전쟁과 사고 등도 죽음에 대한 불안에 해당한다. 죽음을 생각나게 하는 것의 회피, 죽음의 현실과 죽을 가능성의 부정, 죽어가는 이와의 상호작용을 꺼림, 죽는다는 생각에 몰두, 고통에 대한 부정적 반응, 내세에 대한 관심도 이에 해당한다.

3. 죽음수용

죽음수용은 죽음을 회피하거나 극복하려고 애쓰지 않고 편안히 받아들이는 것이다. 퀴블러 로스는 이 상태를 모든 것을 초월한 후에 얻게 되는 행복한 단계라고 생각하기보다 감정의 공백 상태로, '긴 여행을 앞둔 마지막 휴식'의 때가 찾아온 것처럼 자신을 세상에서 분리시킨 것 같다고 했다. 이에 대해 클러그와 신하는 죽음수용을 죽음직면(자신의 죽음을 신중히 생각: 인지적 요소)과 죽음통합(자신의 죽음을 긍정적으로 받아들이는 것: 정서적 요소)으로 재정의하였다.

죽음에 대한 수용적 태도는 중립적 수용, 도피적 수용, 접근적 수용으로 구분된다.

첫째, 중립적 수용이란 죽음에 대한 이성적 수용을 의미한다. 이 입장은 삶과 죽음을 동전의 양면처럼 불가분의 관계로 이해한다. 삶을 살아간다는 것은 죽음 그리고 죽어감과 함께 살아가는 것이다. 이들은 죽음을 우리 삶의 불가피한 사실로 수용하고 최선을 다해 유한한 삶을 살려고 노력한다. 이들은 초연한 태도를 가지고 죽음을 삶의 일부일 뿐이라고 여긴다. 이런 면에서 보면 죽음은 삶의 자연스러운 한 측면이며, 부인할 수 없고 회피할 수 없는 사건이다. 죽음은 좋은 것도 나쁜 것도 아니다. 죽음을 두려워하지 않지만 환영하지도 않는다. 중립적 수용은 죽음을 삶의 촛불이 꺼지는 것으로 인식하는 것에서부터 문화와의 동일시, 삶의 소명 완성, 유산의 남김과 같이 더 긍정적인 것으로 받아들이는 다양한 태도를 포함한다. 실존적 심리학자들의 경우는 자기실현을 죽음수용의 중요한 조건으로 여긴다.

둘째, 도피적 수용의 입장에 있는 이들은 죽음을 고통스러운 삶에 대한 더 나은 대안으로 수용한다. 이 입장은 삶이 고통스럽고 비참해서 더 이상 삶의 고통을 감내할 가치가 없다는 인식에 근거한다. 이들에게 죽음은 인생의 부담으로부터, 또는 이 세상의 고통과 괴로움으로부터의 출구다. 이들이 죽음을 긍정적으로 여기는 것은 죽음의 악함 때문이 아니라 삶의 악함 때문이다.

셋째, 접근적 수용의 입장에 있는 이들은 죽음을 더 나은 사후생(死後生)으로 나아가는 통로로 받아들인다. 이 입장은 바람직한 사후생에 대한 종교적 또는 영적 믿음에 뿌리를 두고 있다. 이들에게 사후생은 실재적 또는 상징적 불멸을 의미한다. 죽음은 새롭고 영광스러운 삶에 대한 약속으로 죽음은 영원하고 축복된 곳으로 옮겨가는 통로다. 죽음은 신과의 합일이며 영원한 축복이다. 죽은 후에 사랑하는 사람들과 재결합할 것을 기대한다. 죽음은 지극히 행복한 곳으로 들어가는 통로이며 저 세상이 이 세상보다 훨씬 더 좋은 곳을 약속한다. 접근적 수용은 행복한 사후생에 대한 믿음과 관련되어 있다.

Ⅳ. 죽음불안을 극복하기 위해

물론 죽음불안이나 공포는 누구나 경험하는 일이지만 이를 느끼는 개인차는 분명히 존재한다. 불안을 느끼는 경험도 다르고 이에 대한 대처방식도 다르다.

죽음불안은 빈도나 지속 기간에 따라 일시적 또는 만성적 죽음불안으로 나눌 수 있다. 죽음불안의 강도에 따라 걱정 또는 죽음공포로 분포될 수 있으며, 자각되는 정도에 따라 의식적 또는 무의식적 죽음불안으로 구분할 수 있다. 또 개인의 삶에 미치는 영향과 결과에 따라 적응적 또는 부적응적 죽음불안으로 구분할 수 있다.

[그림 3] 죽음불안의 통합적 모델

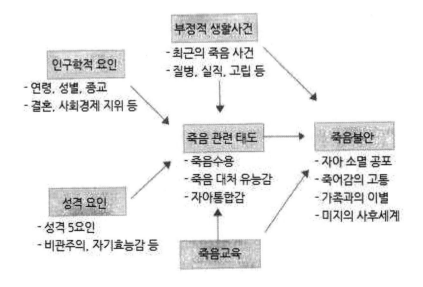

죽음불안에 가장 밀접한 요인은 개인이 죽음에 대해 갖는 주관적 생각, 지식, 이해, 믿음으로서의 생사관이다. 사실 인간 대부분의 경험은 인지적 해석을 통해 이해하고 다루기 때문에 생사관은 죽음불안에 밀접한 영향을 미칠 수밖에 없다. 또한 다른 여러 요인에도 영향을 받는데 인구학적 요인, 성격 요인, 부정적 생활사건, 죽음교육, 죽음 관련 태도 등이 영향을 미치는 것으로 나타났다.

에릭슨(Erickson)은 성숙한 태도로 인생에 대한 이해를 정립해온 사람은 노년기에 죽음을 바라보는 태도가 다르다고 했다. 롤로 메이(Rollo May)와 빅터 프랭클(Viktor Frankl)도 삶이란 생명과 죽음의 현실 속에서 무수한 선택과 결단으로 이루어진다고 전제한 후, 일종의 후회이론을 적용해 사람들의 죽음에 대한 태도를 살폈다. 놀라운 것은 삶에 대한 자기평가에 따라 죽음에 대해 다른 태도를 갖는다는 것이다. 후회 없이 잘 살았다는 생각으로 죽음을 맞는 이와 그렇지 못한 이는 죽음을 대하는 태도가 완연히 달랐다고 한다. 결국 죽음불안과 공포도 자신의 삶의 태도와 밀접한 관련이 있는 셈이다.

∽ 죽음에 대한 두려움과 태도에 대해 생각해 봅시다

1. 언제 가장 죽음에 대한 두려움을 크게 느끼나요? 그 이유는 무엇인 것 같습니까?

2. 죽음을 생각하면 떠오르는 이미지가 있나요? 그 이미지는 어떤 것입니까?

3. 어느 날 갑자기 내게 죽음이 선고된다면 어떻게 하겠습니까?

4. 주변 사람들이 죽음에 대해 하는 말을 들은 적 있나요? 어떤 표현을 썼고, 그때 그들의 표정과 동작은 어땠습니까? 그것을 통해 어떤 느낌을 받았나요?

03 죽음문화와 역사

살아 있는 존재들에게 가장 분명한 것은 '태어났다'는 것과 '언젠가는 반드시 죽는다'는 것이다. 죽음은 가장 확실한 미래지만 그 시간은 알기가 어렵다. 그래서 죽음은 생명의 일부이며 생명은 죽음에 의해 규정될 수밖에 없다. 죽음은 항상 우리의 곁을 서성이고 있지만, 우리는 대부분 죽음을 자신과 상관없는 것으로 여기고 거리를 두려고 한다. 우리가 죽음을 자각하는 것은 가족이나 가까운 사람의 죽음을 경험한 경우, 그렇지 않으면 자신이 불치의 병에 걸렸거나 사고를 당했을 경우이다. 인류 최초의 서사시 주인공인 길가메시(Gilgamesh)는 자신의 친구이자 동료인 엔키두(Enkidu)의 죽음을 목격한 후에 죽음에 대한 공포를 느꼈고 죽음을 이기거나 초월할 방법을 찾아 길을 떠났다. 그는 천신만고 끝에 영원히 살 수 있는 불로초를 얻었지만, 잠시 쉬고 있는 사이 뱀이 불로초를 훔쳐 달아났다. 길가메시 서사시를 요약하면 다음과 같다.

길가메시는 우르크의 성주로 반신반인(半神半人)의 영웅이었지만 점차 폭군

이 되어 갔다. 이에 여신 아루루가 괴물 엔키두를 보냈는데, 이들은 싸움 끝에 친구가 된다. 이후 길가메시와 엔키두는 숲속의 괴물 훔바바를 처러 함께 길을 떠났고 결국 괴물을 무찌른다. 다음으로 엔키두는 하늘의 황소까지 죽여 버리는데 그 죄과로 하늘로부터 죽음의 벌을 받는다. 길가메시는 친구 엔키두의 죽음을 애통해하며 죽지 않는 비결을 찾아 헤맨다. 결국 영원한 생명을 얻었다는 우트나피스팀을 찾아갔지만, 그도 죽지 않는 비결은 알지 못했으며 다만 바다에서 불로초를 캐는 방법을 가르쳐준다. 길가메시는 불로초를 캐서 집으로 돌아가다가 잠시 쉬고 있는 사이 뱀이 이 풀을 먹어 버렸다. 길가메시는 슬픔에 잠겨 빈손으로 우루크로 돌아간다.

길가메시 이야기를 통해 죽음에 대한 인간의 최초 생각을 추측할 수 있다. 이 이야기는 타인의 죽음을 통한 죽음의 자각, 영생과 불멸에 대한 인간의 욕망, 그리고 인간은 죽음을 피할 수 없다는 교훈을 남기고 있다. 이것은 길가메시에 대한 일반적인 해석이다. 이러한 해석을 수용하면서 우리 시대에 공감할 수 있는 길가메시의 또 다른 주제를 생각해 볼 수는 없을까?

이 글에서는 죽음에 관한 관념이 시대별로 어떻게 변화해 왔는지 죽음의 역사를 살펴보고, 우리가 살고 있는 이 시대의 죽음문화를 알아보고자 한다. 이어서 암으로 죽어가는 사람들의 마지막 이야기를 통해 삶과 죽음에 대한 새로운 관점을 탐색하고자 한다.

I. 죽음의 역사

프랑스 역사학자 필립 아리에스(Philippe Aries)는 인간과 죽음의 역사에 관해 연구를 진행했다. 아리에스는 서양문화를 중심으로 각 시대별 죽음의 역사를 우리의 죽음, 나의 죽음, 멀고도 가까운 죽음, 너의 죽음, 그리고 금지된 죽음으로 구분한다.

첫째, '우리의 죽음'은 중세 초기 서양 사람들의 죽음에 대한 이해와 태도이다. 여기에는 죽음의 친밀성이 담겨 있다. 과거 공동체 시대에 죽음은 단순히 개인적 차원의 행위가 아니라 개인과 그가 속한 혈족 또는 공동체 간의 유대를 돈독히 하고 확인하는 것이었다. 즉 죽음은 공적이고 사회적인 사실이었던 셈이다. 죽음은 공동체의 시련이며, 죽음의례는 개인을 공동체로 편입시키고 연대감을 강화하는 계기가 되었다. 죽어가는 사람의 침실은 공적이고 공동체적인 장소가 되었다. 전통 사회의 사람들은 가정에서 가족과 친지, 마을 사람들이 둘러보는 가운데 죽어감과 죽음을 맞이했다.

둘째, '나의 죽음'은 중세 말 서양에서 죽음에 대한 개인의 자각이 이루어지면서 공동체적인 죽음의 이해와 태도에서 벗어나 좀 더 개인적인 죽음의 이해와 태도로 변화한 것이다. 이는 개인주의가 발달하고 부활 신앙에 대한 회의가 생기면서 죽음에 대한 공포를 느끼게 되었고 자신의 죽음에 대한 자각이 일어났다. 특히 페스트로 많은 사람이 사망하자 비로소 죽음은 무서운 것이 되었다.

셋째는 '멀고도 가까운 죽음'이다. 이는 가깝고 친숙했던 죽음이 점차 두려움을 불러일으키면서 멀어진 반면, 죽음이나 시체에 대한 묘한 호기심이 발동하던 시기의 죽음 인식이다. 과학이 발흥하던 바로크 시대에는 죽음에 대한 공포와 흥분이 공존했으며, 의학의 발달로 해부학 공개 강의가 열렸고 사람들은 이를 구경하러 다녔다.

넷째, '너의 죽음'은 낭만주의 시대의 죽음 인식이다. 종교의 힘이 약화되고 과학의 발달로 자기 죽음조차 타인의 죽음으로 바라보게 되었다. 이 시대의 사람들은 타인의 죽음에 대한 회한과 추억의 감정을 발산했다. 그래도 이 시대까지 죽어감과 죽음에 대한 친밀감은 지속되었다고 볼 수 있다.

다섯째, '금지된 죽음'은 산업화와 도시화가 시작되고 그에 수반하여 개인주의가 득세하던 19세기 말엽 서구 산업사회의 죽음 인식이다. 금지된 죽음은 현대 죽음 이해와 태도의 전형이라고 할 수 있다. 현대의 죽음 문화는 자신뿐만 아니라 타인의 죽음을 공개적으로 인정하는 것에 대한 혐오감, 혐오감으로 인한 정신적인 고립감, 그 결과 의사소통의 부재, 죽음의 의료화로 요약된다.

현대 죽음문화에서 두드러진 현상은 죽어감과 죽음의 공간이 병원이라는 점이다. 이로써 이제 죽음은 생명과 삶으로부터 소외되고 배제되며 부정되었다. 죽어가는 사람은 산 사람과 분리되어 병실이나 중환자실로 옮겨짐으로써 사람들의 의식에서 죽어감과 죽음은 서서히 망각된다. 이러한 현상은 메르스(MERS)와 코로나 19(COVID-19)를 거치면서 확연해졌다. 전염병으로 죽은 환자의 시신은 전염병의 숙주로 규정되어 빠르게 처리되었다. 코로나 환자들은 보건 위생상의 이유로 가족들과 마지막 인사조차 나누지 못하고 격리 시설에서 외롭게 죽어갔고, 빠르게 소각되었다. 이것은 전염병을 막기 위한 일시적인 방법이라고 할지라도 죽음을 대하는 현대 사회의 태도를 여실히 보여주는 사례라고 할 수 있다.

홍은영(2013)은 현대 사회를 '죽음을 추방하는 사회'라고 규정했다. 의료기술의 발달로 중환자들은 병원에 장기간 체류하고 임종 환자의 침대 역시 가정에서 병원으로 옮겨졌다. 이제 병원은 고립된 죽음의 장소가 되었다. 그래도 죽어가는 자와 산 자의 소통이 가능한 두 지점이 있는데, 그것은 임종의 순간과 애도 기간이다. 그러나 현대 사회에서 죽음에 관한 중요한 사건은 애도에 대한 거부와 삭제의 움직임이다. 애도 절차가 축소되고 사라지는 것은 죽음의 실체를 부정하고 은폐하려는 방식이다. 죽음은 인간과 사회로부터 추방되었고, 애도는 공개적으로 표현하거나 기간이 길어지면 병리적인 것으로 간주되기 시작했다. 또한 애도는 자연스러운 현상이 아닌 질병으로 이해되어 치료의 대상이 되었고, 애도를 외적으로 표현하는 것을 나약함으로 인식하기도 한다.

'죽음이 무엇인가?'에 대한 대답은 시대와 역사에 따라 변해왔다. 죽음에 대한 인식, 죽음문화와 의례, 죽음에 대한 이미지, 죽음에 이르는 절차 등은 사회와 역사 속에서 다른 모습을 하고 있다. 오늘날 우리 사회의 죽음에 대한 태도는 우리 사회의 특수성에 기인하는 것이다. 다시 말해, 현재 죽어가는 사람에 대한 태도와 관념, 그리고 죽음에 대한 태도와 관념은 불변의 것이 아니다. 아리에스의 주장처럼 죽음에 대한 인식 역시 사회변화 과정에서 구조화된 특수한 현상이다. 그러므로 죽음이 던지는 메시지를 다시 성찰하고 검토한다면 죽음에 대한 새로운 관점을 제시할 수 있을 것이다. 인간에게 중요한 것은 죽는다는 사실이 아니라, 인간만이 죽음에 대해 성찰할 수 있다는 점이다.

II. 우리 시대의 죽음문화

죽음문화는 '당대 사람들이 죽음을 어떻게 이해하고 실천하는가?'에 대한 문제다. 문화인류학에서는 인류의 문화란 인간이 죽음을 자각하면서부터 시작되었다고 한다. 선사시대 인류는 죽음이 끝이 아니라는 점을 자각하면서 죽은 자를 매장하는 장례의례를 시작했다. 이후 죽은 자를 기억하는 문화는 매장, 장례의식, 죽음의례, 추모 등으로 이어진다. 죽음문화는 죽음을 어떻게 의식하고 기억하며 기념하는지를 포괄한다. 이러한 죽음문화는 죽음을 바라보는 인간의 문화적 해석이 담겨 있으며, 죽음 관련 문화는 당대의 종교와 철학을 토대로 삶의 양식을 반영한다. 그러므로 각 문화권마다 서로 다른 죽음문화를 보유하고 있으며, 이를 통해 각 문화권이 추구하는 삶의 가치와 의미를 엿볼 수 있다. 죽음문화는 죽음의 의미를 드러내고 동시에 삶의 의미를 포착할 수 있다(신승환, 2014).

인간은 죽음을 의식하면서 죽음에 대한 양가적 태도를 취해왔다. 철학과 종교를 중심으로 '죽음이란 무엇인가'라는 질문을 던지며 죽음의 의미를 탐구해 왔다. 또 한편으로는 죽음을 금기시하면서 죽음을 삶 속에서 배제하고 격리하는 태도를 보여왔다. 이는 죽음에 대한 두려움과 공포에서 비롯된다. 현대 우리 사회는 죽음의 의미를 탐구하는 태도는 축소되고 죽음을 금기시하는 태도가 사회 전반에 확산되었다. 이러한 분위기는 오히려 생명에 어두운 그림자를 드리우고 있다. 생명과학과 의학의 발전에도 불구하고, 현대인의 삶과 죽음은 존엄하지 않다. 이는 낙태, 폭력과 자살, 연명치료, 안락사에 관한 논쟁에서 엿볼 수 있다. 현대인들은 죽음에 대한 두려움과 공포를 가지고 있으며, 죽음을 부정하고 금기시하는 태도와 죽음을 망각하고 배제하는 태도는 오히려 존엄하지 못한 삶과 불행한 죽음으로 나타난다(박형국, 2015).

삶의 의미를 찾지 못한 개인은 스스로 삶을 포기하기도 한다. 대부분의 문화권과 종교에서 자살을 반사회적이거나 반생명적인 것으로 금지하고 죄악시한다. 그러나 오늘날에는 법적으로 죽을 권리를 인정하는 새로운 죽음 이해, 즉 자신이 선택할 수 있는 죽음에 대한 논의가 거세지고 있다. 죽을 권리를 인정하는 국가에서는 생존이 곧 고통이 되어버린 말기 환자나 삶의 의미를 상실한 사람들이 자기 죽음을 앞당길 수 있다. 스위스나 네덜란드에서는 무의미하거나 고통스러운 생존을 거부하고, 선택하는 죽음도 인정되고 있다. 우리 사회에서도 조력자살, 안락사, 존엄사라는 이름으로 '선택하는 죽음'(박충구, 2018)에 대한 논의가 시작되고 있다. 그러나 이러한 논의는 삶의 의미와 죽음에 대한 성찰이 본격화되고 삶의 존엄과 죽음의 존엄에 대한 사회적 합의가 바탕이 되어야 한다.

오늘날의 이러한 죽음문화는 죽음의 현실을 축소해서 해석한 결과라고 할 수 있다. 죽음 현실의 축소는 세 가지 측면에서 포착된다. 첫째, 삶과의 관계에서 죽음이 축소된 것이다. 이는 죽음이 삶에서 부정되고, 배제되는 현상을 말한다. 소비를 중시하는 자본주의 시대에 죽음은 소비의 종말을 뜻하므로 소비문화를 유지 발전하기 위해 죽음은 격리되고 은폐되고 있다. 삶과 죽음은 서로 이어져 있으며 상호작용하는 관계인데, 죽음을 부정하고 숨김으로써 오히려 삶은 방향성과 온전함을 상실했다. 삶과 죽음이라는 양쪽 날개로 유지되는 생명이 한쪽 날개를 잃었다고 할 수 있다.

둘째, 죽음의 사실과 의미의 축소이다. 죽음은 생물학적인 사건인 동시에 문화적이며 실존적인 측면을 포함한다. 그런데 우리 시대의 죽음은 물질적인 측면을 강조함으로써 죽음의 의미가 축소되고 있다. 죽음의 의미 축소는 삶의 의미 축소와 상실로 이어진다. 의미를 발견한다는 것은 객관적인 정의를 알게 된다는 것이 아니라 주관적으로 자기 삶을 깊은 맥락에서 이해하고 수긍하는 상태를 말한다. 삶의 의미를 찾아내면 자신이 특정 경험에서 주인공이고 주체적으로 그것을 잘 다루고 있다는 느낌이 들게 된다(박정은, 2018). 이런 측면에서 죽음에서 의미를 찾아가는 노력은 삶의 의미를 찾는 노력이라고 할 수 있다.

셋째, 현대의 죽음은 임종 중심으로 축소되어 있다. 죽음의 문제가 단지 죽어감의 짧은 시공간 문제로 축소되고 있으며, 이는 죽음을 삶 또는 생명의 전체 국면 속에서 이해하는 것을 가로막는다. 죽음을 삶과 관련하여 전체 삶의 관점으로 이해하기보다는 단지 삶의 마지막 국면, 즉 병원에서의 임종 문제로만 제한하고 있다. 삶과 죽음을 통합적으로 이해할 수 있다면 삶이 더 풍요로워지고 죽음의 수용과 애도가 좀 더 자연스러워질 것이다.

Ⅲ. 말기암 환자들이 들려주는 마지막 이야기

2022년에 발표된 「말기암 노인 환자들의 죽음인식에 대한 현존재 분석」이라는 논문(이근무, 김경희, 유지영)에 기반해, 말기암을 선고받은 노인 환자들의 삶과 죽음에 관한 마지막 이야기를 해보려고 한다.

노인은 자연적 죽음과 관련된 세대이며, 특히 말기암 환자들은 죽음과 가장 가까운 존재들이다. 이들은 죽음에 대한 공포와 불안이 극대화될 수 있고,

또는 죽음의 공포를 초월할 수도 있다. 이 연구는 죽어가는 사람들의 목소리를 통해 죽음의 의미와 죽음교육의 방향을 탐색하고자 진행되었다. 이 연구에 참여했던 노인 환자들은 모두 9명으로 말기암 판정을 받은 이후 호스피스 병실에 입원한 상태였으며 남성 4명, 여성 5명으로 모두 60대다. 최초 암 진단을 받은 시기는 51~67세이고, 9명 중 3명은 위암 완치 판정 후 재발한 경우이며, 나머지는 폐암, 간암, 대장암, 췌장암이었다. 종교를 살펴보면 기독교 4명, 불교 3명, 무종교는 2명이다. 연구 참여자들은 암이라는 질병을 보유하고 있고 현대 의학으로는 완치할 수 없다는 판정을 받은 상태이므로 '죽음을 앞둔 개인'이라고 할 수 있다.

이들 말기암 노인 환자들의 죽음에 관한 인식을 정리하면 [표 1]과 같다.

[표 1] 말기암 환자들의 죽음에 대한 인식

범주	하위 범주
존재론적 실패에 대한 회의	• 숙제를 미루다 낙제함(위암, 63)
고단한 삶에서의 쉼	• 가족 부양의 짐을 내려놓은 축복(대장암, 68)
사랑의 기억을 안고 가기	• 임종 때, 울어줄 사람이 있어서 행복한 사람(간암, 60) • 저승길에 가져갈 수 있는 것은 내가 베푼 사랑뿐(간암, 65)
육체적 삶에 대한 애정	• 암이란 놈에게 죽는 순간까지 꼿꼿하게 맞설 것(폐암, 66)
공존의 씨앗 파종	• 생전에 재산을 기부하기(폐암, 65) • 갈등과 반목이 있었던 형제와 화해(대장암, 68) • 채무자들의 부채를 탕감하기(간암, 60)
몸의 소중함을 재인식	• 암은 내 욕심이 발전한 것(위암, 65)
또 다른 길의 준비	• 용서를 통한 아름다운 마무리의 시작(폐암, 66) • 죽음은 또 다른 소풍이므로 설레며 준비(위암, 65)

'존재론적 실패에 대한 회의'는 생전에 자신의 삶은 하늘이 준 숙제를 완

수하지 못했다는 회한을 의미한다. 노인은 그동안 열심히 살기는 했지만, 오로지 가족들만 사랑했지 가난하고 힘없는 사람에 대한 사랑이 부족함을 느꼈다며, 남은 생은 낙제생으로서 분발하겠다고 구술했다.

> "하나님이 준 숙제를 생각하니까 내가 낙제생이에요. 하나님이 준 숙제가 뭐 별거 있겠어요. '열심히 사랑하라'는 거였는데 나는 가족하고 교회 사람들만 사랑했지, 진짜로 불쌍하거나 힘없는 사람들은 사랑한 적이 없는 것 같아요. 전에는 믿지 않는 사람들을 무시하고 구원의 대상으로만 봤는데 이제는 사랑의 대상으로 보죠."

가족부양이라는 무거운 짐을 지고 살았던 대장암 환자는 암은 죽음의 예고이지만, 역설적으로 '고단한 삶을 내려놓아도 되는 축복'이라고 했다. 개신교도인 그의 구술에 의하면 죽음은 하나님이 주신 평안이자 축복이다. 간암투병 중인 여성 노인은 자신의 삶을 행복한 인생이라고 말했다. 여성의 몸으로 장사를 하며 힘들게 살아왔지만, 자신의 삶은 단순히 돈을 벌기 위한 삶이 아니라, 활인(活人)의 삶이었다고 의미를 구성했다. 그에 의하면 배고픈 사람에게 물과 음식을 주어 생명을 이어주는 것이 활인의 삶이다. 특히 그는 마지막 가는 길에 울어줄 단 한 사람만 있어도 행복한 인생이며, 자신의 죽음에 종업원이나 손님들이 울어줄 것이라고 생각하고 있었다.

> "죽고 나서 운다는 게 무슨 의미가 있겠어요? 그래도 내가 죽을 때 가족들 빼고 단 한 사람이라도 나를 위해 울어줄 사람이 있다면, 진심으로 울어주는 사람이 있다면, 그것만큼 행복한 인생이 어디 있을까요?"

불교 신자인 한 노인은 한때 세간의 화제를 모았던 어느 스님의 책인 『여보게, 저승 갈 때 뭘 가지고 가지』를 이야기하며 자신의 삶과 수의 이야기를 꺼냈다. 수의에는 주머니가 없는데, 그것은 죽을 때에는 이 세상에 쌓아놓은 것을 아무것도 가지고 갈 수 없다는 의미다. 노인은 "자신은 부자는 아니었지만, 악업을 쌓지 않기 위해 노력했다"고 했다. 하지만 산다는 것 자체가 죄라고 하면서 암은 자신의 죄에 대한 응보이며, 환자로서의 보살핌과 지지를 받는 것 못지않게 마지막 남은 삶에서 베풂이 중요하다고 구술했다.

> "저는 공직에서 오랫동안 일을 해왔고 사실 그래서 손익계산서를 잘 써요. 내 삶의 손익계산서를 지금 써보니까 잘한 일보다 못한 일이 더 많은 것 같아요. 그러니까 적자죠 적자. 남은 생은 별거 아니에요. 적자를 흑자로 바꾸는 거죠. 얼마 남지 않았지만 조금 더 착한 일을 하게 되면은 적자를 메꾸지 않을까……."

또 다른 환자는 자신의 삶을 주어진 운명과 투쟁하는 삶으로 보았다. 가난한 집에 태어나서 가난을 극복했고, 많이 배우지 못했으나 삶의 전쟁에서 고학력자들을 이겨냈다. 그에 의하면 암은 자기 삶의 예기치 못한 복병이었다. 복병을 만나 잠시 당황했으나 자신을 정렬하고 전쟁을 치르는 중이라고 했다. 그는 마지막까지 현대 의학의 승리와 신약 개발 소식에 관심을 기울이고 있었다. 신약에 대한 기대는 자신의 운명과 싸우기 위함이다.

> "암이라는 게 내가 잘못한 것도 있지만 이게 완전히 복병이에요. 숨어 있다가 날 덮치는 건데. 그런데 나는 운명에 무너진 적이 없어요. (중략) 나는 산다는 게 투쟁이라고 생각해요. 전쟁이에요, 한마디로. 이까짓 암도 현대 의학에서는 뭐 불치라고 해도 나는 그렇게 생각 안 하거든. 결국은 죽을 수도 있지만 죽는 순간까지도 나는 포기하지 않고 꼿꼿하게 설 거예요. 암이란 놈한테……."

‘공존의 씨앗 파종’은 자신이 살아 있을 때 재산을 기부하고, 갈등과 반목이 있었던 형제들과 화해를 시도하거나 채무자들을 불러 부채를 탕감하는 시도들이다. 생전에 재산을 기부했다는 환자는 칭찬이나 사회적 명성보다는 평생 모은 자산이 아름답게 쓰이는 것을 보고 싶은 바람이 있었으며, 실제 그는 복지단체에 기부한 돈으로 수리된 건물을 보고 기뻐했다. 또 다른 환자는 암 진단을 받은 뒤 삶의 과업이 원수 같았던 형제들과의 화해였다. 형제들과의 화해는 가족과의 화해로 이어지고 또한 그간 불화했던 세상과 화해하는 길이기 때문이었다.

60세 간암 환자는 암 진단 1년 뒤에 채무자들을 불렀다. 그는 채무자들에게 "빚진 돈을 갚지 않아도 된다"라고 얘기했고 그 자리에서 현금차용증을 찢었다. 세상을 떠나는 마당에 다른 사람에게 마지막 선물을 주고 싶었다. 자신의 삶 역시 선물이라고 생각하기에 채무자들에게 마지막 선물을 준비했다.

암이 진행됨에 따라 '몸의 소중함을 재인식'하는 경우도 있었다. 이 환자는 자신이 암에 걸리고 점차 신체적으로 쇠락하는 것은 욕심 때문이라고 구술했다. 그의 표현에 의하면 암세포는 욕심이 변한 것이며 애초에 아름다운 몸을 지키기 위해서는 마지막 순간까지 욕심을 내려놓는 연습을 해야 한다고 했다.

> "사람들은 스트레스가 암을 일으킨다고 하는데, 저는 스트레스가 아니라 내 욕심 때문에 그래요. 지금 와서 욕심을 없앤다고 해서 암이 완치되지 않겠지만 더 나빠지지 않게 하기 위해서는 욕심을 내려놔야겠죠."

'또 다른 길의 준비'는 용서를 통한 아름다운 삶의 마무리와 죽음을 준비하는 단계다. 66세 폐암 환자는 자신의 마지막 과업을 용서라고 말했다. 그는 암을 진단받은 후 치열함으로 무장하고 암이라는 운명의 복병과 전투를 하려고 했으나 결국은 패배했다. 그는 삶의 마무리를 용서라고 제시하며 자신은 물론 지금까지 갈등과 반목의 관계를 맺어온 모든 사람을 용서해야만 자신의 삶이 아름답게 마무리될 수 있다고 했다. 그는 용서하지 못하면 저승 가는 길이 너무 고단하고 짐이 무거울 것이라고 이야기했다.

> "저승길이 얼마나 멀고 힘이 들겠어요, 뭐 저승길에 대해서 이런저런 애기가 많지만 나는 저승 갈 때, 이 땅에서 생각하고 활동한 것들을 다 지고 간다고 봐요. 근데 그것을 내려놔야 하는데, 원수진 사람들에 대한 원망이 가장 무거운 짐일 거예요. 그걸 내려놓아야 홀가분하게 저승길을 가죠."

또 다른 노인은 희망이 속절없다고 구술했으나, 한편으로는 죽음을 설레는 마음으로 맞이하고자 했다. 그는 이 세상을 소풍 온 것으로 보았으며 천상병 시인의 '귀천'이란 시가 말년에 구구절절하게 다가왔다고 구술했다. '나 하늘로 돌아가리라'라는 시 구절을 말하면서 죽음을 또 다른 소풍으로 해석했으며, 그는 소풍을 앞둔 어린아이의 설렘을 환기했다. 소풍은 기다림과 설렘으로 기억되는데, 죽음 역시 이러한 설렘 속에서 맞아야 한다고 했다.

> "사는 게 소풍 온 건데 죽는 거는 또 다른 소풍이니까 두려움도 아니고 불안한 것도 아니에요. 설렘으로 준비하는 거죠."

7개의 주제어로 결집된 말기암 노인들의 죽음에 대한 인식은 ①집착 내려놓기, ②삶의 새옷 입기, ③남은 사람에 대한 배려, ④몸의 갱신, ⑤죽음의 마중으로 구조화할 수 있다. 이것은 죽음을 향해가는 현존재의 죽음인식 5단계라고 할 수 있다.

'집착 내려놓기'는 삶에 대한 후회, 회의, 아쉬움 등을 내려놓는 단계다. 말기암 환자들은 암 진단을 받은 뒤에 암을 극복하고자 했지만, 삶에 대한 집착을 내려놓아야 했다. '삶의 새옷 입기'는 죽음이란 공포와 친숙해지고 겸

손함으로 삶의 무게를 벗어놓자 마지막 삶에서 밝은 빛이 밝혀지듯이 확연한 밝음이 드러났다는 것이다. 말기암 노인들은 절망과 희망의 교차점에서 수용이라는 전략을 취했고, '남겨진 사람에 대한 배려'와 그들의 복지를 위해 자신이 가진 것을 나누고자 했다. '몸의 갱신'은 자신의 신체는 점차 힘을 잃어갔지만, 그 속에서 능력을 발굴했고 몸을 배려하고 몸에 대한 고마움을 표현했다. 이러한 것은 쇠잔해지는 몸에 대한 절망과 포기보다는 새로운 몸의 갱신을 통해서 또 다른 기회를 열겠다는 의지라고 표현된다. '죽음의 마중'은 죽음을 회피하고 두려워하는 것이 아니라 죽음을 기꺼이 달려가 마중하겠다는 또 다른 삶의 기획이라고 할 수 있다. 이제 이들에게 죽음은 삶의 끝이 아니라 마중의 대상이 되었다. 이러한 경험은 인간이 지닌 유한성의 비극을 극복하고 마지막 삶의 의미를 찾는 과정이라고 할 수 있다.

실존주의 철학자 키르케고르(Kierkegaard)에 의하면 인간은 유한한 시간을 살면서 무한한 영생을 꿈꾸기에 비극이 시작된다고 보았다. 하지만 그 유한성에서 또 다른 의미를 발굴했을 때 인간은 유한성의 비극을 초월하고 죽음을 선물로 받아들일 수 있다.

IV. 존재의 성장 조건

생의 마지막 순간에 들려주는 말기암 환자들의 이야기를 통해 다음과 같은 시사점을 생각할 수 있을 것이다. 첫째는 삶의 유한성을 느낀다는 것은 죽음과 삶의 문제를 넘어 일상생활의 문제라는 점이다. 사람이 왜 죽음을 두려워하는가에 대한 다양한 논의가 있지만, 인간들은 죽음 그 자체보다 현상에 가려진 또 다른 무언가를 두려워하는 것이다. 즉 죽음에 은폐된 미지의 것, 사랑하는 사람들과의 이별, 인간으로서 느꼈던 달콤함 등에 대한 미련이라고 할 수 있다. 하지만 현존재의 고유한 존재 방식으로서 죽음을 생각하고 의미를 구성한다는 것은 죽음 자체가 아니라 삶의 모순과 부조리를 깨는 힘으로 봐야 할 필요가 있다. 인간은 죽음에 앞서 삶의 공허함을 느낌으로써 자신이 살아갈 삶의 방향과 의미를 찾는다고 할 수 있다. 길가메시의 주제는 다양하게 나타나지만 인간은 역사가 개시될 때부터 영생과 불멸을 원했다고 할 수 있다. 이 신화에서 죽음은 인간으로서는 어쩔 수 없는 것이라는 교훈을 남기고 있지만, 그보다 더 중요한 것은 인간은 정신을 통해 죽음과 삶을 통합하여 전체성으로 나아갈 수 있는 존재라는 것이다. 인간은 죽음에 묶여 있는 존재가 아니라 죽음을 사유할 수 있는 자유로운 존재이며, 이를 통해 자신의 삶을 꾸려갈 수 있는 존재라고 할 수 있다.

둘째, 죽음이란 인간이 개별자의 고유함과 단독자로서의 자각을 하는 것이다. 그러나 죽음을 실존적으로 통찰한다는 것은 자신의 삶을 변형시키고 다른 존재들과 새로운 관계를 설정하는 것이다. 말기암 노인들은 자신의 삶에 대한 미련을 내려놓았고 살아남은 사람들 또는 남겨진 사람들에 대한 배려와 그들의 삶의 향상을 위해 자기 것을 나누고자 했다. 길가메시 서사시에는 불로초를 얻은 길가메시의 의지가 나타난다. 그는 불로초를 얻은 후에 그것을 자기 혼자 전유하려고 한 것이 아니라 자신이 다스리던 우루크로 돌아가 죽음을 앞둔 수많은 노인에게 그것을 나누어주려고 했다. 영생을 공유한다는 메시지보다는 살아남은 사람들 또는 자신과 관계 맺은 존재자들의 삶의 향상을 위해 자기의 것을 기꺼이 공유한다고 해석할 수 있다.

이러한 연구 결과와 논의는 죽음교육에서 다음과 같은 점을 시사한다. 인간은 죽음을 자신과의 관계가 아닌 다른 사람들의 관계 속에서만 파악한다. 즉 인간은 자신의 죽음이 타자들과 어떠한 관계를 맺느냐가 아니라 타자의 죽음이 자신에게 미치는 영향만을 고려한다. 이는 톨스토이의 『이반 일리치의 죽음』의 주제와도 일치한다. 판사 이반 일리치가 사망했을 때 장례식장에 모인 사람들은 그의 죽음을 애도하기보다는 그의 빈자리가 자신들에게 어떠한 혜택으로 돌아올 것인지만 생각했다. 톨스토이는 죽음을 개인과 무관한 것이 아니라 철저히 타인, 공동체의 관계와 맥락 속에서 파악해야만 하며, 죽음은 우리에게 가장 가까이 있는 현실이라는 점을 말하기 위해 역설적으로 타인의 죽음에 무심한 인물들을 등장시켰다고 할 수 있다. 인간은 죽음의 피해자인 동시에 죽음의 운반자이다. 따라서 피해자로서는 자기 죽음으로 미리 달려가 그 죽음을 볼 수 있는 자세를 갖춰야만 하고, 운반자로서는 타인의 죽음에 미리 달려갈 필요가 있다. 이는 인간으로서의 가능성을 탐구하는 것이다. 죽음은 극복하고 회피하는 것이 아니라 성찰하고 그 안에서 새로운 삶을 살펴볼 수 있는 능력을 키우는 존재의 성장 조건이라고 할 수 있다. 이는 죽음을 앞둔 사람이나 그렇지 않은 사람이나 모두에게 필요한 '삶의 갱신 자세'라고 할 수 있을 것이다.

☙ 함께 생각해 보아요

1. 내가 가장 중요하게 생각하는 삶의 가치는 무엇인가요?

2. 내가 경험했던 죽음의 문화는 어떠한가요?

3. 죽기 전에 만나고 싶은 사람이나 해결하고 싶은 삶의 과제가 있을까요?

4. 나의 죽어감, 그리고 나의 죽음을 어디서, 어떻게, 누구와 함께하고 싶은가요?

5. 죽음의 순간까지 간직하고 싶은 단 하나의 기억은 무엇입니까?

6. 내가 이 세상을 떠난 뒤, 가족이나 지인들은 나를 어떤 사람으로 기억할까요?

2장

죽음을 둘러싼 도덕성

04 죽음과 윤리

오영진

현대의 과학과 의학 기술은 이전 시대에는 분명히 죽었을 사람들, 스스로 호흡을 할 수 없는 사람이나 심각한 뇌 손상을 입은 사람, 인공호흡기나 인공급식 튜브가 없을 경우 이미 죽었을 수도 있는 사람을 살 수 있도록 만들었다. 화학 요법, 방사선 요법, 기관과 조직의 이식, 그 밖의 기술들로 많은 사람들의 생명을 연장시켰다. 하지만 이러한 기술들은 때때로 죽음의 과정과 기간을 인위적으로 연장시켜 고통의 길이, 고통의 깊이, 고통의 정도를 증가시켰다. 때로는 이러한 기술로 연장된 삶 때문에 인간의 존엄성이 훼손되는 것으로 느껴지기도 한다. 이처럼 과학과 기술의 발달은 과거에는 죽을 수밖에 없었던 상황에 있던 많은 사람들의 수명을 연장시키는 긍정적인 변화를 가져온 동시에, 특수한 상황에서는 어려운 의학적 결정을 하고 실행하는 것과 관련하여 법적, 도덕적, 윤리적 문제들을 두드러지게 하고 있다.

죽어가는 사람이 자신에 대한 의학적 처치를 스스로 결정할 수 없는 상황에서 누가, 언제, 어떻게 결정하는 것이 가장 좋을까? 이러한 문제들은 죽어가는 당사자뿐만 아니라 그가 살고 있는 문화적, 사회적 환경이 중요한 영향을 미친다. 각 사회는 공동체의 이익과 복지를 향상시키기 위해서 형식적인 법 체계를 갖추고 있으며, 이러한 체계에는 그 사회가 가지고 있는 가치를 반영하는 법칙과 질서가 존재하고, 이것이 사회적 행동을 지배하고 규제한다. 또한 법 체계뿐만 아니라 공동체 구성원들이 일반적으로 가지고 있는 신념이나 가치 체계 역시 죽음과 관련된 의사결정 시에 영향을 미치는 주요한 요소라고 할 수 있다.

이 장에서는 윤리의 개념과 의미, 생명윤리의 필요성, 생명윤리의 원칙, 안락사와 뇌사, 낙태, 장기이식, 유전자 조작 그리고 생명윤리 이론 등에 대해 살펴보고자 한다.

I. 윤리의 의미와 개념

1. 윤리의 의미

동양에서는 물리(物理)가 사물의 이치를 의미하는 것처럼, 윤리(倫理)는 인간 관계의 이치와 도리를 의미한다. 윤(倫)은 무리 또는 질서 등의 뜻을 담고 있다. 리(理)는 옥을 다듬는다는 뜻을 가지고 있었으나 후에 이치, 원리와 법칙, 도리의 뜻을 가지게 되었다. 서양에서 윤리라는 말은 사회의 풍습이나 관습, 개인의 성품이나 품성을 의미하며, 에토스(ēthos)에서 유래한다. 에토스라는 말은 원래 동물이 서식하는 장소, 축사, 집 등을 의미하는 말이었으나, 나중에는 사회의 풍습, 개인의 관습 또는 품성을 의미하게 되었다. 즉 윤리는 인간이 살아가면서 지켜야 할 도덕적 행동이나 규범을 뜻한다.

2. 윤리학의 의미

윤리학(Ethics)은 철학의 역사와 더불어 시작되었다. 인간이 어떻게 살아야 할까? 어떤 인간이 되어야 할까? 어떤 행동을 하는 것이 옳은가? 등과 같이 인간의 도덕적 행위의 물음에 대한 도덕적인 실천을 하도록 안내해 주고 있기 때문이다. 사회의 승인을 통해 구속력을 지니고 당위의 형식으로 제시되는 규범과 가치의 총체인 도덕을 연구하는 학문이 윤리학이다. 윤리학은 인간의 도덕적 행위와 실천을 목적으로 삼음으로써, 인간의 행위가 도덕적 차원에서 인정받기 위해 갖추어야 할 조건이나 기준을 탐구하도록 요청한다. 윤리학은 도덕적 삶의 길잡이 역할을 위해서 도덕 문제에 관심을 갖게 하고 도덕적 성향을 길러줄 수 있으며, 삶의 과정에서 직면하는 다양한 문제들에 대한 윤리학적 통찰력을 갖추도록 한다. 현대에는 삶의 영역에서 제기되는 윤리 문제를 해결하기 위한 학문으로 응용윤리학이 발전해 왔다. 응용윤리학 분야로는 생명윤리, 정보윤리, 환경윤리, 문화윤리 등이 있으며, 응용윤리는 이론윤리학(의무론, 공리주의, 덕 윤리)과 응용윤리학으로 구분할 수 있다.

3. 생명윤리의 필요성

현대 과학기술의 급속한 발달은 과거에는 존재하지 않았던 윤리적 쟁점과 딜레마 상황을 초래하게 만들었으며, 시대의 변화에 따라서 다양한 영역에서 나타나는 새로운 윤리 문제들에 대한 해결책이 요청되었다. 생명과학의 발달이 생명 연장과 건강 증진에 크게 기여함으로써 인류의 행복을 증진하는 데 도움을 주기도 하는 한편, 그 연구가 인간을 포함한 생명체의 질서를 파괴하고 인류에게 불행과 재앙을 초래할 수도 있기 때문이다.

이에 여러 가지 생명과학 기술의 윤리적 정당성과 그 한계를 다루며 생명과학이 나아가야 할 방향과 함께 연구 범위를 제한하는 기준을 제시하는 것이 필요해졌으며, 그것이 바로 생명윤리다. 무분별한 연구가 시행되지 않도록 예방하고 꼭 필요한 연구는 효율적으로 진행되도록 하기 위해서 생명윤리는 필요하다. 핵심적 주제로는 생식보조술을 허용해야 하는가? 낙태·안락사 등을 허용해야 하는가? 자살은 정당한가? 생명복제를 허용해야 하는가? 장기이식과 유전자 조작은 어디까지 허용해야 하는가? 이런 다양한 물음을 숙고해

볼 수 있을 것이다.

4. 생명윤리의 대두 배경

생명윤리가 대두된 배경으로는 뉘른베르크 강령(The Nuremberg Code), 벨몬트 보고서(The Belmont Report), 헬싱키 선언(Declaration of Helsinki, 인간을 대상으로 한 의학 연구에 대한 윤리적 원칙)을 들 수 있다.

뉘른베르크 강령은 2차 세계대전 후 열린 전범 재판인 뉘른베르크 재판(1946년 10월~1947년 8월)의 결과로 나왔다. 2차 세계대전 당시 나치 독일의 의사들에 의해 자행된 생체실험에 대해 재판이 열렸고, 인체실험 시행의 적절한 기준에 관한 문제가 제기되면서, 의학자 개인의 양심이 아니라 세계적으로 '허용 가능한 의학실험'의 원칙을 정하고 준수하는 일이 중요하게 부각되었다. 이로써 인간 대상 실험 시 지켜야 할 원칙을 처음으로 명문화한 규정으로 탄생했다.

벨몬트 보고서는 매독과 관련한 한 연구에서 비롯되었다. 터스키기 지역의 흑인들이 매독에 많이 감염되어 있고, 가난한 탓에 치료를 받지 못한다는 것을 알고, 치료를 하지 않으면 매독이 얼마나 사람들에게 영향을 끼치는지 관찰하기 위해서 진행한 연구가 있었다. 이 연구(Tuskegee Syphilis Study)의 심각성을 인지한 미국 의회가 '생명 의학 및 행동 연구에서 피험자 보호를 위한 국가위원회(The National Commission for the Protection of Human Subjects of Biomedical and Behavior Research)'를 승인했다. 이 위원회를 통해 '인간 존중(Respect for Person)', '선행(Beneficent)', '정의(Justice)', '신의(Fidelity)', '악행 금지(Non-Maleficence)', '진실성(Veracity)' 등 임상시험에서의 윤리 원칙과 가이드라인 6개를 기본 윤리 원칙으로 발표한 것이 벨몬트 보고서다.

헬싱키 선언은 뉘른베르크 강령에서 받아, 1964년 핀란드의 수도 헬싱키에서 열린 세계의사협회(World Medical Association)에서 채택한 것이다. 의학 연구자가 스스로를 구제하기 위해 채택한 의사 윤리와 임상시험에 관한 기본적인 준칙이다.

II. 생명윤리 문제에 대한 다양한 이론적 접근

1. 의무론적 접근

칸트는 행위의 결과보다는 동기를 중시하면서 오로지 의무와 의식에서 나온 행위만이 도덕적 가치를 지닌다고 보았으며, 이성적이고 자율적인 인간은 보편적인 도덕법칙을 의식할 수 있음을 강조했다. 그의 도덕법칙은 정언(定言)명령의 형식으로 제시되었다. 정언명령은 행위의 결과와 관계없이 무조건 수용해야 하는 도덕적 명령으로 '해야만 한다', '하지 말아야 한다' 등으로 어떤 조건이 붙는 가언(假言)명령과 다르다.

2. 자연법 윤리

자연법은 모든 인간에게 자연적으로 주어져 있는 보편적인 법을 말하며, 스토아학파는 인간은 누구나 자연법을 따라갈 수 있는 이성을 가지고 있다고 보았다. 윤리적 의사결정 과정에서 '선을 행하고 악을 피하라'는 핵심 명제를 강조했으며, 어떤 행위가 자연의 질서에 부합하는지 어긋나는지 검토할 것을 요청했다. 토마스 아퀴나스는 인간이 본성적으로 지니는 자연적 성향으로서 자기보존, 평등, 생명의 불가침성과 존엄성, 인간 양심의 자유, 평등 등의 자연법적 권리를 도출했다.

3. 공리주의적 접근

① 벤담과 밀의 공리주의

공리주의적 접근에서는 쾌락과 행복을 가져다주는 행위는 옳은 행위이며, 고통과 불행을 가져다주는 행위는 그릇된 행위이다. 벤담은 행위의 선악은 그 행위의 결과에 따라 판단될 수 있다고 보았으며, 최대 다수의 최대 행복이라는 도덕원리를 제시했다. 그는 모든 쾌락은 질적으로 같으며, 양적인 차이만 있다고 가정하고 쾌락을 계산할 수 있다고 보았다. 그에 반해 밀은 쾌락의 양뿐만 아니라 질적인 차이도 고려해야 함을 강조하여 벤담과 차이를 보인다.

② 행위 공리주의와 규칙 공리주의

행위 공리주의는 '어떤 행위가 최대의 유용성을 낳는가?'라는 물음을, 규칙 공리주의는 '어떤 규칙이 최대의 유용성을 낳는가?'라는 물음을 제기하는 것으로, 행위 공리주의는 행위 그 자체의 결과를, 규칙 공리주의는 규칙 그 자체의 결과를 옳은 행위의 결정 기준으로 삼는다.

4. 덕 윤리적 접근

덕 윤리는 아리스토텔레스의 사상적 전통을 따라 행위자의 품성과 덕성을 중시하는 것으로서, 개인의 자유와 권리를 지나치게 강조하여 공동체의 전통을 무시하고 있다는 비판에서, 행위자 내면의 도덕성과 인성을 중시하고 있다. 덕 윤리의 특징으로서는 유덕한 품성을 강조하고 공동체 구성원으로서 인간의 삶에 관심을 가지며, 더불어 사는 공동체 구성원으로 사는 삶을 강조한다. 도덕적 판단은 구체적이며, 맥락적 사고를 반영해야 하므로 도덕적 실천력을 높일 수 있다고 본다.

5. 배려 윤리적 접근

배려 윤리는 기존의 남성 중심적이고 정의 중심적인 윤리를 보완하기 위해 등장했다. 길리건(Gilligan)은 여성과 남성의 도덕적 지향성이 같지 않다고 주장하며, 남성은 권리와 의무, 정의의 원리를 중시하나 여성은 개별적인 관계, 특히 배려를 중시함을 강조했다. 나딩스(Noddings)는 맥락에 대한 고려 없이 특정 덕목을 주입하려는 시도에 반대하며 관계를 중시했다. 배려 윤리는 여성의 도덕적 특징인 타인에 대한 배려나 보살핌, 타인과의 유대감이나 의존, 타인에 대한 책임 등을 중시한다. 배려 윤리의 시사점으로는 정의 중심의 추상적 도덕원리로 해결할 수 없는 윤리 문제를 해결하는 데 도움을 줄 수 있을 것이라 보는 것이다. 배려 윤리는 타자와 함께 타자를 위해 좋은 삶을 추구하는 실천적 지혜를 강조하는 윤리로서, 인간 생명의 출발과 죽음의 과정에서 야기되는 윤리적 문제들과 함께, 다문화 사회에서의 약자 보호와 환경 보전 등의 문제에 있어서도 적절한 대안을 제시해 줄 수 있을 것이다.

III. 생명윤리의 4원칙

생명의 탄생과 죽음 사이에 발생하는 모든 일에 윤리적인 문제가 발생한다. 상황마다 다양한 원인과 환경이 있기 때문에 해당 의료진이나 전문가들은 생명에 관계된 문제들 앞에서 늘 당황하고 고민스러울 수 있다. 그럴 때 의료윤리적인 문제를 분석하고 결론을 내릴 수 있게 만들어진 원칙이 비첨(T. L. Beauchamp)과 칠드레스(J. F. Childress)가 주장한 '의료와 윤리의 4원칙(Principle of biomedical ethics)'이다.

1. 자율성 존중의 원칙(the principle of respect for autonomy)

개인은 누구나 자신의 일을 결정할 자율권을 가지며, 그것이 타인에게 피해를 주지 않는 한 어느 누구도 그 권리를 침해받아서는 안 된다는 원칙이다. 충분한 정보에 근거한 동의(informed consent)가 환자의 자율성 보장에 매우 중요한 부분이다. 의사는 자율성 존중 원칙에 의해 정보 공개, 동의 획득, 신뢰성, 사생활 보호 등의 의무를 환자에게 지고 있다.

2. 악행 금지의 원칙(the principle of non maleficence)

피해를 주는 일에는 의술을 사용하지 않겠다는 원칙이다. 악행이란 넓게는 명예, 재산, 사생활, 자유 등의 훼손을 의미하나 좁은 의미로는 신체적·심리적 이해관계의 훼손을 말한다. 의사에게 요구되는 것으로 '살인하지 말라', '고통을 가하지 말라', '불구로 만들지 말라', '재화를 빼앗지 말라' 등으로 더 구체화될 수 있다.

3. 선행의 원칙(the principle of beneficence)

선한 일을 위해 의술을 사용하라는 것이다. 온정적 간섭주의(paternalism)가 관여된다. 악행 금지의 원칙이 어떤 행위를 하지 말라는 소극적 의미가 있다면, 선행의 원칙은 어떤 행위를 하라는 적극적인 의미가 있다.

4. 정의의 원칙(the principle of justice)

모든 재화의 분배는 정의롭게 되어야 한다는 원칙이다. 이식할 장기를 어떻게 배분할 것인가 정하는 문제가 여기에 해당한다. 우리가 진료 현장에서 부딪히는 윤리적인 문제들을 어떻게 해석하고 결정할 것인지, 생명윤리 4원칙에 상황을 대입시켜 보면 원칙에 부합하는지 어긋나는지 판단을 내릴 수 있을 것이다.

Ⅲ. 삶과 죽음의 윤리적 문제

출생은 인간이 자연적 성향을 실현하는 과정이며, 도덕적 주체로서 한 인간의 삶의 출발점이다. 따라서 출생은 가족과 사회구성원으로서의 삶의 시작이며 죽음으로의 긴 여행의 시작이다. 이제부터는 삶과 죽음에 있어서 대두되는 윤리적 쟁점들을 구체적으로 살펴보도록 하겠다.

1. 낙태

낙태는 스스로 생존할 능력을 갖추지 못한 태아를 모체에서 인공적으로 분리하여 임신을 종결시키는 행위를 말한다. 낙태는 태아가 지위를 획득하는 시기에 대한 다양한 입장이 있고, 더불어 산모 입장을 옹호하는 여성의 권리와 태아의 입장을 대변하는 생명의 존엄성과 관련하여 찬반 논쟁이 뜨거운 윤리적 쟁점을 가지고 있다. 우리나라는 2021년 법정 명령에 따라 낙태가 비범죄화되었다. 1953년 이후 우리나라에서 낙태는 계속 불법이었다. 모자보건법에서는 일부 예외적인 경우에 한해서 낙태를 허용하고 있다.

① 낙태 옹호론

낙태 옹호론자들은 소유권과 생산권, 자율권, 평등권, 정당방위의 논거를 통해 그 정당성을 주장한다. 즉 태아가 여성의 몸의 일부이며, 때문에 여성이 자신의 몸에 대한 소유권을 지닌다는 것, 여성이 태아를 생산하므로 태아를 마음대로 할 수 있다는 것, 여성이 자신의 삶을 자율적으로 결정할 수 있다는 것, 여성도 남성과 동등한 권리를 누려야 하므로 이를 위해서는 낙태에 대한 결정을 자유롭게 할 수 있다는 것, 여성이 자기방어와 정당방위의 권리를 지니기 때문에 일정한 조건하에서는 낙태할 수 있어야 한다는 주장이다.

② 낙태 반대론

낙태 반대론자들은 존엄성 논거, 무고한 인간의 신성불가침 논거, 잠재성 논거를 들어 그 정당성을 주장한다. 낙태 반대론자들은 난자가 수정되는 순간부터 인간의 생명이 시작된다고 본다. 따라서 스스로 보호할 능력이 없는 초기 단계의 태아라고 하더라도 인간으로서의 존엄성과 기본적인 생명권은 언제나 존중되어야 하며, 잘못이 없는 인간을 해치는 것은 도덕적으로 옳은 일이 아닌데도, 아무 잘못이 없는 무고한 생명을 해치는 것은 정당하지 않다는 입장이다.

2. 생식보조술

생식보조술은 아기를 갖고 싶어도 자연 임신이 되지 않아 인공적으로 임신을 유도하는 방법으로, 인공수정이나 시험관 아기 시술이 대표적인 예다. 생식보조술은 임신이 되지 않는 부부의 고통을 덜어주고, 출산율을 높여 사회를 존속시키는 데 기여할 수 있으나, 사용 후 남은 수정란의 이용에 따른 보관, 폐기, 난자 추출의 위험성, 생식세포의 매매 문제, 대리모 문제 등이 윤리적으로 문제가 될 수 있다. 대리모 출산은 체외에서 수정된 수정란을 난자 제공자가 아닌 대리모의 자궁에 착상시켜 발육하게 하는 것을 말한다. 이경우 아기의 어머니가 난자 제공자인지, 자궁에서 발육시킨 사람인지 아니면 두 명 모두인지 문제가 된다. 또한 대리모 출산은 여성을 인격적 존재가 아닌 아기를 획득하기 위한 수단으로 취급하여, 그 존엄성을 크게 떨어뜨릴 수 있다는 문제점을 안고 있다.

3. 자살

자살은 의도적으로 자신의 목숨을 끊는 행위로서 윤리적 문제점을 안고 있다. 첫째, 자신의 소중한 생명을 훼손하는 일이며, 둘째, 삶의 일회성을 인식하지 못하고 자신의 가능성을 포기하는 일이며, 셋째, 가족, 친구, 친지 등 주변 사람들에게 깊은 슬픔과 고통을 안겨주는 것이다. 자살에 관한 반대론과 찬성론 간의 논쟁은 오랜 역사를 갖고 있다.

① 자살 반대론

초기 그리스도교에서는 철학자 아우구스티누스가 자살을 '살인하지 말라'는 신의 계명을 어기는 것으로 보고, 자살을 해서는 안 된다고 주장했다. 중세 그리스도교의 대표적 철학자 아퀴나스 역시 자살은 '자기를 사랑하라'는 자연법에 어긋나며, 자살자가 속한 공동체에 상처를 주고 신에 대한 의무를 어기는 것이라 했다. 유교에서는 부모로부터 받은 자신의 신체를 훼손하지 않는 것을 효의 시작으로 보았고, 불교에서는 불살생(不殺生)의 계율을 지켜야 하는 것으로 여겼다. 칸트는 자살은 고통에서 벗어나기 위해 자신의 생명과 인격을 수단으로 삼는 행위이며, 자율적 인간으로서 가지는 의무를 위반하는 행위로 보았다.

② 자살 찬성론

자살에 대한 찬성론을 주장하는 입장은 죽음에 대한 결정권이 자신에게 있고, 그 선택을 존중해 주는 것이 옳다고 주장한다. 자신의 삶과 죽음에 대한 최종 통제권을 자신이 가지며, 자신의 의지에 따라 자살할 권리를 가진다는 이 주장은 불치병이나 무의미한 삶 등에서 벗어나고, 타인이나 사회적 부담을 줄이기 위해서는 자살할 수 있다는 입장이다. 스토아학파나 데이비드 흄은 "자살이 신, 이웃, 우리 자신에 대한 의무를 저버리지 않는다"고 주장했다. 또한 쇼펜하우어는 그의 자살론에서 자살을 반대하는 종교적, 도덕적 이유들이 별로 설득력이 없다고 주장한다. 스토아주의자들은 플리니(Fliny)의 말을 이렇게 인용하고 있다.

> 생명이란 어떤 대가를 끌 만큼 그렇게 바람직한 것은 아니다. 당신이 누구이든 설령 당신의 생명이 증오와 중죄로 가득 차 있다 하더라도 죽을 것이라는 것은 확실하다. 고통에 빠진 마음의 치료에 있어서 최고의 것은 모든 축복 중에 자연이 인간에게 줄 수 있는 적당한 죽음보다 더 큰 것은 없다는 생각이다. 즉, 그 최선의 것은 각자 인간이 스스로 죽음을 이용할 수 있다는 것이다.

4. 안락사

안락사(euthanasia)는 좋은(good 또는 well)을 뜻하는 희랍어 εὖ(eu)와 죽음(death)을 뜻하는 희랍어 Θάνατος(thanatos)가 결합된 말로 '좋은 죽음' 내지는

'행복한 죽음'(εὐθανασία, good death)을 뜻한다. 그러나 일반적으로 통용되고 있는 안락사는 되도록 편안한 수단을 이용하여 다른 사람이 다른 사람을 죽게 하는 의도에서 파생된 죽음을 의미한다. 즉 안락사는 질병으로부터의 고통이나 죽음이 임박한 환자의 고통을 없애려는 의학계의 개입이라 할 수 있다. 안락사 논의는 1976년 지속적인 식물인간 상태에 있던 딸의 인공호흡기를 제거해 편안하게 죽을 수 있도록 해 달라는 부모의 요청을 담당 의사가 반대하자, 법원에 소송을 제기한 미국의 카렌 퀸란(Karen Ann Quinlan) 사건 이후 세계 각국에서 활발하게 논의되었다.

우리나라는 1997년 보라매병원 사건과 2008년 연세대학교 세브란스병원의 김 할머니 사건 이후 사회적 쟁점이 되었다. 보라매병원 사건은 보라매병원에서 뇌수술을 받아 혈종을 제거했으나 뇌부종으로 자발호흡이 돌아오지 않아 인공호흡기를 부착하여 치료를 받던 환자를 가족의 요청에 따라 퇴원시켰던 사례. 그 환자는 인공호흡기를 떼어내고 집에 돌아가서 사망하였다. 판결에서 환자의 아내에게는 살인죄가, 담당 의사에게는 살인 방조죄가 적용되었다. 김 할머니 사건은 무의미한 연명치료 행위 중지를 요구하는 가처분 신청에 대해, 대법원이 인공호흡기를 제거해도 좋다는 판결을 내린 사건으로, 이후 연명의료 결정 제도가 마련되는 결정적인 기초가 되었다.

안락사는 환자의 의사에 따라 자발적 안락사, 반자발적 안락사, 비자발적 안락사로 구분된다. 방법에 따라 적극적 안락사와 소극적 안락사로 구분될 수 있다.

① 안락사 찬성론

안락사를 찬성하는 입장은 인간은 자기 자신의 신체와 생명, 죽음에 대한 권리를 가지고 있으며, 치유 불가능한 환자에게 과다한 경비를 사용하는 것은 환자와 가족들에게 경제적으로 큰 부담이라는 것이다. 또한 환자 본인에게도 심리적, 신체적 고통을 주는 것이기 때문에 사회 전체의 이익에도 부합되지 않는다는 입장으로 공리주의 관점이 여기에 해당한다고 볼 수 있다.

② 안락사 반대론

안락사를 반대하는 입장은 죽음은 인간이 선택할 수 없는 문제이며, 인간의 죽음을 인위적으로 앞당기는 행위는 자연의 질서에 어긋남과 동시에 생명의 존엄성을 훼손하는 일이라고 본다. 그리고 생명의 존엄성은 어떠한 경우에도 지켜져야 한다는 주장으로 자연법 윤리와 의무론적 관점이 여기에 해당한다.

5. 뇌사

사람의 심장, 폐, 뇌, 이 세 가지의 장기를 '3대 유지 장기'라고 하며 모두 죽는 것을 심폐사라고 한다. 이들 3대 유지 장기 중 하나라도 정지하게 되면, 나머지 두 개의 장기도 기능이 정지된다. 이렇게 하나의 장기가 죽는 것을 장기사라고 하며, 뇌간(brainstem)을 포함한 뇌 전체의 기능이 비가역적으로 회복 불가능한 상태를 뇌사라 한다. 우리나라의 현행 형법과 민법에서는 원칙적으로 심폐사를 사망이라 한다. 그러나 오늘날 의학이 발전하면서 뇌가 죽은 경우에도 인공호흡기를 이용해서 생명을 유지하는 것이 가능해지면서, 뇌사 환자들을 죽었다고 인정해야 할 것인지, 살아 있는 상태로 인정해야 할 것인지에 대해 논란이 있다. 죽음에 대한 구체적인 생물학적 정의를 내리는 일이 점점 어려워지고 있다.

뇌사를 주장하게 된 것은 주로 장기이식이 관련되어 있다. 뇌사를 죽음의 기준으로 채택하면, 뇌사의 기준을 충족하는 환자들로부터 인공호흡기를 제거하는 것이 가능해지고, 이에 따라 뇌사자의 장기를 더 손상되지 않은 상태에서 장기이식에 사용할 수 있기 때문이다. 뇌사를 죽음의 기준으로 받아들이려는 문제와 만일 뇌사를 죽음의 기준으로 받아들였을 때, 그 사람의 장기를 이식수술에 사용해도 되는가의 문제가 뇌사 판정에 대한 윤리 문제로 제기된다.

① 뇌사 찬성론

다른 많은 생명을 살릴 수 있는 기회가 제공된다.

② 뇌사 반대론

심장이 멈추는 순간까지 생명을 존중해야 한다. 뇌사 상태에서도 심장이 뛰고 호흡을 하고 있으므로, 그의 장기를 적출하는 것은 인간의 존엄성을 침해하는 행위다.

V. 생명과학과 윤리적 쟁점

생명과학은 살아 있는 생명에 대한 생명현상을 과학적으로 연구하는 학문 분야다. 현재까지의 세계적인 연구 목표로는 ① 생명현상과 생물의 다양성에 대한 규명 ② 자연환경의 해명 ③ 정신 활동의 해명 ④ 건강 유지와 의료 보건의 향상 ⑤ 식량 자원의 확보 ⑥ 생물과 그 기능의 산업으로 응용 ⑦ 노화와 인구문제 등의 7항목을 들고 있다. 이 중 본 주제와 직접적으로 관련된 것으로 생각하는 몇 가지를 살펴보도록 하겠다.

1. 장기이식

장기이식은 질병으로부터 손상된 장기를 치료하기 위해 다른 건강한 조직이나 장기를 이식하는 행위를 말한다. 장기이식과 관련된 윤리적 문제로는 장기 기증자의 자율성 보장과 장기분배의 원칙으로 공정성의 원칙과 효율성의 원칙을 들 수 있다. 우리나라 장기이식 선정 기준으로는 의학적 응급도와 항목별 점수(나이, 대기 기간, 본인이 과거에 장기를 기증한 사실 여부, 배우자·직계존

속·비속·형제자매·사촌 이내의 친족 등이 과거에 뇌사자 장기를 기증한 사실 여부, 혈액형 동일 여부, 지리적 접근도 등)를 고려하여 선정하고 있다. 장기이식의 종류로는 자가이식, 동종이식, 이종이식, 동계이식이 있다. 이 중 이종이식은 종을 달리하는 동물로부터 옮기는 것으로 동물로부터의 질병 전염 위험성과 동물의 생명권 침해, 종의 혼란, 생태계 파괴 문제 등 심각한 윤리적 문제가 제기되고 있다.

2. 인체실험

인체실험이란 살아 있는 사람을 직접 실험과 연구 대상으로 삼는 일을 말한다. 인체실험은 동물실험만으로는 그 효능을 파악하기 어렵다는 이유에서 그 정당화의 근거를 찾을 수 있다. 인체실험으로 인한 긍정적인 결과는 의료기술의 발달과 신약 개발을 통해 많은 사람들의 생명을 건질 수 있다는 점이다. 인체실험의 경우 연구자는 연구 대상인 피험자의 인격과 권리, 안전과 복지가 침해되지 않도록 이를 최우선 고려해야 하며, 피험자에게 연구 목적, 연구 방법, 연구 내용, 연구 절차, 연구의 위험성과 윤리성, 연구에 참가하지 않아도 받을 수 있는 다른 치료 등을 피험자나 그 보호자에게 충분히 설명하고 서면 동의를 받도록 해야 한다.

이중에서도 가장 중요한 내용은 피험자는 원래 자신이 받아야 할 권리에 아무런 손해 없이 연구 참여를 거부할 수 있고, 연구 진행 도중에 아무런 불이익을 받음이 없이 연구 참여를 그만둘 수 있다는 점을 알려야 한다는 것이다. 또한 연구 도중 피험자의 생명과 건강에 위험이 생길 수 있는 경우 즉각적인 조치를 취할 수 있어야 한다.

3. 생명복제와 유전자 조작

생명복제란 동일한 유전 형질을 가진 생명체를 만들어내는 기술을 말한다. 현대 생명과학기술은 배아복제와 동물복제뿐만 아니라 개체복제 기술까지도 가능하게 되었다. 그리고 유전자 조작으로 인한 농산물의 대량생산도 광범위하게 이루어지고 있다. 생명복제와 유전자 조작으로 인한 윤리적 쟁점을 살펴보자.

① 배아 복제

배아는 수정 후 인간의 모든 기관이 형성되는 8주까지의 조직체를 말한다. 배아복제에서 배아란 착상 전까지의 초기 배아다. 초기 착상 전 배아 단계에서 추출하여 새로운 분화가 진행되지 않은 채로 유지시키다 필요할 경우 신경, 혈액, 연골 등 몸을 구성하는 모든 종류의 세포로 분화되도록 할 수 있는 세포를 줄기세포라 한다. 배아줄기세포의 윤리적 한계는, 자궁에 착상시킬 경우 복제 인간이 만들어질 수도 있다는 점과 난자를 어떤 방식으로 얻을 것인가 등이다.

찬성 입장은 배아는 아직 완전한 인간이 아니며 난치병 등에 줄기세포를 이용할 수 있다는 점을 주장하고 있다. 반대 입장은 배아 역시 인간 생명이므로 보호되어야 하며, 복제 과정에서 많은 수의 난자를 사용하는 것은 여성의 인권과 건강권을 훼손한다는 점을 들고 있다.

② 유전자 조작

유전자 조작은 특정한 유전 형질을 갖는 유전자를 삽입하거나 제거하는 조작을 통해 새로운 재조합 DNA를 만드는 과정으로 유전자 변형 식품, 유전자 재조합 식품 등 우리 일상생활 속에 이미 깊숙이 들어와 있다. 유전자를 조작해 식량 문제를 해결하고 경제적 이윤을 창출하여 사회적 행복을 증진할 수 있다는 찬성 입장이 있는 반면, 유전자 조작 생물의 안전성을 담보하기 어렵고, 생태계에 좋지 않은 영향을 미칠 수 있다는 것을 근거로 역시 반대하는 입장이 있다. 또한 유전자를 조작한 생물 종자는 씨앗에 대한 독점권 행사로 거대자본을 가진 국가나 기업의 영향 하에 들어가게 될 수 있으므로,

식량의 안정적 공급이 위협받을 수 있다는 점도 윤리적 쟁점이 된다.

인간 생명의 소중함은 무엇과도 비교할 수 없다. 역사 이래로 과학과 기술은 그러한 소중한 생명의 연장과 이익을 위해 끊임없는 연구와 발전을 거듭해 왔으며, 이제는 증강과 이식, 복제, 유전자 조작, 줄기세포 등의 연구와 실험, 정책반영, 거대산업으로의 연계 등 이전에는 생각지도 못했던 새로운 윤리 문제와 맞닥뜨리게 되었다. 인류가 그동안 해온 연구는 평균수명 100세를 바라보게 만들었고, 수많은 질병에 대한 대처와 극복을 도왔다. 그러나 때로는 타인의 존엄성 또는 다른 생명을 무자비하게 해치거나 죽게 만들기도 하고, 위험에 빠뜨리는 일들을 수없이 자행했다.

이에 생명윤리는 의학과 첨단 과학, 생물학의 발달로 가능해진 여러 가지 복잡하고 예민한 문제의 윤리적 정당성과 한계에 대해 끊임없이 성찰하도록 요청하고 있다. 생명윤리의 궁극적 목적은 생명의 존엄성 실현이다. 생명은 그 자체로 신성하고 선한 것이기 때문에, 우리는 생명을 함부로 조작하거나 훼손해서는 안 된다. 이러한 궁극적 목적을 달성하기 위해 생명윤리는 생명을 연구하는 사람이 지켜야 할 기본적인 윤리 원칙을 제시하며 삶과 죽음의 제반 문제에 그 방향을 제시해 주고 있는 것이다.

1. 인간은 자신의 죽을 권리를 앞당겨 요청할 수 있는가, 안락사의 제도적 허용은 필요한가?

2. 뇌사를 죽음으로 인정해야 하는가?

3. 임신부는 태아를 마음대로 할 수 있는 권리를 갖는가?

4. 사전에 기증 의사를 서면으로 작성한 경우라 할지라도 가족의 반대로 기증을 못하게 될 때 또는 사전 동의가 없었던 환자의 장기이식을 가족이 결정하는 것에 대해서 어떻게 생각하는가?

5. 치료나 치료 거부 등 말기 환자와 가족의 의료결정이 충돌할 때는 어떻게 해야 하는가?

05 생애 말기 의사소통

이지원

모든 인간은 태어나서부터 죽을 때까지 타인과 의사소통을 하며 살아간다. 즉, 의사소통이란 둘 또는 그 이상의 사람들 사이에 사실, 생각, 감정 등을 언어적 또는 비언어적 행동을 통해 상호교환하는 전인적인 행동이다. 이처럼 의사소통은 원만한 인간관계의 유지, 정보 교환, 공유이며 사회적 존재로서 상호작용하는 기본적 조건이자 수단이다.

의료 분야에서 환자와 그 가족을 한 팀으로 인정하고 존중하는 따뜻한 태도, 문화적 가치와 규범의 이해와 경청, 개방된 의사소통은 통증 조절을 낮출 수 있으며, 적시성 있는 치료 계획과 결과에도 영향이 미칠 수 있다. 효과적인 의사소통의 관계는 환자와 가족이 죽음과 임종 과정에서 느끼는 두려움과 공포감을 완화하고 극복하여 정신적으로 치유되도록 도울 수 있다. 즉, 생의 말기(the end stage of life)에 생길 수 있는 깊은 상실감과 절망감, 무기력함 등의 존재적 고통은 효과적인 의사소통으로 감소시킬 수 있다. 이에 효과적인 의사소통에 대해 살펴보고자 한다.

I. 말기 대상자와 가족의 전인적 이해

말기 대상자는 신체적 고통, 애착, 삶에 대한 자율성 상실과 관련된 심리적인 불안, 가족이나 타인과의 사회적 관계의 변화, 삶과 죽음의 의미에 대한 영적 고뇌 등 전인적 고통을 갖게 된다. 가족들은 대상자를 가장 가까이에서 돌보며 사별의 아픔을 동시에 경험하기에 총체적인 이해와 돌봄이 필요하다. 이에 전인적으로 이해하고 돕기 위해서 그들이 경험하고 있는 삶과 죽음에 대한 생각과 느낌에 초점을 두고 도와야 한다. 가장 우선해야 하는 것은 신뢰 관계의 형성이다. 신뢰 관계는 대상자가 스스로 자신을 있는 그대로 수용하고, 자신과 지난 삶에 대한 통합된 사고를 촉진하도록 한다. 또한 남은 시간 동안 가족과 의미 있는 사랑을 주고받을 수 있는 능력을 향상한다. 이러한 신뢰 관계를 통해 대상자와 가족이 경험하는 삶의 다양한 측면을 전인적으로 이해하고 도와주어야 한다.

1. 말기 대상자의 다면적 고통

말기 대상자들이 가장 힘들게 하는 것은 질병으로 인한 신체적 고통이다. 인간의 신체와 정신은 따로 구분할 수 없으며, 상호 밀접한 영향이 있기에 대상자는 신체적 고통에 따른 심리적, 사회적 고통을 갖게 된다. 통증이 잘 조절되어 신체적 고통이 비록 감소가 되더라도 죽음에 대한 직면으로 두려움, 불안, 고독, 우울, 분노와 같은 심리적 고통을 경험한다. 말기 대상자의 심리적 고통은 죽음에 대한 위기감 외에도 지나온 삶에 대한 회한이 큰 것이 특징이다.

이에 다양한 심리 변화 단계에 따른 감정을 지지하고 격려해야 한다. 격려와 지지는 대상자의 부정적인 감정과 태도를 변화시키고 대상자가 죽음에 대해 현실적으로 수용할 수 있도록 도움을 줄 수 있다. 대상자의 심리적 고통을 잘 다룰 수 없게 되면 사회적 고립, 대인관계의 위축, 거부, 의존감, 자발성 결여 등 사회적 고통을 겪게 된다. 이에 대상자들의 고독감과 두려움을 함께 나누고 경청과 이해로 어떤 형태든지 대인관계를 유지하도록 하는 것이 필요하다. 특히 대상자와 가족이 해결하지 못한 대인관계 과업을 처리하도록 격려해야 한다. 대상자들의 총체적인 고통은 서로 밀접하게 연관되어 상호 영향을 주므로 대상자의 다양한 문제에 전인적 이해와 통합적 접근이 필요하다.

2. 가족의 총체적 고통

대상자의 전인적 돌봄 못지않게 가족의 고통을 이해하는 것도 중요하다. 가족들은 대상자의 증상을 더 빨리 인식하지 못한 것에 대한 죄책감, 충분한 치료를 하지 못한 것에 대한 감정, 가족과 자신의 건강함에 대한 죄의식, 불안감, 불확실성, 무력감, 절망감 등 부정적 감정을 경험한다. 특히 사별로 인한 충격과 스트레스는 총체적인 고통을 유발한다. 사별 후 신체적인 고통은 대상자의 죽음과 관련된 악몽, 수면장애, 식욕 저하, 영양 결핍, 가슴 통증, 답답함, 피로감, 허약감, 알코올과 약물 남용 등이 있다. 이러한 신체적 고통은 심리적 고통과 밀접하게 관련되어 있다.

가족들은 사별 후 다양한 심리적, 정서적 고통을 경험하며, 이러한 심리적 고통은 인지 기능의 저하와 심각하게는 환청, 환각 등의 정신병적 증상을 유발하기도 한다. 또한 심리적 고통은 사회적 고통으로 확장되어 사회적 단절과 자존감의 감소로 이어져 의존적인 상태를 만들기도 한다. 이러한 사회적 능력의 저하는 자녀 양육, 재정적인 문제를 유발하기도 한다. 또한 사별 후 가족의 총체적인 고통은 삶의 의미와 목적을 상실하게 하고, 자살 의도를 가져 극단적 결과를 초래할 수도 있다. 이에 대상자와 가족의 고통뿐만 아니라 사별 과정에 대해서도 전인적 이해와 통합적 접근과 돌봄이 필요하다.

3. 말기 돌봄에서 치료적 인간관계

보건의료 상황에서 의사소통은 중요하며, 특히 말기 환자 돌봄에서는 더욱 중요하다. 말기 환자와 의사소통에서는 불확실성(uncertainty)을 인지하고 잘 관리해 주는 것이 매우 필요하다. 만약 불확실성이 잘 인지되지 않고 관리되지 않을 경우는 말기 환자의 삶의 질에 부정적인 영향을 미치게 된다. 환자와 가족의 바람과 현재의 치료 방향 충돌, 환자의 고통 등의 파악도 중요하다. 말기 환자들은 신체적 고통 이외에도 죽음에 대한 불안과 두려움, 외로움, 우울 등의 심리적 어려움으로 고통을 받는다. 따라서 가장 소중한 순간을 함께 하면서 부정적 감정이라도 안전한 환경과 관계 속에서, 영적인 의식 속에서 느끼도록 진정한 위로와 안심, 격려를 제공하는 인간관계를 맺는다. 치료적 인간관계를 통해 대상자는 자기 수용, 자기 인식을 하게 되며, 치유와 영적 성숙을 경험한다. 이러한 치료적 인간관계는 상호의존적인 대인관계의 의사소통을 통해 맺어진다.

4. 말기 돌봄에서 치료적 의사소통

의사소통이 성공하기 위해서는 다양한 요소가 상호작용을 해야 한다. 개인의 성격, 가치관이 다를 수 있고, 변화 가능한 존재이므로 상대방에 대한 이해와 배려, 융통성이 있어야 한다. 성공적인 의사소통은 쉽지 않기에 노력을 많이 해야 한다. 즉 촉진적인 의사소통을 위해 대상자를 있는 그대로 수용하고, 비지시적, 비판단적 소통을 하기 위한 치료적 의사소통 기술이 있어야 한다.

① 적극적 경청

의사소통에서 가장 어려운 부분으로 시간과 노력이 필요하다. 적극적 경청은 개방적으로 수용하는 태도로 경청하고, 판단하지 말고 공감하고, 감정을 이해하면서 주의와 관심을 가지고 적극적으로 들어야 한다. 대화 중에 대상자가 현재의 상태에 머무르며 '이 사람하고는 어떠한 이야기라도 할 수 있겠다', '이 사람은 나의 심정을 잘 이해하고 내가 얼마나 힘든지 알 수 있겠구나', '나에게 진심으로 도움을 주려고 하고, 도울 수 있는 능력도 있는 것 같아'라는 생각이 들면, 공감을 통해 유대감을 느끼고 신뢰와 소망이 생기게 된다. 즉, 신뢰의 단계에서 치유의 반응이 시작됨을 알 수 있다. 특히, 공감을 단순한 지식적인 이해 또는 동정심과 혼동하지 않는 것이 가장 중요하다. 만약 누군가로부터 좋지 않은 소식을 들었을 때 "너무 슬퍼하지 마" 하고 말하는 것은 공감이 아닌 동정이다.

공감은 나의 감정이 아니라 타인의 감정에 들어가는 것이다. 즉 공감을 표현한다며 자기 자신의 감정을 말하는 순간 타인과의 공감은 끊기게 된다. 특히 임종이 가까운 대상자와 가족이 경험하는 복잡하고 다차원적인 삶과 죽음, 전인적 고통은 그들의 주관적 경험이 이해되지 않으면 알 수 없을 것이다.

② 말없이 들어주기

사려 깊은 침묵은 자신과 상대방에게 생각을 정리할 시간과 환자의 감정을 언어화하도록 도울 수 있다. 진지한 경청은 환자를 지지할 수 있으므로 말 자체보다 그가 전달하고자 하는 생각과 느낌을 들으려고 노력해야 한다.

③ 함께 있어 주기

대상자와 많은 말을 하기보다는 묵묵히 그의 옆에 조건 없이 함께 있어 주는 것이 필요하다. 대상자 곁에 얼마간 함께 있겠다고 이야기하거나 잠시 앉아 있어 준다. 같이 있어 주는 것은 다른 뭔가를 하는 것보다 더 중요하다. 때로 대상자는 치료도 거부하고 아무것도 하지 않으려고 하며, 며칠이고 이불을 덮고 반응하지 않는 경우가 있다. 이러한 거부와 무반응은 상황에 대한 우울 때문이라는 것을 공감적으로 이해하고 우울에서 억지로 빠져나오도록 노력하는 것보다 말없이 함께 있어 주는 것이 필요하다. 대상자가 대답하지 않고 반응이 없더라고 조용히 함께 있어 주면서 안위에 관심을 보이면, 반응하지 않더라도 자신이 존중받고 수용된다고 느껴 우울에서 벗어나도록 도움을 줄 수 있다. 대상자와 함께 있으면 어떤 이야기든 하도록 기회를 만들 수 있고, 때로는 무엇을 하는 것보다 효과적인 치료 방법이 된다.

④ 수용하기

수용은 대상자에게 안전감을 제공하기 위한 필수적인 대화의 자세이자 기술이다. 하지만 실제적으로는 가장 하기 어려운 부분이기도 하다. 특히 가치관, 윤리관, 종교관이 분명하게 정립되어 있는 사람은 평소대로 평가와 판단에 익숙하기 때문이다. 흔히 '어떻게 그럴 수 있어?', '절대 그럴 수는 없다'라고 생각하고 말을 쉽게 하지만 수용의 자세는 '그럴 수도 있겠다' 또는 '그럴 수밖에 없었겠다'라고 이해하는 것이다.

수용은 허용과 다르다. 허용은 '그렇게 해도 된다'는 용납의 측면이고, 수용은 '그럴 수도 있다'는 이해의 측면이다. 즉 상대방의 그릇된 생각이나 행동을 허용하지 않고, 그의 마음을 수용하는 것임을 분명하게 구별할 때, 변화의 잠재력을 믿을 수 있을 때, 우리는 갈등 없이 그를 있는 그대로 수용할 수 있다. 즉 어떤 이야기를 하든 무비판적으로 있는 그대로 수용해야 하며, 인격적으로 존중하며 수용하고 있음을 표시하도록 한다. 상대를 있는 그대로 존중하고, 그가 어떠한 말과 행동을 할지라도 열린 마음으로 수용적 태도를 보이는 것이 문제 해결을 위한 어떤 종류의 조언이나 노력보다 커다란 힘이 된다.

⑤ 표현하도록 격려하기

대상자가 표현한 주요한 생각을 같은 말이나 다른 말로 되풀이해서 말하며, 느끼고 생각한 것을 표현할 수 있도록 격려한다. 자신의 감정을 자유롭게 말할 수 있다고 느끼면 대상자는 충동을 조절할 수 있다. 예를 들면 "예", "음~ 으음", "그래서요", "아 네…… 그렇군요" 등 고개를 끄덕이는 것과 같은 반응은 대상자가 계속해서 말할 수 있도록 암시를 주는 것이다. 이러한 반응은 대상자가 반응할 수 있는 시간을 허용함으로써 이야기를 좀 더 하게끔 하거나 감정을 표현하는 데 도움이 된다.

⑥ 공감적 반영하기

대상자와 가족이 이야기한 내용과 감정을 공감적으로 이해하고, 그 이해한 내용과 감정을 다시 표현해 주어 자신이 다시 생각하고 결정하도록 한다. 이때 대상자의 관점이 중요하며 자신의 의견을 제시하고 결정할 권리가 있다고 말해 준다. 예를 들면 대상자가 "그동안 정말 열심히 살았는데…… 퇴직해서 그동안 해보지 못한 것을 다해보려고 했는데…… 이렇게 내 인생이 끝나게 되다니"라고 한다면, 돌봄자는 "그래요, 정말 많이 화가 나고 억울하실 것 같아요"(공감적 반영) 라고 할 수 있다. 그러면 대상자는 "네 정말 억울하고 속상해요"라고 표현할 수 있다.

대상자들은 주로 불안하고 부정적인 감정을 경험하며, 이런 부정적 감정을 덜어주려 하지 말고 있는 그대로 수용해 주는 것이 중요하다. "억울해하지 마세요. 좋은 일에 대해 생각해 봐요", "속상해하면 더 고통스러울 거예요. 그러니 너무 속상해하지 마세요" 등의 부정적 감정을 덜어주려는 의사소통은 오히려 대상자들이 이해받지 못한다는 느낌이 들게 하여 치료적 관계를 방해한다. 반대로 "맞아요. 이건 정말 끔찍한 소식입니다. 너무 슬픈 일이에요", "아픈 게 정말 지긋지긋하실 거예요. 많이 힘드시죠?" 등으로 그들의 감정을 있는 그대로 수용하여 반영해 주면 자신의 감정이 이해되었다고 느껴 부정적 감정의 해소에 더 도움이 될 수 있다.

⑦ 명료화하기

대상자의 생각이 무엇인지 명확하지 않을 때 명료화하기 위해서 "다시 한 번 말씀해 주시겠어요?"라고 질문할 수 있다. 대상자의 이야기를 잘 이해하지 못했거나, 모호한 표현을 확실하게 알도록 해주는 것이다. 명료화의 또 다른 방법은 지각하고 있는 내용을 점검하거나 합의된 내용을 입증하는 것이다. 대상자가 미처 의식하지 못했던 것을 알게 해주고, 생각과 감정을 탐색할 수 있는 계기를 마련해 줄 수 있으므로 의사소통에 혼란과 오해가 일어나기 전에 표현을 잘못했을 때 사실을 명료화하는 것이 좋다. 예를 들면 "제가 확실하게 이해하지 못했는데 다시 한 번 말씀해 주시겠어요?", "무엇이 당신에게 문제가 되었는지 잘 이해하지 못하겠는데 다시 한 번 이야기해 주실 수 있어요?", "말씀에서 제일 중요한 것은 무엇인가요?", "내일 퇴원하지 않겠다고 말씀하시는 것인지 확실치가 않군요" 등이다. 대상자의 느낌을 명확하게 할 때는 대상자가 사용한 정서적 단어나 문구를 다시 반복하거나, 메시지의 억양에서의 느낌을 돌봄자 자신의 언어로 되풀이하고 무비판적이고 비지시적인 개방적 질문을 사용해야 한다. 즉 대상자의 감정을 밀어붙이거나 비판적인 인상을 주지 않도록 주의해야 한다.

⑧ 요약하기

요약은 대상자의 생각이나 감정을 하나로 묶어 정리하는 것으로 가능하면 핵심을 요약하고 주기적으로 요약을 해준다. 대상자가 이야기한 내용을 요약해 주어 서로가 같은 생각을 하고 있음을 알리고 상호 이해를 했는지도 확인한다. 이때 대상자가 미처 의식하지 못했던 것을 알게 해주어 생각과 감정을 탐색할 수 있는 계기를 마련해 줄 수 있다. 하지만 초기의 섣부른 요약은 대상자의 표현을 방해할 수 있으므로 주의해야 한다.

II. 말기 돌봄에서 의사소통 기본 원칙과 영향 요인

외면하고 싶은 힘든 상황에서 원활한 의사소통은 올바른 결정을 하도록 한다. 환자와 가족의 원활한 의사소통은 서로의 만족도를 높이며, 의사소통이 원만할수록 서로의 삶의 가치와 목표, 최종적인 선택이 일치할 수 있다. 중증 환자와 가족들은 고통 속에 있으며, 갑작스럽게 상태의 변화가 생기기도 한다. 그럴수록 바람직한 의사소통은 대상자의 삶의 질 향상에 필수적이다.

1. 말기 돌봄에서 의사소통의 기본 원칙

의사소통은 개인적, 사회적으로 인간관계에서 매우 중요한 역할을 한다. 의사소통은 상호관계에서 공통적 이해를 형성하고 마음과 마음을 주고받는 전인적인 행동이다.

말을 하고 있지 않을 때도 의사소통은 계속되고 있다. 인식하지 못할 때라도 메시지를 전달하고 있으며, 심지어 고개를 돌리거나 말없이 걸을 때도 강력한 메시지를 다른 사람에게 준다. 모든 의사소통은 해석되며, 의사소통은 메시지를 보내는 것과 메시지를 받는 쌍방향 과정이다. 소통의 의미는 사람에 따라 의미를 다르게 해석할 수 있다. 의사소통의 많은 부분은 말이 아니라 동작, 목소리의 톤, 눈 맞추기, 접촉으로 이루어진다. 어떤 사람으로부터 등을 지고 멀리 떨어져 있을지라도 누군가에게 의사를 전달할 수 있다. 예를 들면 방문 시 말은 따뜻하게 하지만 팔짱을 끼고 얼굴을 찌푸리고 있다면 어떤 느낌이겠는가? 이러한 경우는 언어적 메시지와 비언어적 메시지가 일치하지 않는 것이다. 메시지를 보내는 사람과 메시지를 받는 사람은 신뢰, 존경, 감정이입, 불안, 공포, 고통에 처한 특별한 상황에서 메시지를 해석하게 되며, 가치와 태도, 기대감에 의해서 메시지를 변경할 수 있게 된다. 구체적으로 의사 전달이 되는 방법을 택할수록 이해의 폭이 넓어지며, 관계는 더욱 깊어진다. 또한 효과적 의사소통을 위해 언어적 메시지와 비언어적 메시지를 일치시키는 것이 필요하다.

의사소통에는 언어적 의사소통과 비언어적 의사소통이 있다. 언어적 소통은 사실적인 지식을 정확하게 전달할 수 있으나 감정이나 의미의 전달에 효과적이지 않으며, 의사소통 중에서 아주 적은 일부분이다. 의사소통 시 언어적 의사소통의 한계와 문제점을 파악하여 자신의 이해 속에서 비언어적 단서를 포함하여 말을 함으로써 이를 극복하려고 노력해야 한다. 비언어적 의사소통에는 말없이 의미 있는 시선을 주는 것, 조용한 미소, 몸의 움직임, 손짓, 목소리의 톤이나 속도, 성량, 감촉, 몸의 향기, 그림 그리기를 통한 의사소통 등 다양하다. 의미의 약 7%는 말로, 38%는 목소리로, 55%는 몸짓에 의해 전달된다.

① 경청하기
명확한 의사소통을 위해서는 먼저 상대방의 말을 잘 들어야 한다.

고대 그리스 철학자 에픽테토스(Epictetus)는 "신은 우리가 말하는 만큼 두 배로 들을 수 있도록 하나의 혀와 두 개의 귀를 주셨다"라고 했고, 달름(Dahlm, 2010)은 환자나 가족과의 의사소통에서 가장 중요한 것은 듣는 것임을 기억해야 한다고 했다. 하지만 우리는 언제나 하나의 귀로만 듣고, 우리가 말을 하고 있을 때는 들을 수가 없다. 레이(Ray, 1992)는 경청에는 에너지와 개입이 필요한 듣기, 이해하기, 정보 보유하기, 정보 분석과 평가, 다른 사람을 돕기 · 적극적으로 강조하기의 5단계가 있다고 했다. 또 더 높이 올라갈수록 더 많은 에너지와 개입을 요구하는 계단 오르기와 비슷하다고 했다. 좋은 의사소통은 말하는 사람이나 듣는 사람이 서로 열린 마음으로 말을 하고 들어야 한다.

적극적으로 경청하기 위해서는 신체적 언어, 눈 맞추기, 반영하기, 고개 끄덕거리기, 환자를 향해 몸을 기울이기, 말을 자르지 않기, 사실과 감정을 다른 말로 바꾸어 표현하기를 실천해야 한다. 공감적 경청은 매우 중요한 의사소통 기술이며, 상대방을 존중함으로써 자신의 관심과 욕구와 편견을 배제하고 대상을 진정으로 이해하고 공감하겠다는 의지의 표현이다. 대상자가 말을 할 때 단순히 말 없이 가만히 있는 것이 아니라 상대방을 존중하고, 이해하고, 배우고 돕고자 하는 태도를 적극적으로 보여주는 것이다. 즉 공감적 경청은 상대방의 인식 세계에 들어가 온전하게 그 세계에 적응하는 것을 의미한다. 그러므로 잘 듣기 위해서 말과 변화하는 신체로 표현되는 것까지 주의 깊게 들어야 한다. 건성으로 듣거나, 부정적 태도, 자신의 문제를 투사하거나, 대화를 회피하거나, 대화가 단절되는 것으로는 좋은 의사소통을 기대하기 어렵다.

적극적, 공감적 경청의 기술은 주의집중과 인정반응, 다시 말하기, 더 많은 이야기로 초대하기 위한 관심과 진정성 있는 질문, 공감적 반영의 기술들로 구성된다. 즉 공감적 경청은 상대가 하고 싶은 말을 끝까지 잘 정리해서 말할 수 있도록 적극적으로 도와주는 대화의 기술이다.

② 함께 하기

함께 하기는 치료적 의사소통에서 중요하다. 함께 하기의 첫 단계는 스스로에 대해 알고 인정하는 것이다. 인간으로 존재하는 것이 당신에게 어떤 의미가 있는지 생각해 보라. 스스로 어떻게 행동하기를 원하는가? 우리는 어떤 한 사람에 대해 잘 알수록 그와 함께 할 수 있다. 함께 하기 위해서는 열린 마음과 자세로 그들의 신념과 가치를 존중해야 한다. 인간으로서 그 사람의 가치를 확인한다. 때로는 부드러운 터치, 위생이나 외모에 대한 신중한 배려로 잘 전달될 수 있다. 모든 사람은 상처받기 쉽다는 것을 스스로에게 인식시킨다. 특히 죽음은 그 취약성을 증가시킬지도 모르지만 모든 인간이 상처받을 수 있고 고통받을 수 있다는 것을 이해하고 인정함으로 그 사람들과 연결될 수 있다(Dahlim, 2010; Griffie et al, 2004).

2단계는 직관을 사용하는 것이다. 다른 사람의 요구를 느끼는가? 말해야 할 시기는 언제이며, 언제 조용히 있어야 할 때인지 느끼는가? 공감하기는 또 다른 중요한 차원이다. 공감은 '나는 그 심정을 상상할 수 있어'라며 그들의 경험을 이해하기 위해 당신 스스로 그 사람의 상황에 있는 자기 자신을 그려보는 것이다. 함께 하기 위해 그 순간에 함께 있어야 한다. 서두르거나 조급해하지 않아도 된다. 해야 할 것에 대해 생각할 필요는 없다. 또한 함께하기에는 평온과 침묵이 필요하며, 침묵에 편안해지도록 노력한다(Schaffer & Norlander, 2009). 때로는 말할 수 있는 어떤 것도 없을 수 있기에 대신 존경과 상냥함을 표현해야 한다(Dahlim, 2010).

2. 말기 돌봄의 의사소통에 영향을 미치는 요인

말기 돌봄은 효과적 의사소통에 따라 달라질 수 있다. 개인은 각자의 의사소통 스타일이 있으며, 죽음과 임종에 영향을 미치는 요인에는 연령, 성별, 문화, 개인과 가족의 경험 등이 있다.

① 연령

죽음에 관한 이야기를 어떻게 할 것인지 생각할 때 대상자의 발달 단계에 대해 고려해야 한다. 특히 인지장애나 발달장애는 돌봄 제공자의 말이나 추상적인 생각을 이해하는 데 영향을 미친다. 대상자와 의사소통을 할 때 어떠한 호칭을 원하는지 알아본다. 노인의 경우는 예의를 갖추어 불릴 때 더욱 편안함을 느낄 수 있다. 메시지를 주고받을 수 있는 능력에 방해가 되는 청력 감퇴, 시력 감퇴, 운동기능 장애를 확인하고 고려해야 한다. 말기 환자의 경우 나이가 어떻게 의사소통에 영향을 미치는지 자신의 경험을 통해 이야기하도록 한다.

② 성별

남성과 여성은 서로 다르게 의사소통하는 경향이 있다. 일반적으로 여성은 표현이 더 풍부한 경향이 있고 감정과 관계에 대해 더 이야기하고 싶어 한다. 반면에 남성은 이러한 것에 관해 이야기하는 것을 좋아하지 않는다. 어떤 문화권에서는 남편이나 아들이 결정하도록 한다. 여성 노인의 경우 이러한 현상은 더욱 두드러지게 나타날 수 있다.

③ 문화

문화는 의사소통에 영향을 주는 중요한 요소이다. 문화는 사람들 사이에 눈 맞춤이 적절한지 아닌지에도 영향을 미친다. 예를 들어 전통적인 한국 문화에서는 나이가 어린 사람이 나이가 많은 사람과 눈을 마주칠 수 있는 것은 특정 상황에서만 이루어지며, 여성은 일반적으로 남자들과 눈을 마주치지 않는다. 문화는 사람들이 자신의 감정을 얼마나 숨김없이 이야기할 수 있는가에 영향을 미친다. 어떤 문화는 자신의 슬픈 감정을 표현하는 것이 약함을 드러내는 것으로 부적절하다고 믿고, 또 다른 문화에서는 감정을 억누르는 것이 부자연스럽다고 생각하여 임종이나 장례 의식이 진행되는 동안 크게 통곡할 수도 있다.

또한 문화는 가족, 진단명이나 죽음을 표현하는 데 영향을 준다. 예를 들면 어떤 사람은 '가족'이라는 단어를 사용했을 때 부모와 아이들을 생각할 수 있고, 조부모, 삼촌, 사촌들까지 포함하여 생각하기도 한다. 그러나 동성애 관계에 있는 사람에게는 가족이 동거인일 수도 있다. 진단명을 이야기할 때 어떤 사람은 '암'이라는 단어 대신 '종양'이나 '혹'이라는 단어를 사용하기도 한다.

문화와 종교는 질병과 죽음에 대한 관점에도 영향을 미친다. 질병을 잘못에 대한 처벌로 생각하기도 하고, 죽음 이후 신과의 재결합을 믿는 사람들은 사망한 후 일어날 일에 대해 확신이 없는 사람보다 죽음에 대해 더 쉽게 이야기할 수 있을 것이다.

문화가 의사소통에 영향을 미치는 가장 중요한 예는 '가족 중 누가 결정을 내릴 것인가'이다. 전통적 한국 가족에서는 부모가 상황을 이해하고 스스로 결정할 수 있는 상황에도 장남이 보건의료팀과 대화하고 부모를 대신하여 결정을 내리는 경우가 종종 있었다. 이럴 때는 책임이 있는 것처럼 보인다. 임종을 '떠나다', '지나가다(passed on)'와 같은 단어를 사용해 표현할 수도 있다. 질병의 발생 원인을 표현할 때 '악마'나 '영혼'과 같은 단어를 사용하는 것도 질병의 원인에 대한 다른 관점으로 표현하는 것일 수 있다.

④ 삶의 경험

사람들은 자신이 살아왔던 방법으로 죽음을 맞이하려는 경향이 있다. 성격은 근본적으로 변하지 않을 수도 있다. 말기 환자는 죽어가는 동안 가장 요구가 많아질 수 있다. 자신의 경험, 습관, 신념은 인생의 모든 단계에서 극복과 의사소통에 영향을 주며, 대상자의 신념이나 방식을 바꿀 수는 없을 것이다. 예를 들면 신뢰를 받아본 경험이 거의 없는 사람은 아마도 믿지 못할 것이다. 그래서 환자와 가족의 신뢰를 얻어야 한다. 어떤 사람은 다른 사람을 믿는 방법을 경험하지 못했을 수도 있다. 아마도 그들은 폭력을 경험했거나 사는 동안 차별대우를 경험했거나 어떤 기본적인 인권을 거절당했을 수도 있다. 이러한 경험은 돌봄에서 믿을 만한 태도로 행동을 하더라도 전혀 믿음을 갖지 못할 수도 있다는 것을 뜻하니 이해해야 한다.

3. 의사소통 장애

불치병이라는 진단을 받는 순간부터 환자는 생명의 연장을 희망하기도 한다. 하지만 자신의 앞날이 어떻게 될지, 어떤 치료 방법을 따라야 할지, 치료 결과는 어떠한지 등에 아무것도 확실한 것이 없을 때 환자는 아무도 자신을 이해할 수 없다고 생각하고, 자신 없는 모습을 보이고 싶지 않다는 생각을 할 수 있다. 대상자의 내적 자원의 고갈은 상황에 대한 대응능력이 저하된 상태에서 주위 사람들과 상호작용을 하게 되므로 상처를 쉽게 받는다. 이에 상대방에 대한 배려와 융통성이 있어야 하며, 피드백의 과정을 통해 의사소통이 적절하게 이루어졌는지 점검하고 잘못된 것을 수정하는 과정이 필요하다.

① 의사소통의 걸림돌

의사소통에서 가장 문제가 발생하는 요인은 언어적 메시지와 비언어적 메시지가 불일치할 때다. 즉 분명하고 진실한 메시지를 전달해야 한다. 말로는 "괜찮다"고 하면서 얼굴은 화가 난 표정일 때처럼 언어적, 비언어적 메시지의 불일치는 상대방에게 불편감을 야기한다. 이러면 의사소통이 정확하게 이루어질 수 없다. 또한 물리적 환경인 장소, 시간, 실내온도, 냄새, 조명, 소음 등은 의사소통의 외적인 방해 요인이 되므로 최대한 방해 요인은 제거한 상태로 의사소통을 진행하는 것이 좋다.

② 비치료적 의사소통

대상자를 있는 그대로 수용하지 않고 지시적이고 폐쇄적으로 대화를 하는 것을 말한다. 즉 자신의 관점에서 판단하고 반응하는 것이다. 적극적으로 대상자와 가족의 이야기를 듣지 않는 것이다.

㉠ 경청의 실패

의사소통의 가장 기본적인 방해 요소다. 대상자에게 "당신 이야기에 관심 없다", "늘 같은 소리 듣기 짜증난다", "당신은 이제 중요하지 않다"라고 말하는 것과 같다.

㉡ 일시적으로 안심시키기

실제로 문제가 있는데도 불구하고 일시적으로 안심시키는 것이다. "좋은 약들이 많이 개발되어 요즘 암은 걱정할 병이 아니에요", " 당신은 잘하고 있어요", "곧 나아지실 거예요" 등의 반응을 하는 경우다. 대상자의 감정을 순간적인 대처로 무시하는 것으로, 상태가 절망적인 경우이거나 상황이 호전될 가망이 없는데도 흔히 사용하는 상투적인 언어다. 이러한 안심시키기는 대상자의 문제를 최소화하거나 무시, 경시하는 태도로 받아들여질 수 있다. 예를 들면, 대상자가 "다음 주말에 친구들과 여행을 하려고 해요"라고 했을 때 "그럼요, 가실 수 있어요"로 일시적으로 안심을 시킨다면 일시적으로 기분은 좋아질 수 있으나 현실을 직시하고 나면 그 사람에 대한 불신을 갖게 된다.

㉢ 느낌 얕잡아보기

대상자의 느낌이 일시적이거나 잘못된 것으로 그다지 중요하지 않다는 것을 함축하는 것이다. 즉 대상자의 관점에서 무엇을 느끼고 경험하는지 파악하는 것이 중요하다. 대상자가 "죽고 싶어요"라고 했을 때 "죽는다는 것을 알고 나면 누구나 그런 기분이에요"라고 한다. 이때 '누구나'라는 단어의 사용은 당신이 경험하는 감정은 누구나 다 갖는 감정이므로 그다지 중요하지 않다는 뜻이 함축된다. 즉, 감정을 일반화하는 대상자는 자신의 감정이 별것이 아니라는 식으로 수용되지 않는다고 느낀다. 즉 감정은 당사자의 고유한 것으로 공감하고 수용해 주는 것이 중요하다.

(ㄹ) 판단하기

대상자의 생각이나 행동을 비난하는 것, 행동이나 생각이 옳지 않다고 반대하거나 거부하는 것, 특정 행동이나 생각에 동의하는 것, 충고하는 것 등은 자신의 기준에 의해 판단하는 행동으로 비치료적 반응이다. "울지 마세요. 우는 것은 몸에 해로워요"(비난), "죽고 싶다는 말은 더 이상하지 않았으면 합니다", "통증 조절 약을 더 이상 드릴 수 없어요"(거절), "그것은 잘못된 생각입니다", "그것은 틀려요", "나는 절대로 ~에 동의하지 않아요"(이견), "그 결정 아주 잘 했어요", "저도 그렇게 생각합니다", "옳다고 생각합니다"(동의), "마음을 편하게 가지세요", "저는 당신이 늘 마음을 편하게 먹어야 한다고 생각해요?", "당신은 왜 ~하지 않아요?"(충고) 등이 있다.

대상자의 특정 행동이나 생각에 동의하는 것은 대상자가 마음이 바뀌었을 때 비난을 받을 수 있다고 생각하게 만든다. 동의보다는 격려나 스스로 결정한 노력을 인정해 주는 방법이 더 치료적일 수 있다. 충고는 대상자의 자율성을 침해하여 의존하게 한다. 즉 충고보다 대상자 스스로 답을 찾아가도록 도와주는 것이 더 치료적이다.

(ㅁ) 방어하기

언어적 공격으로부터 자신을 보호하려는 태도로 대상자가 비평하는 것을 방어하는 것이다. 대상자의 느낌, 의견, 감정을 표현할 권리가 없음을 암시하는 것이며, 방어는 개인의 약점이나 의료서비스의 약점을 인정하지 않으려는 태도다. "○○○ 의사가 제일 유명하다고 해서 왔는데 내 병도 못 고쳐요?", " 네, 그분은 우리나라에서 최고의 암 전문의이십니다. 좀 기다려 보세요". 그러나 결과적으로 환자는 자기의 느낌이 타당하다고 생각하게 된다.

(ㅂ) 관련 없는 주제로 가기

자신이 원하는 주제를 이야기하기 위해, 토론하고 싶지 않은 주제를 벗어나기 위해 주제를 바꿀 수 있다. 주제를 일방적으로 바꾸는 것은 대상자의 발언권을 빼앗는 것과 같다. 예를 들면 "죽는 게 어떤 느낌일까요?"라는 말에 "기분전환을 할 겸 커튼을 여는 것은 어떨까요?"라고 답하거나, "내 병은 나을 수 있을까요?"라는 말에 "주말에 누가 오신다고 했어요?"라고 답하는 것이다.

"죽는다는 것이 어떤 느낌일까요?"와 같이 대답하기 어려운 직설적인 질문에 자칫 대상자가 더 우울해질 것을 우려해 대상자들이 이야기하고 싶어 하는 주제를 회피할 때가 있다. 죽음과 관련된 어려운 질문에는 직설적인 대답이 도움이 된다. 대상자는 자신의 마지막 여행에 동참해 주기를 바라므로 죽음을 경험한 것이 없어 잘 모르겠다고 최선을 다해 솔직하게 말할 수 있어야 한다. 다른 대상자들이 돌아가시면서 나누었던 이야기들을 간접적으로 전해줄 수도 있다. 어려운 이야기일수록 회피하지 않고 진솔하고 솔직하게 개방적 대화를 하는 것이 도움이 된다.

(ㅅ) 상투어 표현하기

의미가 없는 상투적 문구나 흔한 표현은 대상자와의 관계에서 의미가 없다. 즉 뜻이 있는 말을 할 수 없으면 아무 말도 하지 말아야 한다. "병원에서 하라는 대로만 하면 곧 퇴원하게 될 거예요", "날씨가 좋군요", "용기를 잃지 마세요" 같은 것이다. 상대방의 진정한 고민을 들을 수 없게 될 소지가 있으며, 진심으로 이해받지 못했다는 생각에 마음의 문을 닫아버릴 수 있다.

4. 나쁜 소식 전하기

버크만(Buckman)은 나쁜 소식을 "환자의 미래에 지대한 영향을 끼치는 모든 정보"라고 정의했다. 말기 대상자나 그 가족과 의사소통을 할 때 가장 어려운 순간은 나쁜 소식을 전하는 순간이다. 대개 나쁜 소식을 전하는 경우는 암의 발견과 진단, 재발과 전이, 병의 악화, 더 이상의 치료 방법이 없음, 생명유지 장치의 제거, 호스피스·완화의료를 선택한다는 것, 임종이 임박한 경우를 환자와 가족에게 알리는 일 등이다. 이러한 소식은 매우 충격적이고 총체적 고통을 유발한다. 그러나 대부분의 말기 환자들은 자신의 의료적 상황에 대해 솔직하게 알고자 원한다. 의료인이 나쁜 소식을 전할 때에는 환자가 이해하기 쉽게 설명하며 성의있게 대해야 한다. 버크만은 나쁜 소식 전하기 기술을 6단계로 구분했다.

① 준비하기

대상자와 만나기 전에 대상자와 이야기할 것에 대해 살펴봐야 한다. 대상자와 관련된 의료적 정보를 포함한 모든 정보, 안정된 환경과 분위기 조성, 적절한 시간의 배정, 환자와 함께 하기를 원하는 사람을 결정한다.

② 환자가 알고 있는 것 파악하기

대상자와 가족이 대상자의 질병이나 상태에 대해 무엇을 얼마나 알고 있는지를 확인하고 걱정이나 두려움이 있는지 확인한다. "OO님의 질병에 대해 무엇을 이해하고 있나요?", "OO님의 의학적 상태에 대해 어떻게 설명하실 수 있을까요?", "OO님의 질병이나 증상에 대해 걱정하신 적이 있나요?", "상태에 대해 다른 의사에게 말한 적이 있나요?", "이러한 증상이 있었을 때 그것이 무엇일까, 라고 생각했나요?", "의사가 OO님을 왜 이곳으로 보냈는지에 대해 어떻게 설명해 주었나요?" 등을 물어볼 수 있다. 나쁜 소식을 들은 대상자가 침묵을 유지하거나 아무런 반응이 없다면 지지 그룹을 확인하고 의지하고 있는 가족이 누구인지 알아본다. 만약 환자가 계속 침묵하거나 더 많은 지지를 원한다면 날짜를 새로 정해 상담하도록 한다.

③ 환자가 알고 싶은 것 파악하기

대상자와 가족은 인종, 사회, 문화, 교육, 종교, 심리적 상태, 성격, 대처기술에 따라 정보를 다르게 전달하고 받아들인다. 대상자와 가족이 정보를 거절할 수 있는 권리가 존중돼야 한다. 자신의 의견을 대변할 사람을 지정할 수 있다. 또한 정보를 어떤 방식으로, 어느 정도의 정보를 원하는지 확인한다. "상태가 심각한 것으로 판단되면 당신은 알고 싶으신가요?", "당신의 상태에 대해 상세한 내용을 듣고 싶나요? 그렇지 않다면 누가 그 사실을 들었으면 하나요?" 등이다.

가족은 환자가 원하는 것이 가족과 일치하지 않을 수 있다는 것을 알 필요가 있다. 가족은 환자가 말기라는 사실을 알면 남은 삶을 포기하거나 심리적 고통과 희망이 없다고 생각해서 환자에게 알리지 않기를 원한다. 그러나 환자는 진실을 알기 원하며 남은 삶을 정리하고 싶어 한다.

④ 소식 전달하기

대상자와 가족에게 민감한 소식을 전할 때는 솔직한 태도로 전하며, 말하고 나서 잠시 멈추어 대상자와 가족에게 반응할 수 있는 시간을 준다. 한꺼번에 많은 정보를 제공하기보다 반응을 살피면서 조금씩 나누어 제공한다. 쉬운 단어를 사용하고 중요한 정보는 반복해서 설명하며, 중간에 멈추어 이해했는지 확인한다. "어려운 이야기를 할 것 같아요. 검사 결과가……", "이런 말을 해야 해서 저도 유감스럽게 생각합니다. 결과가……", "소식이 좋지 않아 걱정되네요. 상태가……" 등의 말을 먼저하고 안 좋은 검사 결과를 말하는 것이 충격을 줄이는 방법이다. 정보를 조심해서 전달하되 상태의 심각성을 축소하지 말아야 한다. 이해하기 쉬운 언어를 사용하고 전문적인 용어의 사용은 피한다.

⑤ 감정에 반응하기

대상자의 반응을 주의 깊게 듣고 감정에 반응한다. 흔한 반응에는 충격, 불안, 분노, 두려움, 슬픔, 비통함 등의 다양한 정서적 표현이 있다. "얼마나 힘든 소식일지 상상이 됩니다", "너무 무서운 소식이지요?", "제가 한 이야기에 대해 어떻게 느끼는지 말씀해 주세요", "우리는 항상 당신을 도울 거예요" 등의 반응을 보여주어 대상자와 가족의 감정을 이해하고 표현할 수 있도록 시간을 할애한다. 또한 주의 깊게 경청하며, 대상자와 가족이 표현하는 감정을 인정한다.

⑥ 정기적인 방문

대상자를 지속적으로 관찰하고, 다음 단계를 계획하여 적절하게 치료를 결정하고 증상관리를 해야 한다. 대상자가 가족에게 자신의 질병과 치료에 대해 말하도록 하며, 필요할 때는 협진을 조정하여 추가적인 진료 계획을 수립할 수 있다. 또한 대상자와 가족에게 실제적인 지지와 정서적으로 가능한 자원에 대해 논의한다.

나쁜 소식 전하기는 쉽지 않은 과정이다. 아무리 연민 어린 태도로 조심스럽게 표현할지라도 편안하게 받아들임이 어렵다. 이에 나쁜 소식을 전할 때 가장 중요한 것은 대상자, 가족과의 신뢰 관계 수립이다. 아울러 대상자와 가족의 특성을 고려해 그들이 받을 충격을 최소화하면서 정확한 정보를 전달하는 것이 중요하다.

발달 장애, 후천적 의사소통 장애, 인지 · 언어적 변화와 장애 등은 심리 · 사회적으로 의사소통 생활의 질(QCL: Quality of Communication Life)에 영향을 미칠 수 있다. 청력손실 같은 다양한 의사소통 장애는 상대와 의사소통의 상호작용, 일상생활, 사회생활의 참여 등 개인의 삶에 영향을 미친다(Paul-Brown et al., 2004). 최혜윤(2011)은 자신의 요구 사항에 타인의 적절한 반응이 있을 때 질은 더욱 높아지며, 의사소통에 문제가 있으면 개인이 느끼는 삶의 질은 낮아진다고 했다. 특히 오랜 투병 생활과 자신이나 가족의 죽음을 앞두고 있거나 사랑하는 사람을 잃었을 경우 대상자들은 상황에 대한 인지 왜곡, 편협한 사고, 다양한 부정적 감정, 비합리적이고 비현실적인 기대에서 좌충우돌하게 된다. 즉 이성적 사고보다 부정적 감정이나 비합리적인 기대와 충동적 행동이 앞서기 쉽다. 자신이 듣고 싶은 것만 선택적으로 듣거나, 인정하지 않거나 부정적 상황을 확대 해석하여 절망적으로 오해하기도 한다.

생애 말기 대상자에게는 많은 말보다 묵묵히 그의 옆에 함께 있어 주는 것도 필요하다. 조건 없이 대상자와 같이 있어 줌으로써 자신을 치료적으로 제공하는 것이다. 실존적 상실이 있는 사람의 돌봄에서는 다양한 의사소통 기술보다 관심과 사랑이 있는 '현재 존재하는 함께 있음'의 마음가짐이 더 중요하다. 생애 말기의 존재론적 고통을 덜어주고, 의미 있고 편안하며 행복하게 보내도록 하며, 사별을 위한 준비, 임종의 질과 사별 후 적응을 잘할 수 있도록 의사소통이 효과적으로 이루어져야 한다. 좋은 의사소통은 긍정적 영향으로 치유와 삶의 변화뿐만 아니라 성장하게 한다. 그러므로 기본적 대화 역량을 갖추었을 때 효과적인 돌봄을 제공할 수 있게 된다.

∞ 마음과 마음 나누기를 위한 의사소통에 대해 생각해 봅시다

1. 당신이 병들거나 병원 치료가 필요해진 경우에 가장 두려운 것이 무엇일까요?

2. 삶의 위협적인 질병으로 인한 위기 상황에 있을 때 어떻게 말을 해야 할까요?

3. 공감과 소통이 삶의 변화를 준다고 생각하나요?

4. 자기 자신의 생각을 표현할 때 어떤 경우에 비판 또는 무시당했다고 느끼시나요?

5. 대상자와 가족이 삶과 죽음을 수용하고 여생을 의미 있게 보낼 수 있게 도우려면 어떻게 해야 할까요?

6. 내가 주로 사용하는 상대방의 의사를 수용하는 표현에는 어떠한 것들이 있나요?

06 용서와 화해

배경담

우리 모두는 각자 삶의 무게만큼 묻어둔 비밀들이 있다. 솔직히 말하면 털어버리지 못하고 자신이 붙잡고 있는 것일지도 모른다. 그 비밀들을 털어 놓지 못하는 이유는 각자 여러 이유들이 있을 것이다. 그러나 각자가 붙들고 있는 비밀들은 대부분 죄책감이나 수치감을 자극하는 것이기에 겉으로 드러 내지 못하고 침묵으로 덮인다. 문제는 죄책감이나 수치감에 기반을 둔 갈등 과 감정들은 억압될수록, 시간이 흘러갈수록 더욱 증폭되어 더 이상 자신이 통제하지 못하는 상황이 될 수 있다는 것에 문제가 있다.

심리학자 앨리스 밀러(Alice Miller)는 『천재가 될 수밖에 없었던 아이들의 드라마(The Drama of the Gifted Child)』에서 자신의 실제와 마주쳐야 하는 과정 이 필요하다고 말한다.

"자신의 실제와 마주치면서 우리는 과거를 숨길 수 있다는 착각에서 벗어날 수 있다. 그리고 만약 그 과정에서 우리가 누군가에게 손해를 끼치거나, 상 처를 입혔던 것을 알게 된다면 우리는 사과해야 한다. 그런 과정을 거쳐야

만 우리는 어린 시절부터 유래하는 낡고 무의식적인, 정당화할 수 없는 감
정에서 자유로워질 것이다."

우리는 삶의 중요한 순간에서 갑자기 튀어나오는 무의식적인 분노와 뒤틀
린 감정들 때문에 후회하곤 한다. 후회하는 과거를 잊을 수만 있다면 우리에
게 어느 정도 위안이 될 것이다. 그저 가장 잔인했던 순간들을 잊기로 선택
할 수 있다면 시간의 흐름에 따라 고통으로부터 벗어날 수 있을 것이다. 하
지만 과거의 상처는 기억 속에서 쐐기풀처럼 찔러댄다. 이것을 제거하는 유
일한 방법은 용서와 화해라는 과정을 통해서다. 이렇듯 삶과 죽음의 문제에
서 치유되고 온전하게 되기 위해서는 용서와 화해는 필수적이다.

I. 용서인가 화해인가

우리들은 용서와 화해에 대해 자주 혼용하여 사용한다. 그러나 용서학자
들에 의하면 용서는 '지은 죄나 잘못한 일에 대해 꾸짖거나 벌하지 아니하고
덮어주는' 것으로 상처에 대한 회피와 보복의 악순환을 누르고 긍정적인 선
택을 취하는 과정이다. 이에 비해 화해란 '싸움하던 것을 멈추고 서로 가지고
있던 안 좋은 감정을 풀어 없애는' 것이다.
물론 용서나 화해, 모두 대상적 행위라는 점에서 어떤 적대적 상대방이
있어야 가능한 것이라 볼 수 있다.
다만 용서는 나의 잘못이 전혀 없음에도, 상대방이 나에게 한 잘못을 일
방적으로 용서하는 것이라면, 화해는 내가 상대방에 가한 위해를 인정하고
용서를 구하면서, 대신 그만큼 상대방의 잘못을 용서해 쌍방 과실을 인정하
는 것으로, 용서를 교환한다는 것을 의미한다. 즉, 공평하게 균형과 중도를
이루는 대가성의 행위라고 할 수 있다.

화해는 두 사람의 이해가 없다면 불가능한 것에 비해, 용서는 쌍방의 이해관계 없이도 언제나 일방적으로 가능한 것이라 할 수 있다.

에버렛 워딩턴밀러(Everett L. Worthington, Jr.)의 저서 『용서와 화해』에서 간단하게 표로 정리했는데 다음과 같다.

[표 2] 용서와 화해의 비교

	용서	화해
누가	한 사람	두 사람 이상
무엇을	선물을 베푼다.	베푸는 것이 아니라 이룬다.
어떻게	정서의 대체	행동의 대체
어디서	내 내면 속에서	관계 속에서
구체적	용서 도달 피라미드 모델	화해의 다리

즉, 용서에서 감정은 다음과 같다.

- 용서란 자신에게 유익한 것이지, 자신을 괴롭힌 자를 위한 것이 아니다.
- 용서를 통해 당신은 그동안 잃어버렸던 내면의 힘을 되찾게 된다.
- 용서는 자기 기분에 대해서 스스로 책임을 지겠다는 각오가 포함된다.
- 자신의 상처를 치유하는 데 목적이 있을 뿐, 상처를 낸 상대방과는 상관이 없다.
- 감정 조절 능력을 키워줄 뿐 아니라 정신적, 육체적 건강을 증진시키는 효과가 있다.
- 상처받은 피해자가 아닌 씩씩한 사람으로서, 자기 인생을 바라볼 수 있게 한다.
- 용서는 전적으로 개인의 선택이며, 누구나 용서하기를 배울 수 있다.

용서가 아닌 것들은 다음과 같다.

• 인정머리 없는 행위를 그저 참고만 있는 것이다.
• 마음 아픈 일을 당하고 나서, 없던 일로 잊어버리는 것이다.
• 부당한 일을 애써 좋게 봐주는 것이다.
• 용서는 초월적 경험이나 종교적 체험이 아닌 현실 속 행위다.
• 곧, 마음 상하고 학대받으면서도 화낼 권리를 포기하는 것은 용서가 아니다.

김주환은 "용서는 화해의 시도가 아니며 깨달아야 하는 것이며 분노와 증오라는 집착에서 벗어나 자유로워지는 것"이라 했다.

Ⅱ. 용서에 대한 피라미드

에버렛 워딩턴밀러의 저서 『용서와 화해』에 의하면, 비용서는 뒤섞인 정서로서 적개심, 적의, 증오, 원한, 분노, 두려움이 서로 맞물려 이루어진다. ① 가해 → ② 상처나 모욕의 자각 → ③ 분노와 두려움의 뜨거운 정서 → ④ 반추 → ⑤ 비용서로 발전(순서도)한다고 한다. 그는 이러한 비용서의 부정적 정서를 없애거나, 피하고 싶은 동기를 마련하기 위해, 용서 도달 피라미드 모델을 [그림 4]와 같이 제시하고 있다.

'화해의 다리'를 놓으려면 양측에서 4개씩 상판을 내놓아야 한다. 그것이 서로 연결되어 다리가 되는 것이다. 관계가 저절로 풀리도록 두기보다 관계를 개선하려는 쌍방의 열망(그 정도가 서로 늘 같지는 않더라도)이 동기가 된다. 양측 모두 화해에 나서면서도 결과에 회의가 들 수 있다. 그러나 관계를 유지하고 싶다면 최소한 화해의 솔직한 시도가 필요한 것이다.

[그림 4] 용서 도달 피라미드 모델

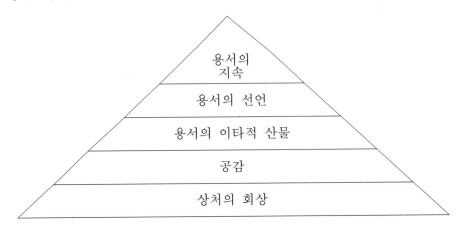

신뢰의 간극은 뛰어넘을 수 없고 다리로 건너야 한다. 다리는 휙 저절로 생기는 것일까? 그렇지 않은 경우가 많다. 우리는 수고를 들여 다리를 놓아야만 하고, 그러려면 모험과 행동이 필요하다. '화해의 다리'는 신뢰의 간극에 다리를 놓도록 돕는 하나의 방법이며, '용서 도달 피라미드 모델'의 원리를 활용한 화해 방법 원리라 할 수 있다. 화해하기 위해서는 ① 내 입장 고수 → ② 화해의 결단 → ③ 대화 → ④ 해독 → ⑤ 헌신과 같은 단계를 거쳐 화해에 이른다고 한다.

[표 3] 화해의 다리

내 입장의 고수	화해의 결단	대화	해독	헌신	헌신	해독	대화	화해의 결단	내 입장의 고수
1	2	3	4	5	5	4	3	2	1

Ⅲ. 용서의 필요성과 어려움

용서란 그리 쉽지 않다. 용서하지 않고, 용서받지 못한다면 더 큰 고통에 빠진다는 것을 알면서도 쉽지 않은 게 용서다.

스티븐 체리(Stephen Cherry)는 "사람들은 용서가 가장 아름다운 일이라고 한다. 정작 자신이 용서한 일을 당하기 전까지는"이라고 말했다. 실제 용서한 사람들이 삶을 더 온전하게 살고 용서하지 않은 사람들이 심혈관 질환이나 암에 걸릴 확률이 높다는 것을 알면서도 복수를 꿈꾸며 살아가는 사람들이 대부분이다. 왜 그럴까?

이에 대해 많은 학자들은 인간은 모욕을 당하거나 희생양이 된 후에 보복하거나 징벌을 하려는 경향이 있는데, 이것은 인간 본성의 생물학적·심리학적·문화적인 면에 깊게 뿌리 박혀 있다고 한다. 이로 인해 고통스러웠던 상처와 범죄에 복수하는 것을 정당화하기도 한다. 하지만 종교나 스승들의 가르침처럼 악을 악으로 갚지 않고 용서하는 것도 우리 내면의 성향이라고 한다. 그래서 용서나 복수나 다 내 안에 있는 심성임을 알고 스스로 가장 좋은 선택을 하는 것이 좋다는 것이다.

그런데 복수는 오랫동안 인간이 행해왔던 너무나도 익숙해진 습관이고, 복수는 복수를 낳는 악순환이 반복된다. 반대로 용서는 복수의 악순환을 끊고 다른 방식으로 접근하는 양식이다. 그래서 무엇이 용서인지에 대해 분명히 알아야 한다.

용서가 필요한 이유는 다음과 같다.

- 용서는 자신의 감정을 조절할 수 있게 해준다.
- 용서하는 사람은 과거를 바꿀 수 없음을 인정한다.
- 용서는 과거에 얽매이지 않게 해준다.
- 용서는 우리 삶에 꼭 필요한 쉼을 제공하는 것이다.

하지만 용서는 어려운 일이기도 하다. 다음과 같은 이유다.

- 나에게 상처를 준 사람이 분명 잘못했는데, 어떻게 용서할 수 있는가 하는 의문이 생기기 때문이다.
- 나에게 상처를 준 사람을 용서하면, 이 세상에는 더는 정의가 존재하지 않을 것이라는 생각이 들기 때문이다.
- 나에게 상처를 준 상대방을 용서한다는 것은 마치 상대방의 잘못된 행위를 인정해 주는 것 같아서 용서할 수 없다.
- 나에게 상처를 준 상대방을 용서해 주면, 내게 벌어질 비극을 되돌릴 길이 없을 것이라 믿기 때문이다.

IV. 용서의 길

용서는 하나의 사건이 아니라 과정이며 진행형이다. 마음을 먹는다고 용서가 되는 것도 아니다. 관계에서 받았던 상처를 받아들이고 그것이 온전하게 다시 치유될 수 있도록 다시 이어지는 과정이다. 물론 용서라는 과정이 내 상처를 기적같이 낫게 하지는 않는다. 여전히 아프고 힘들다. 용서는 더 나은 과거를 포기하는 대신 더 나은 미래를 계획하는 것이다. 용서하는 법을 배워야만 지금 평온을 얻고 앞으로 희망을 얻을 수 있다. 다시 말해 용서는 자신의 건강과 행복을 위해 꼭 실행해야만 하는 작업이다.

"치유의 과정을 밟기 위해 우리는 우리가 견뎌내야 했던 것들이 무엇인지를 기억할 필요가 있습니다. 자아를 회복하는 것은 기억을 되살려 무엇이 일어났는지 인식하는 것을 의미합니다. …… 그러한 기억이 없이는 치유란 없고, 용서가 없이는 미래도 없습니다."

_ 남아프리카공화국 데즈먼드 투투 주교(Desmond Mpild TuTu)

1. 용서와 화해를 위한 몇 가지 제안

이에 대해 피터 아펠(Peter Appel)은 용서와 화해의 전환기는 저절로 오지 않기에 몇 가지 제안을 한다.

첫째는 자신에게 충분한 시간을 주라는 것이다.

전환기 동안에는 불편한 느낌이 들겠지만, 자신에게 다시 생각해 볼 충분한 시간을 주어야 한다. 그게 무엇이든 상실한 것에 대해 슬퍼하는 데 필요한 시간을 충분히 갖고, 그 시간을 서둘러 단축하려고 하지 않는 것이 중요하다고 그는 말한다.

둘째는 삶의 임시 방책을 마련하라는 것이다.

위안과 안정을 주는 인생의 부분들을 붙잡으라고 그는 권한다. 안전한 느낌은 전환기를 가장 생산적으로 성취할 수 있도록 도와준다. 이 시기에 임시로 어떤 일을 하는 것도 좋다. 친구들이나 가족과 시간을 보내는 것은 관계의 상실을 좀 더 잘 받아들일 수 있도록 도와준다.

셋째는 삶의 불편함을 감수할 준비를 하라는 것이다.

불안하고 불편한 시간을 경험하게 될 것을 예상하고, 이러한 감정이 자연스러운 느낌이며 일시적이라는 점을 이해하는 것이 좋다. 이러한 과정은 인생의 중요한 부분이다. 이것을 극복할 수 있다는 자신의 내적인 힘과 직관을 믿는 것이 도움이 된다.

넷째는 전환기에 자신을 돌보라는 것이다.

전환기에 우리는 고립되어 있거나, 늘 하던 일을 제대로 하고 있지 않다는 느낌을 갖게 될 수 있다. 그러나 매일 자신을 위해 무언가 편하고 즐거운 일을 하는 것이 중요하다. 충분히 자고, 건강한 식생활을 하고, 자신의 활동량과 운동량의 수준을 잘 살핀다.

다섯째는 당신에게 필요한 지지를 찾으라는 것이다.

가족이나 친구들과 시간을 보내도록 하고, 필요하다면 상담 전문가를 찾을 수도 있는데, 반드시 자신을 탐색하고 새로운 방향을 찾을 수 있도록 해

주는 상담자를 만나는 것이 좋다. 다정하게 자신의 일에 조언을 해주는 상담자는 자신을 탐색하고 자신감을 재정립하는 데 도움이 된다. 또한, 자신에 대한 새로운 믿음과 역량 그리고 역할을 적극 찾는 것에 지름길이 될 수 있다고 그는 권한다.

그의 이야기를 듣고 있으면 인생에 어떤 난관이나 어려움이 닥치는 전환기가 오더라도, 나름대로 대처해 나가며, 삶의 위기를 극복해 나갈 수 있을 것 같은 희망이 든다. 누구에게나 닥쳐오는 삶의 전환기를 과연 어떻게 현명하고 슬기롭게 대처하며 넘어갈 것인가에 관해서 한번 깊이 생각해 보는 기회를 가져보는 것도 우리 삶에 큰 도움이 될 수 있을 것이다.

2. 용서의 기술

고통스러운 기억을 바꿔주는 여섯 가지 핵심 단계가 있다.

첫째, 그 사건의 진실은 무엇인지 상대방의 관점에서도 살펴본다.

둘째, 나한테 상처를 준 사람에 대한 공감을 키운다.

셋째, 내가 다른 사람에게 용서받아야 할 만큼 자신의 잘못한 행동을 헤아려본다.

넷째, 상처 받은 사람뿐 아니라 상처를 준 사람의 관점까지 정확히 반영할 수 있도록 자신의 사연을 고쳐 나간다.

다섯째, 삶의 목표를 이루기 위해 전진한다.

여섯째, 용서를 실행하는 데는 시간이 걸린다.

과거를 바꾸는 것은 불가능하다. 다른 사람을 변화시키는 것도 우리가 할 수 없다. 더욱이 삶을 공평하게 만드는 것은 누구도 할 수 없는 일이다. 이런 것을 우리는 인정해야 한다. 용서가 이미 지나간 현실을 바꾸지는 못할지도 모른다. 그러나 그것에 대한 당신의 기억을 바꿀 수는 있다. 억울한 사연에 새로운 옷을 입히면 과거의 쓰라림은 훨씬 줄고, 자신의 삶을 통제할 힘이 생긴다. 과거가 당신의 현재를 망치지 못하게 하는 것에는 어떤 방법이 있겠는가? 용서보다 더 효과적인 것은 없다. 그리고 놀랍게도 용서의 힘은 그저 과거에만 효력을 발휘하는 것이 아니다. 용서는 당신의 현재 또한 확실하게 개선할 수 있다.

가능하다면 빨리 그 사람을 용서하는 것이 좋다. 아래와 같은 용서의 단계를 직접 실행함으로써 용서가 주는 기쁨을 누릴 수 있다.

첫째 단계는 상처를 회상하고 그 감정을 표현해 보는 것이다. 먼저 한적한 곳에서 상처를 회상하며 자신이 상처받았음을 인정한다. 그 상처로 인한 자신의 감정에 솔직하고 정직해야 한다. 몸 안에 저장된 감정들을 노출하는 용기가 절대적으로 필요하다. 격한 감정과 부정적 감정이 그대로 분출되는 가운데 마음은 순화되어 간다.

둘째 단계는 자신이 원하는 것이 무엇인지 확실히 하는 것이다. 예를 들어 '증오심에서 벗어나, 맺힌 한을 풀고 싶다', '미움의 악순환, 화병, 암 등에 걸리고 싶지 않다' 등이다. 원망의 넋두리이든 자유를 갈구하는 열망이든 상관없다. 구체적으로 표현되어야 목표가 분명해진다.

셋째 단계는 용서를 선택했다면 말로 표현하라는 것이다. 용서는 선택과 결심, 의지(이성적 용서)에서 비롯되며 감정(감정적 용서)을 거쳐 자유로움(영적 용서)으로 완성된다. 용서는 자신에게 상처를 준 타인뿐만 아니라 자신에게도 용서를 구해야 한다.

이성적 용서는

"나는 _____가(사람, 사건, 기타) _____을(상처 원인이 된 행동) 용서한다."

"나는 _____를(사람, 사건, 기타) _____라고 판단했던 것을 용서한다."

감정적 용서는

"나는 _____를(사람, 사건 등) 용서하지만 _____(아픔, 속상함, 분노 등)을 느낀다."

"나는 _____를(사람, 사건 등) 용서합니다. 하지만 아직 _____(아픔, 속상함, 분노 등)이 남아 있어 시간이 필요하다."

넷째 단계는 용서를 한 것에 대해 상대방에게 나와 같을 것이라는 기대를 버리는 것이다. 서로 다르기에 느끼는 방식과 대응 방식도 다르다. 일방적이고 자기중심적인 이해를 기대하며 산다는 것은 상처를 자초하는 것이다.

다섯째 단계는 용서의 경험을 지속하는 것이다. 불만스러운 이야기를 용서의 경험으로 바꾼다. 당신은 얼마나 성공적으로 이 일을 할 수 있는가 자문한다. 자신에 대한 내적 성찰을 하며 얽매인 곳을 풀고 하루하루 명상을 생활화하라.

용서와 화해는 자기 사랑과 자기 존중에서 비롯되는 것이다. 달라이 라마는 "용서는 자기 자신에게 베푸는 가장 큰 선물"이라고 말했다. 자신이 진정으로 원하는 것이 무엇이고 할 수 있는 것(능력)은 무엇이며, 관계 속에서 하지 않으면 안 되는 것이 무엇인지를 알고, 원한에서 벗어난 자유로움을 누려야 한다.

3. 용서를 잘 할 수 있는 몇 가지 방법

① 베개를 가지고 한적한 곳에서 상처를 회상하며 나에게 상처를 준 상대방에게 맺힌 분노와 적개심과 한을 강렬하게 표현하라. 분노가 극에 달하여 참기 어려우면 베개를 주먹으로 쳐라. 상처에서 치유되려면 화를 노출하는 용기가 절대적으로 필요하다. 격한 감정과 부정적 감정이 그대로 분출되는 가운데 마음은 순화되어 간다.

② '증오심에서 벗어나 맺힌 한을 풀고 싶다. 미움의 악순환, 화병, 암 등

에 걸리지 않고 싶다'라고 원망의 넋두리를 하며, 동정을 구하는 태도에서 벗어나고 싶다는 심정을 외친다.

③ 어찌하여 나에게 이런 어려움이 있는지 하늘에 호소하고, 어떻게 살아가야 하는지 영성적인 질문도 한다.

④ 상대방에게 나를 돌봐주고 헤아려주기를 기대하는 마음을 버려라. 자녀든, 친지든, 친구든 다른 사람에게 기대하며 산다는 것은 상처를 자초하는 태도다. 일방적이고 자기중심적인 이해를 바라는 기대는 상처를 불러일으킬 뿐이지만, 상대를 위한 희망은 이루어지지 않았을 때 슬픔을 느끼기는 하지만 상처는 받지 않는다.

⑤ 일방적 판단이나 추측은 관계를 파괴하고 상처를 준다. 행동양식이나 인지 구조, 성숙도와 기질에 따라 서로 다른 점을 인식하고, 자기중심적으로 추측하지 마라.

⑥ 인정과 관심과 사랑을 받아야 살아갈 수 있다는 환상을 버려라. 인정, 관심, 사랑을 순리에 따라 자연스럽게 주고받으려 하지 않고, 필사적으로 바라고 매달리는 데 문제가 있다. 애정결핍, 소외감, 소속감, 지나치게 인정받고 싶은 행위는 외로움의 상처를 불러일으킨다. 자기 성장을 위한 공간에서 홀로 있기를 즐기며, 고독에 대처하는 용기가 필요하다.

⑦ 어릴 때부터 부모님이나 주위 사람들로부터 형성된, 왜곡된 자기 정체성에서(예를 들어 나는 착하다, 부지런하다 등) 벗어나야 한다. 타인에게 길들여진 나의 모습을 자각하고 객관적 판단을 내려봄으로써, 스스로 올바른 가치 기준을 세우는 자세가 필요하다.

⑧ 의식하기가 부담스러워 거부하면서 무의식 상태에 버려두었던 그림자를 적극 받아들이고 긍정적으로 전환함으로써, 통합된 삶을 살 수 있도록 노력한다.

⑨ 일어났던 사건에 대해 하루에 두 번 이상 되풀이해서 생각하는가? 만약 그렇다면 그 생각을 멈추는 연습을 하고 다른 것으로 그 생각을 대체해

본다.

⑩ 그 이야기를 할 때 예상하지 못했던 정도로 화가 나게 되는가? 만약 그렇다면 당신이 바랐던 결과에 이야기의 초점을 맞추는 대신, 당신이 무엇을 원하는가 하는 것에 초점을 맞춘다. 이렇게 하는 것이 당신의 정서에 미치는 효과에 주목한다.

⑪ 이야기의 중심인물은 누구인가? 당신인가, 상처를 준 사람인가? 책임을 지고 미래를 결정하려면 당신이 중심인물이어야만 한다.

⑫ 불만스러운 이야기를 용서의 경험으로 바꾼다. 당신은 얼마나 성공적으로 이 일을 할 수 있는가를 자문한다.

⑬ 자신에 대한 내적 성찰을 하며 얽매인 곳을 풀고 하루하루 비우는 명상을 생활화하는 것이 도움이 된다.

용서와 화해는 자기 사랑과 자기 존중에서 비롯되는 것이다. 진정으로 원하는 것이 무엇이고 할 수 있는 것(능력)은 무엇이며, 관계 속에서 하지 않으면 안 되는 것이 무엇인지 알면, 원한에서 벗어난 자신의 자유로움이 진심으로 내가 나에게 이야기하는 것에서 비롯되는 것이 된다.

"용서는 사랑의 행위다. 용서는 달성하는 것이 아니라 느끼는 것이다. 용서는 줄 수 있으나 상대가 언제나 받는 것은 아니다. 용서란 상대방에 대한 승리로 베풀어서도 안 되고 상대의 굴복이나 묵종을 얻어내는 방편으로 베풀어서도 안 된다. 이 일이 전적으로 내 잘못이든 내 잘못이 전혀 없든 우리 각자 안에는 부족하고 불완전한 점이 있으며 그 점이 우리의 가장 훌륭한 스승이 될 수 있다. 어렵게 터득한 그 자각과 겸손과 현실주의에서 나온 용서야말로 가장 치유력이 있고 가장 깊다."

_ 스테파니 두릭(Stephanie Duek)

1. 용서한 줄 알았는데 나중에 부정적 감정이 살아나, 그것을 당신이 정말 용서하지 않았다는 의미로 해석한 적이 있는가?

2. 당신은 반복해서 상처를 입힌 사람을 어떻게 용서해야 한다고 생각하는가? 거기에 당신은 동의하는가?

3. '용서와 화해'란 무엇이라고 생각하나요?

4. 당신이 화해하지 못한 사람이 있다면 화해를 막는 주된 장벽은 무엇이라고 보는가?

5. 사랑이란 무엇인가? 우리는 중요한 사람들에게 어떻게 사랑을 표현해야 하나? 당신은 사랑을 표현한다고 했는데 상대방은 그것을 사랑으로 느끼지 못한 예가 있는가?

3장
죽음교육과 상실치유 이야기

07 사별에 대한 평가와 개입

장현정

　의학 기술의 발전과 더불어 현대적 관점에서 죽음의 맥락은 더욱 복잡해졌고, 죽어가는 사람은 가족들과 떨어져 요양병원이나 요양원 등에 분리되면서 현대인들에게 죽어감(dying)과 죽음(death)은 더 낯설고 두려운 경험이 되었다. 또한 현대 사회가 빠른 속도로 핵가족화, 개인화, 세속화가 진행되면서 많은 사람이 사랑하는 사람과 사별한 후 겪는 애통함과 지지 대상의 상실에 더 취약하게 되었다. 이러한 맥락에서 현대 사회에서의 사별 경험은 더 이상 자연스러운 과정으로 간과될 수 없고, 전통적인 사별 지원 체계를 대신할 새로운 돌봄과 지원 시스템이 필요하다. 실제 사별 경험은 개인이 겪을 수 있는 가장 강력한 스트레스 사건의 하나로, 사별로 인한 비탄 반응은 여러 가지 요인에 의해 장기화하고 삶에 부정적인 영향을 미칠 수 있다.

　연구에 따르면 사별자의 약 20%가량은 전문적인 도움이 필요하다고 알려져 있다(Kissane, 2004). 따라서 사별 대처에 어려움을 겪을 가능성이 높은 유족을 식별하기 위한 평가가 필요하다. 사별 이후 적응에 영향을 미칠 수 있는 내외적 요인들을 평가해 이를 바탕으로 개입 계획을 세우고, 이후에 개입이 효과적이고 적절했는지 평가를 통해 확인하고 이에 따라 개입 방식을 수정, 보완하는 과정이 지속해서 이루어져야 한다.

이 글은 사별로 인해 겪는 슬픔과 애도에 대한 평가와 개입에 초점을 맞추고 있다. 사별자에게 필요한 것이 무엇인지 결정하고 이를 제공하는 방법에 대해 안내한다. 죽음과 애도는 우리 삶에서 피할 수 없는 주제이며, 이에 대한 이해와 대응은 우리 모두에게 필요한 것이다. 이런 과정에서 평가와 사정(査定)은 매우 중요한 역할을 한다.

I. 평가와 진단의 기초

1. 평가의 개념

- 평가(assessment)란 특정한 목적을 위해 정보를 수집하고 이를 바탕으로 분석, 종합하여 개인에 대한 해석과 판단을 내리는 과정이다.
- 심리평가(psychological assessment)란 면담, 행동 관찰, 심리검사 등을 통해 개인에 대한 정보들을 연결하고 통합하여 한 사람의 심리적 특성을 종합적으로 평가하는 일련의 전문적 작업 과정이다(곽금주, 2012).
- 심리검사(psychological test)란 개인의 심리적 특성을 평가하고 이해하기 위해 사용되는 체계적 절차나 도구이다.
- 심리평가 과정에서 심리검사가 기본적이고 중요한 과정이지만 이외에도 개인력이나 면담, 자연적 상황이나 체계적 상황에서의 행동 관찰, 평가자의 심리학적·정신병리학적 지식 그리고 임상적 경험이 바탕이 되어야 개인의 심리적 특성을 보다 정확하게 종합적으로 분석하고 해석할 수 있다.

124

2. 심리평가의 기능

평가는 개인의 능력, 기능, 특성을 이해하고 개별화된 지원과 개입을 위해 중요하다. 심리평가의 기능을 구체적으로 살펴보면 다음과 같다.

- 심리적 문제나 정신장애를 정확히 진단하고 평가할 수 있도록 문제를 명료화하고 세분화
- 개인의 인지적 기능과 강점 평가
- 내담자에 대한 이해와 치료적 관계로의 유도
- 문제해결을 위한 적절한 치료 유형과 치료 전략의 제시
- 치료적 개입의 결과와 효과에 대한 평가

3. 심리평가의 구성 요소

심리평가의 과정은 면담, 행동 관찰, 심리검사로 구성되며 정신병리에 대한 전문적인 지식이 요구된다.

① 면담

질문을 통해 정보를 수집하고 상호작용하여 개인의 정서적 반응, 스트레스 수준, 내·외적 자원과 필요한 사항 등을 파악할 수 있다. 면담의 장점은 내담자가 직접 구체적이고 정확한 정보를 제공하도록 할 수 있고, 언어적 반응뿐 아니라 몸짓, 자세, 억양, 표정 등 비언어적 행동을 동시에 관찰해 정보의 타당도를 높일 수 있다.

사별자에게 죽음을 둘러싼 상황과 상실 경험에 관해 이야기하게 하는 것은 평가를 위한 정보를 제공받고 치료적 개입을 하는 두 가지 목적을 달성시킨다. 예를 들어, 자살 유가족을 대상으로 하는 심리부검은 고인의 죽음과 관련한 정황을 이해하기 위해 유족에게 질문하는 것이다. 이 과정에서 유족은 '고인이 왜 죽음을 선택한 것일까?'에 대한 자신만의 답을 스스로 찾기도 하고, 조사자에게서 자살 유가족의 심정을 이해받는 경험을 하게 되기도 한다.

② 행동 관찰

특정 상황에서 개인의 행동, 반응, 상태 등을 주의 깊게 관찰하여 정보를 수집하는 것으로 발달장애가 있거나 나이가 아주 어린 아동의 경우 매우 중요한 평가 방법의 하나다.

③ 심리검사

표준화된 검사 도구, 설문지, 척도 등을 사용하여 인간의 다양한 심리들을 측정하고 평가하는 과정이다. 애도 반응의 평가를 위한 자기 보고식 검사 도구로 호건 비탄 반응 척도(Hogan Grief Reaction Checklist, 2001년 Hogan, Greenfield, Raphael 등이 개발), 복합비애 척도(ICG: Inventory of Complicated Grief, 2001년 Prigerson와 Jacobs가 개발) 등이 있다.

4. 진단의 개념

diagnosis(진단)라는 단어의 어원은 dia(둘)과 gnosis(식별하다)가 합쳐진 것으로, '둘 사이를 식별하다'라는 뜻을 내포하고 있으며, 진단은 질병과 건강, 이상행동과 정상행동을 식별하는 과정이다.

정신의학적 진단은 어떤 증상을 나타내는 환자를 분류 체계에 따라 특정한 장애에 할당하는 분류작업이다. 이러한 진단을 통해 임상가는 개인의 다른 특성들(주요 증상, 정신장애의 진전 과정, 가정된 원인)을 쉽게 추정할 수 있고, 어떤 치료가 가장 효과적인지 판단하는 중요한 근거가 된다.

5. 진단 - 범주적 분류와 차원적 분류

정신장애 분류 체계는 이상행동과 정상행동의 구분을 양적인 문제로 보는지, 아니면 질적인 문제로 보는지에 따라 범주적 분류와 차원적 분류로 나눌 수 있다.

① 범주적 분류(categorical classfication)

이상행동이 정상행동과는 질적으로 구분되며 독특한 원인에 의한 것이기 때문에 명료한 차이점을 지니고 있다고 가정한다. 예로, "환자가 보이는 증상이 우울장애인가? 우울장애가 아닌가?"라는 질문만 가능하다.

② 차원적 분류(dimensional classfication)

정상행동과 이상행동이 부적응 정도에 차이가 있을 뿐 질적으로는 다르지 않으며, 부적응을 평가하는 몇 가지 연속적 차원상에서 양적으로 다른 정도의 차이일 뿐이라고 가정한다. 차원적 분류는 증상의 수, 증상의 강도, 지속기간 등 다양한 특징을 포함한다. 예를 들어, 한 환자가 보이는 개별 증상들을 불안 차원(예로, 중간 수준의 불안)과 우울 차원(예로, 높은 수준의 우울)에서 평가할 수 있다.

범주적 진단의 경우 특정 증상이나 조건을 명확히 정의하고 구분 짓는 데 중점을 두고 있지만, 차원적 진단은 증상들을 단순히 구분 짓는 게 아니라, 다양한 요인들을 고려해 개인의 상태를 평가하고 이해하는 데 사용된다.

6. 진단 분류 체계

정신장애를 분류하는 도구로서 『정신질환의 진단 및 통계 편람(DSM: Diagnostic and Statistical Mannual of mental disorders)』과 세계 질병 분류(ICD: International Classification of Diseases)가 가장 널리 사용되고 있다. 특히 DSM-5(제5판)의 경우 범주적 분류 체계의 한계를 보완하기 위해 차원적 분류 체계를 도입한 혼합모델을 적용하고 있다.

사별 관련한 진단적 분류로, 최근 DSM-5-TR(제5판 수정판)에서는 지속적 비탄 장애(PGD: Prolonged Grief Disorder)가 편입되었으며, 진단을 내리기 위해서는 사망 후 12개월이 경과해야 한다. 이와 달리 ICD-11(세계보건기구가 발표한 최신 버전) 진단 기준에서는 6개월이 경과하면 PGD로 진단된다.

Ⅱ. 사별과 관련한 평가와 진단

1. 비탄(Grief)은 질병인가?

비탄은 상실(loss)로 인해 경험하는 개인의 내적이면서 외적인 반응을 말한다. 비탄은 상실에 따르는 건강하고 자연스러운 반응으로, 비탄은 단지 감정적인 게 아니라 훨씬 더 넓고 복잡하며 다양하게 경험되고 표현된다.

체계적으로 비탄(Grief)을 연구한 초기의 연구자 중 한 명은 미국의 정신과 의사인 린데만(Lindermann, 1944)으로, 화재 사건의 생존자들을 연구한 논문 「극심한 비탄의 증상과 관리(The symptomatology and management of acute grief)」에서 정상적인 비탄과 극심한 비탄의 병리학적 특징(pathogenomic chracteristics)에 대해 기술했다. 이후 연구들을 기반으로 이러한 특징들은 광범위하게 확장되고 다양해져서 워든(Worden, 2018)은 비탄반응을 ① 감정, ② 신체 감각, ③ 인지, ④ 행동적 반응의 네 가지 범주로 나누었다.

이러한 비탄 반응이 정상적이냐 병리적이냐에 대한 논쟁이 학계에서 오랫동안 지속되었다.

엥겔(Engel, 1961)은 비탄과 질병 사이에 많은 유사성이 있다는 점에 주목했는데, "심각한 부상이나 화상으로 생리적 외상을 입고 신체를 회복시키기 위해 시간이 필수적이듯이 사랑하는 사람을 잃으면 심리적 외상을 입은 것과 같고, 심리적 항상성을 회복하기 위해서는 어느 정도 시간이 필요하다"고 주장했다. 그리고 애도 과정(process of grieving)은 질병 치료 과정과 마찬가지로 치유가 온전히 이루어질 수도 있고 부분적으로만 이루어질 수도 있다.

또한 비탄의 징후들은 임상적 우울증의 일부 증상과 매우 유사하다. 임상적 우울증은 치료가 필요한 질병이지만 대부분의 비탄 반응은 상실에 따른 자연스럽고 정상적인 반응이다. 프로이트(Freud, 1917)도 이미 오래 전에 애도(mouring)와 우울증(melancholia)을 구별했으며 정상적인 비탄 반응을 완화하기 위해 개입하는 것은 불필요하며 시간이 지나면 자연스럽게 극복되는 것으로 보았다. 정상적인 비탄에 따른 반응은 우울증에서 흔히 발견되는 자존감의 상실을 동반하지 않는다. 평균 기대수명이 크게 늘어나면서 사별과 그에 따른 비탄을 경험할 기회는 점점 더 줄어들었기에 낯설고 흔치 않은 경험일 수 있으나 흔하지 않다는 것이 비정상적이라는 걸 의미하지는 않는다. 사별에 반응하는 것은 자연스럽고 건강한 과정이다.

하지만 소수이지만 사랑하는 사람을 잃고 그 슬픔에서 벗어나지 못해 고립된 삶을 이어가는 사람들도 있다. 여러 연구자가 일반적인 비탄(normal grief)과 일반적이지 않은, 복합성 비탄(complicated grief, CG)의 구분이 필요하다고 주장했고 그 기준이 다양하게 제시되어 왔다. '복합성(complicated)', '장기화된(prolonged)', '미해결된(unsolved)'이라는 형용사는 애도를 지나치게 병리화하거나 비정상적이라고 낙인찍는다는 우려 때문에 '병적인(pathological)'이라는 용어를 기피하면서 사용하게 되었다.

2. 복합성 비탄(CG: Complicated Grief)

많은 임상적 연구에서 복합성 비탄이 존재한다는 점을 지지하고 있고, 여러 연구자가 일반적 비탄 반응과 구분하여 복합성 비탄의 증상을 묘사하려고 시도했으나 이는 충분하지 않았다. 최근의 정신의학적 관점에서는 '정상적인'과 '비정상적인' 그리고 '일반적 비탄'과 '복합성 비탄' 사이에는 연속적인 관계가 존재한다는 점을 발견했다. 일반적 비탄과 복합성 비탄의 핵심적인 차이는 '비탄 반응의 강도와 지속 기간'이다. 즉, 사별과 관련한 비탄 반응이 과도한 강도로 나타나는 것으로, 여러 증상이 복합적으로 나타나는 증후군의 형태를 띤다. 또 다른 특징은 지속 기간으로, 복합성 비탄은 상실 초기에 경험하는 강렬한 슬픔이 오랜 시간이 흐른 뒤에도 줄어들지 않고 지속되어 일상 적응에 심각한 장해를 초래하는 것이다. 최근까지도 복합성 비탄을 정신장애 분류 체계에 포함하고자 하는 측과 반대하는 측의 의견이 양립하고 있다. 포함하려는 측은 심각한 슬픔을 제때 치료하지 않아서 고통과 손상을 더

가중할 수 있다고 주장하고, 이에 대한 반대 측은 사랑하는 이의 상실을 치료 대상으로 간주함으로써 정상적인 애도 과정을 정신장애로 명명하고 불필요한 치료적 개입과 낙인의 위험을 초래할 수 있다는 것이다.

3. 복합성 비탄의 위험요인 평가

워든(worden, 2018)은 복합성 비탄이 유발될 수 있는 위험 요인으로 5가지를 제시하고 있다.

첫째는, 고인에 대한 관계의 속성이다. 사별자가 고인에 대해 미해결된 양가감정을 가졌거나 과도하게 의존적이었던 경우이다.

둘째는 상황적 요인이다. 예상치 못했던 갑작스러운 죽음, 폭력적인 죽음, 한꺼번에 여러 상실을 겪는 경우, 사고 후 시신이 발견되지 않거나 아이의 실종 같은 모호한 죽음은 애도 과정을 어렵게 할 수 있다.

셋째는 사회적 요인이다. 사회적으로 낙인화되어 공개적으로 죽음에 대해 언급하지 않거나(예를 들어 자살), 사회적으로 상실로 인정받지 못하거나(예를 들어 낙태, 반려동물의 죽음), 공개적으로 관계를 인정받지 못하거나(예를 들어 혼외관계, 동성애자임을 숨기는 사람), 사회적 지지망이 없는 경우이다.

넷째는 사별자의 개인력이다. 과거에 복합성 비탄을 경험했거나 우울증을 앓았던 사람은 사별로 인해 비슷한 문제가 발생할 수 있다.

다섯째는 사별자의 성격이다. 이미 정서적으로 취약해서 상실의 고통을 감당할 수 없는 사람은 정상적인 애도 과정의 일부를 건너뜀으로써 복합성 비탄 반응으로 발전하기도 한다.

4. 복합성 비탄(CG)의 진단적 평가

2020년 미국의 『정신질환의 진단 및 통계편람(DSM-5-TR)』에 사별 후 극심한 슬픔이 1년 이상 지속되는 심리적 상태가 지속적 비탄 장애(PGD)라는 병명으로 등재되었다. 사별자의 4% 정도가 해당할 것으로 추정한다. 지속적 비탄 장애라는 진단명이 생겼다는 것은 이제 복합성 비탄을 치료 대상으로 본다는 뜻이고, 이에 대한 치료제 개발 연구도 이루어진다는 것을 의미한다.

[표 4] 지속적 비탄 장애(PGD)의 DSM-5-TR 진단 기준

A. 최소 12개월 전(아동과 청소년의 경우 최소 6개월 전)에 친밀한 관계에 있던 사람의 죽음을 경험한다.

B. 죽음 이후 최소한 지난 한 달 동안 거의 매일 또는 그 이상을 임상적으로 현저한 수준으로 다음 증상 중 하나 또는 둘 모두를 특징으로 하는 슬픔 반응이 있었다.
① 고인에 대한 강렬한 그리움/갈망
② 고인에 대한 생각이나 기억에 몰두

C. 죽음 이후 적어도 3개 이상의 증상을 적어도 지난 한 달 동안 거의 매일 또는 그 이상을 포함해 임상적으로 유의미한 수준으로 경험했다.
① 정체성의 붕괴(예: 자신의 일부가 죽은 것처럼 느낌)
② 죽음에 대한 현저한 불신
③ 고인이 죽었음을 상기시키는 것들에 대한 회피(아동과 청소년의 경우, 이러한 상기를 회피하는 노력으로 특징지어질 수 있음)
④ 죽음과 관련된 극심한 감정적 고통(예: 분노, 씁쓸함, 슬픔)
⑤ 죽음 이후 삶으로 재통합되는 데 어려움(예: 친구들과의 관계, 흥미 추구, 미래에 대한 계획)
⑥ 죽음의 결과로 감정적 무감각(즉, 감정의 강도에 있어 현저한 감소 또는 부재, 멍한 느낌)
⑦ 죽음의 결과로 삶이 무의미하다고 느낌
⑧ 죽음의 결과로 극심한 외로움(즉, 외롭거나 타인들과 떨어져 있는 느낌)

D. 장애가 사회적, 직업적, 또는 다른 중요한 기능 영역에서 임상적으로 현저한 고통이나 손상을 초래한다.

E. 사별 기간과 심각성은 개인의 문화와 맥락에서 예상되는 사회적, 문화적 또는 종교적 규범을 명백히 초과한다.

F. 증상은 주요 우울장애, 외상후 스트레스장애 또는 기타 정신장애나 물질(예: 약물, 알코올)의 생리학적 영향 또는 기타 의학적 상태에 의해 더 잘 설명되지 않는다.

5. 평가에 있어 문화적 맥락의 고려

로젠블랫(Rosenblatt, 2008)은 "문화가 배제된 슬픔에 대한 이해는 있을 수 없다"고 주장한다. 문화는 세대에 걸쳐 학습되고 전승되는 지식, 개념, 규칙, 관습 체계를 의미하는 것으로, 언어, 종교나 영성, 가족 구조, 생활주기 단계들, 의식, 도덕과 법 체계를 포함한다. 대부분의 사람은 하나 이상의 문화 집단에 소속된다. 이는 인종, 성별, 세대, 종교적 정체성, 사회계층 등이 될 것이다. 이러한 각각의 문화 정체성은 동일한 프로파일을 가진 다른 많은(전부는 아니더라도) 사람들이 공유하고 있는 태도와 믿음을 포함하고 있다.

우리가 가진 죽음에 대한 태도와 관행은 우리가 속한 시대적, 문화적, 종교적 맥락에서 형성되고, 우리 자신과 다른 관행을 접할 때 종종 부적절하게 느끼고, 배타적인 태도를 취하곤 한다. 한 집단의 개인에게 친숙하지 않은 관행이 다른 집단의 개인에게는 전적으로 적절하고 가치 있는 것으로 이해될 수도 있다. 즉 같은 행동이라도 개인이 속한 문화에 따라 다르게 해석될 수 있다. 예를 들어, 과거엔 화장(火葬)이 기독교 부활 사상이나 유교적 교리에 어긋난다고 판단하여 국가에서 금했지만, 현대는 전 세계에서 종교를 막론하고 화장이 보편화되었다. 또한 최근 몇 년간의 코로나19 팬데믹 기간에 감염의 위험성을 이유로 국가에서 고인의 시신을 유가족들이 직접 보거나 접촉할 수 없게 했으며, 염습 등의 과정을 거치지 않은 채 바로 화장을 먼저 하고 이후에 제한된 장례를 치르게끔 강제한 기간이 있었다. 이렇게 전통적인 장례의 절차가 생략된 과정은 유가족에게 부적절한 느낌을 심화시키고 애도의 과정을 어렵게 했다.

내담자에게 문화 정체성의 가치가 크면 클수록 상담자에게 그것을 이해받는 것은 그만큼 더 중요할 것이다. 또한 문화는 고정되어 있지 않고, 지속적으로 움직이고 변화하기 때문에 다양한 하위집단 간에 사회적, 역사적, 가족적, 영적 맥락을 근거로 한 죽음과 애도를 둘러싼 태도와 관행에 대해 이해할 필요가 있다. 한 예로 2000년대 들어 반려동물을 가족의 일원으로 생각하는 반려 문화가 형성되면서, 반려인들에게 사랑하는 반려동물의 죽음은 사랑하는 자녀를 떠나보낸 것과 유사한 정도의 비통함을 느끼게 하는 사건이 되었다. 그러다 보니 반려동물을 화장한 후 유골함을 집에 보관하기도 한다. 이러한 반려동물 애도 문화에 대한 이해가 없다면 반려인이 느끼는 감정을 이해하기도 어렵고 적절한 개입 또한 불가능할 것이다.

평가 과정에서 특히 중요한 것은 가족의 애도 문화이다. 가족의 애도에 관한 암묵적인 규칙이 무엇인지 파악해야 한다. 예를 들어 '고인에 관한 얘기를 하면 안 된다', '고인에 대해서는 긍정적인 감정만 표현해야 한다', '아이들은 죽음에 대해 알게 해선 안 된다', '성인 남자는 감정을 드러내서는 안 된다' 등이다. 또한 그것이 개인의 애도 과정에 어떤 영향을 미치고 있는지 파악하는 게 필요하다.

6. 사별에 대한 임상적 평가[9]

① 죽음 상황에 대한 애도자의 경험

이 요소는 죽음의 상황과 임종기에 함께 했던 경험, 장례의식, 고인이 없는 삶의 경험 등을 포함한다. "사망 이후 주된 기분은 무엇인가?", "사망 이후 어떻게 대처했는가?" 등이다.

② 애도자가 생각하는 죽음의 의미

이 요소는 애도자의 삶에서 고인이 차지했던 위치와 역할, 사별 이후 삶과 세상에 대한 관점 변화 등이 포함된다. 질문의 예로, "사망 후 당신 삶에서 상실한 것은 무엇인가?", "사별에 도움이 된 영적, 철학적 신념이 있는가?", "사별을 통해 당신이 얻은 긍정적인 것이 있다면?" 등이 있다.

③ 상실반응에 대한 자기평가

"자신의 상실반응 중에서 특별히 우려되는 것은 무엇인가?" 묻거나 "친구나 가족이 당신의 대처방식에 대해 어떻게 생각하는가?" 묻는다면 자살 사고

---

9 ADEC, 『Handbook of Thanatology』, 2nd edition, p227-229 참조

같은 심각한 문제나 추가적인 관계 문제를 확인할 수도 있다.

④ 상실 경험에 영향을 미칠 수 있는 문화적, 종교적, 성별, 사회계층 요인에 대한 평가

예를 들어 "당신의 애도반응 중 가족 외에는 이해하지 못하는 게 있는가?", "가족의 종교적 전통은 당신의 애도반응에 어떤 영향을 미쳤는가?", "누군가 사망했을 때 가족 구성원의 특정한 역할이 있는가?", "건강한 애도는 무엇이라고 생각하고 왜 그런 생각을 하게 되었는가?"와 같은 질문을 통해 평가할 수 있다.

⑤ 사회적 지원의 질

예를 들어 "당신의 애도에 대해 다른 사람의 반응은 어땠는가?", "필요할 때 가족과 친구에게 도움을 청할 수 있었는가?", "현재 어떤 지원이 도움이 될 것 같은가?" 등의 질문을 통해 평가할 수 있다.

⑥ 정신의학적 치료력

특히 애도와 관련된 것은 주요 정동장애(우울증, 조울증)와 외상후 스트레스장애, 약물중독 등이다.

⑦ 현재 생활 상태의 안정성

건강, 가족, 중요한 타인과의 관계, 직장이나 학교에서의 기능 등이다.

⑧ 과거 관계의 질

⑨ 대처 기술, 강점과 자원

예를 들어 "사망 이후 당신은 어떻게 대처했는가?". "무엇이 가장 도움이 되었는가?", "어떤 것이 도움이 되지 않았는가?" 등이다.

⑩ 상담이 주는 도움에 대한 기대

Ⅲ. 사별 관련 개입

'사별 경험에 개입이 필요한가'에 대해서 세 가지 입장이 있다. 사별은 중요한 애착 대상의 영원한 상실이라는 충격적인 경험이므로 사별한 모든 이들에게 상담이 제공되어야 한다는 입장이 있다. 또 다른 입장은 사별을 적절히 애도하기 위해서는 도움이 필요하나 사별한 사람이 어려움을 겪고 도움을 요청할 때 상담이 제공되는 게 효과적이라는 입장이다. 세 번째 입장은 예방정신의학적 관점으로, 복합비애 등 사별 1, 2년 후에 사별로 인한 후유증을 심각하게 겪게 될 것으로 예상되는 위험 요소들을 가지고 있는 경우에는 조기에 개입해 상담이나 지원 등을 제공함으로써 정신장애의 위험성을 낮추자고 하는 입장이다. 예를 들어 앞선 연구에서 어린 나이에 부모의 죽음을 겪은 아동이나, 젊은 나이에 배우자를 사별하고 어린 자녀와 남겨진 여성, 어린 자녀를 잃은 부모, 가족의 자살이나 사망사고의 목격 등 외상적 죽음에 노출된 사람, 사회적 지지망이 빈약한 경우 등이 이에 해당한다.

1. 평가와 개입에 관한 이론적 모델

생물심리사회 모델(Biopsychosocial model)은 1977년 엥겔(George L. Engel)에 의해 제안되었다. 정신 건강에 대해 영향을 미치는 요인에 대해 생물학적, 심리적, 사회적 요인을 종합적으로 고려하는 체계적 관점의 모델로, 정신건강 문제는 생물학적, 심리적, 사회적 요인들이 상호작용하여 나타난다는 가정에 기초한 모델이다(권석만, 2003).

이 모델은 이상행동이나 정신장애의 원인을 정신역동, 인지 행동주의, 생물학과 같은 특정한 수준과 측면에서 규명하려는 기존 모델들과는 달리 특정 이론에 구애받지 않는다. 다양한 변인들을 통합적으로 고려하는 새로운 패러다임이라 할 수 있다. 생물심리사회 모델은 영역 간의 한계에 대한 비판을 받았지만, 그 과학적 중요성에서 의학, 심리학, 건강, 사회학과 인간발달 분야에 계속 영향을 미치고 있다.

생물심리사회적 모델에서 고려하는 세 요인에 대해 살펴보면 다음과 같다 (권석만, 2003).

① 생물학적 요인(Biological Factors)

유전적 요인, 뇌의 구조적 이상과 결함과 같은 신경 해부학적 요인, 신경 전달물질과 내분비 계통의 이상으로 나타나는 신경 생리학적 요인이 있다. 이 외에도 물리적 외상, 감염, 약물, 영양소 부족 등 모든 생물학적 요인을 포함한다. 예를 들어 수면 문제, 스트레스 호르몬의 분비, 신체적 건강 등이 애도 과정에 영향을 줄 수 있다.

② 심리학적 요인(Psychological Factors)

부적응적 인지 도식, 역기능적 신념 같은 인지적인 요인, 정서·동기적 요인, 행동적 요인과 발달적 요인이 질병과 건강에 영향을 미칠 수 있다. 예를 들어 우울과 불안, 분노, 죄책감 등의 정서나 삶에 대한 의욕 상실, 죽음의 상황이나 고인에 대한 강박적 사고 등이 애도 과정에 나타날 수 있다.

③ 사회적 요인(Social Factors)

결혼 상태, 가족 구조, 직업, 거주지역 같은 개인적 환경 요인, 극도의 빈곤, 실업, 사랑하는 사람의 죽음 같은 중요한 스트레스 사건과 성차별, 인종 차별, 사회적 낙인, 사회적 지원 체계, 문화적 가치 같은 다양한 사회적 요인을 포함한다. 예를 들어 자살이나 살해 사망 등 특정 유형의 죽음에 대한 부정적인 사회적 시선, 가족 경제를 책임지던 고인의 사망 후 겪는 경제적 어려움, 정서적 지지나 실제적 도움 같은 사회적 지원의 질 등은 사별자의 애도 과정에 영향을 미칠 수 있다.

2. 사별 개입이 이루어지는 맥락

① 호스피스 돌봄과 완화의료

호스피스 완화의료는 치료가 어려운 말기 질환을 가진 환자와 가족을 대상으로 통증과 신체적·심리적·사회적·영적 고통을 완화하여 삶의 질을 향상시키는 전문적인 의료서비스다. 죽음 이후 호스피스 돌봄은 더 이상 고인이 된 사람에게는 필요 없지만, 가족 구성원에게는 여전히 대처해야 할 많은 문제가 남아 있고 새로운 변화에 적응해야 하는 문제가 남는다.

호스피스의 사별 후 개입 프로그램은 사별에 대처하는 데 도움이 필요한 가족 구성원을 돕기 위해 기획된 과도기적인 서비스다. 사별한 지 대개 12개월에서 18개월 동안 제공된다. 모든 사람에게 사별 후 개입이 필요한 것은 아니므로 주의 깊은 평가를 거쳐 사별 위험성이 크다고 판단된 사람을 돌보기 위한 계획을 세우고, 이 돌봄 계획은 환자의 죽음 이전에 시작된다. 호스피스의 사별 후 프로그램은 사별자의 특정한 요구를 고려하여 제공되는데 소식지나 편지, 개인 상담, 연간 추모행사 등이 일반적이다. 그 외에도 사별자들을 위한 자조 모임이나 아이들을 위한 상실치유 캠프를 구성하기도 하고, 지역사회에서 그런 서비스를 제공하는 단체와 연계되어 활동하기도 한다.

② 지역사회기관과 사별 프로그램

북미 대부분의 장례식장, 교회, 병원, 사회복지관, 사별자 지원단체는 촉진자가 이끄는 사별 지원 집단 서비스를 제공한다. 미국에서는 대표적인 사별 지원단체로 사별한 부모와 형제자매를 지원하는 The Compassionate Friends(TCF), 자살로 사별한 사람들을 지원하는 Heartbeat, Friends for Survive, 배우자를 사별한 여성들을 위한 Widow to Widow 등이 알려져 있다. 이러한 단체는 정신 건강 전문가나 성직자나 사별 경험이 있는 사람 중 일정 수준의 교육을 받은 사람에 의해 운영된다. 우리나라의 경우에는 대표적으로 자살예방센터에서 운영하는 자살유가족을 위한 사별 지원 집단과 호스피스에서 운영하는 사별 가족 지원 집단 등이 있다.

③ 아이들을 위한 사별 센터

미국에는 지역사회 기반 모델 중 하나로 사별한 아이들을 위한 더기 센터 (The Dougy Center for Grieving Children & Families)가 있다. 이 센터는 전 연령대의 아동과 청소년을 위한 또래 애도 지원 모델과 놀이 중심 프로그램, 부모를 위한 지원 프로그램 등이 제공되고 있다. 부모나 다른 성인과 이야기하는 걸 꺼리는 청소년은 유사한 경험을 가진 또래들로 이루어진 지지 집단에서 죽음 관련 문제를 해결하는 것이 더 적절할 수 있다(Tedeschi, 1996).

④ 재난치료

위기 상황 스트레스 관리(CISM: Critical Incident Stress Management)는 자연재해나 테러 같은 대규모의 외상적 사건이 발생했을 때 급성의 심리적 응급처치를 하기 위한 위기 개입 모델이다. CISM은 위기 사건을 경험한 사람들이 자기 경험을 공유하는 것을 돕고, 감정을 표출하고, 스트레스 반응과 증상에 대해 학습하고, 필요한 경우 적절한 서비스를 받도록 도와주는 구조화되고 전문적인 위기개입 전략이다. 본래는 전투에 참여한 군인들과 민간의 초기 대응자(경찰, 소방관, 응급요원, 재난구조자)를 위해 개발되었으나, 현재는 일상생활에서 외상 사건을 경험한 사람들에게 어디서나 적용되고 있다. CISM은 심리치료가 아니고 심리적 응급처치라 불리는 개입의 요소들을 포함하고 있다. 최근에는 CISM이 경험적 근거가 부족하고 일부 사람들에게는 해로울 수도 있다는 비판 때문에 현대의 자연재난이나 사회재난에서의 사별 개입은 좀더 지속적이고 다초점적으로 이루어지고 있다. 우리나라의 경우 국가트라우마센터에서 재난 생존자들을 위한 심리상담과 재난 대응 인력을 대상으로 한 소진관리 프로그램을 운영하고 있다.

⑤ 온라인 지원

현재 사별 지원의 새로운 경향은 SNS나 온라인 화상 매체 등 다양한 온라인 매체를 활용하는 것이다. 이 방법은 지역적인 요인으로 대면상담이 어렵거나 익명성을 유지하길 원하는 사람들에게 좀 더 유용할 수 있다.

㉠ 인터넷 기반 개입(Internet-based intervention)

전문가가 온라인으로 복합성 비탄 치료나 트라우마성 사별 치료를 제공하는 것이다.

㉡ 온라인 지원단체(online bereavement support groups)

온라인상의 사별 지원단체는 자살이나 배우자 상실, 자녀 상실, 반려동물 상실 등 특정 유형의 사별을 지원하는데, 사별에 도움이 되는 글이나 영상, 유사한 경험을 한 사람들 간의 온라인상 대화나 화상 지원 통화를 제공한다.

㉢ 온라인 추모

사람들은 다양한 이유로 온라인 추모 공간을 찾고 있다. 사별자 지원단체나 개인이 만든 온라인 추모 공간에 추모 촛불을 켜거나 고인의 사진과 추모 글을 올려서 고인의 죽음을 애도하고 고인의 삶을 추모하는 공간으로 활용한다. 우리나라에서는 최근 코로나19 감염병 확산 이후 비대면으로 고인을 추모할 수 있도록 'e하늘 장사정보 시스템'에서 온라인 추모 서비스를 제공하기 시작했다.

㉣ 인터넷 커뮤니티

사별 관련 인터넷 커뮤니티는 애도에 도움이 되는 도서를 추천하거나 상실과 애도에 관한 글과 동영상을 제공하고, 다른 온라인 서비스와의 연계를 제공할 수 있다. 웹사이트에 사람들은 자신이 경험하는 감정이나 궁금한 점 등을 올릴 수 있다.

3. 애도 치료에서 근거 기반 치료

① 복합성 비탄 치료(CGT: Complicated Grief Treatment)

쉬어와 동료들(Shear, Frank, Houch, & Reynolds, 2005)에 의해 개발된 CGT 는 복합비애 증상을 해결하기 위해 설계된 심리치료모델이다. 애도의 이중과 정 모델(Strobe & Schut, 2010)을 기반으로 사별의 감정을 겪어낼 수 있게 하 고, 인생의 목표와 역할을 재설정할 수 있게 돕는다. 이를 위해 대인관계 치 료(IPT: Interpersonal Therapy)와 인지행동치료(CBT: Cognitive Behavior Therapy) 에서 파생된 전략을 통합했다. 중재에는 7가지 핵심적인 절차가 포함된다. 복합성 비탄(CG)과 CGT에 대한 심리교육, 슬픔에 대한 자기평가와 정서 조 절, 죽음에 대해 다시 기억을 떠올려 말하게 함으로써 인지적, 감정적 극복을 유도하는 과정(revisiting the story of the death), 상상 속 대화를 통해 고인과의 유대감을 회복시키는 과정(imaginary conversation), 회피했던 활동이나 장소 재 방문(situation revisiting), 인생의 목표 설정과 자기돌봄 등으로 구성되어 있다.

② 인지행동치료(CBT)

인지행동치료는 다양한 심리적 부적응 문제를 치료하는 대표적인 치료법 으로 복합성 비탄에도 적용되고 있다. 보엘렌과 그의 동료들(Boelen, van den Hout & van den Bout, 2006)은 인지행동 개념화에서 복합성 비탄(CG) 증상의 유지와 악화에 중요한 세 가지 과정이 있다고 가정하고 있다. 이는 상실을 기존에 갖고 있던 지식에 통합시키지 못하는 것, 자신, 삶 그리고 상실을 처 리하는 개인 능력에 대한 경직되고 부정적인 생각, 불안하고 우울한 회피전 략이다.

인지행동치료는 크게 인지적 재구성과 노출 치료로 구성되어 있다. 인지 적 개입에서는 부정적인 생각을 확인하고 보다 현실적이고 유용한 사고로 대 체시키기 위한 개입을 한다. 노출 치료에서는 상실 사건에 대해 구체적으로 이야기하게 하고, 평소 자신이 회피해 왔던 죽음의 현장을 방문한다. 고인의 기억에 대한 글쓰기 등도 포함된다.

③ 의미재구성 치료(MRT: Meaning Reconstruction Therapy)

복합성 비탄을 치료하기 위한 방법으로 니마이어(Neimeyer, 1999)가 제시한 의미재구성 치료는 사랑하는 사람의 죽음으로 인해 손상된 의미 체계를 복구하거나 재구성하는 적극적인 과정이 핵심이다. 의미재구성 치료에서 치료는 사별에 대한 의미를 발견하려는 노력을 두 가지 측면에서 지원한다. 하나는 사랑하는 사람의 죽음과 관련된 여러 가지 사건들을 연결하고 통합해 사건 이야기(event story)로 구성하도록 돕는다. 다른 하나는 고인이 살아 있을 때 경험했던 그와의 관계를 배경 이야기(back story)로 구성함으로써 고인과의 애착 안정감을 재경험하면서 그로부터 의미를 발견하도록 돕는다. 이를 위해 창조적 글쓰기 기법을 활용해 사랑하는 사람의 죽음과 관련된 이야기를 만들어내고 의미를 발견할 수 있도록 촉진한다.

④ 가족 중심 비탄 치료(FFGT: Family Focused Grief Therapy)

키산과 블록(Kissane & Block, 2006)에 의해서 개발된 FFGT는 완화치료를 받는 말기 암 환자와 가족을 대상으로 하는 예방적 개입이다. 사별 후 많은 어려움을 겪을 것으로 예상되는 가족들을 선별하여, 사별 전부터 간략한 4에서 8회기로 구성된 가족 중심의 개입을 고안했다. 이때 개인 치료와 달리 사별 위험성의 선별 기준은 가족 구성원 간의 응집력, 의사소통 수준, 관계갈등 등 가족 기능의 평가에 기초했다.

FFGT는 애착 이론, 트라우마에 대한 인지적 처리 이론, 집단적 적응 이론에 근거하고 있다. 치료적 개입은 고통이나 죽음에 대한 대처 등 가족의 주요 관심사를 검토하고, 가족 구성원들이 상실에 대한 슬픔을 공유하도록 촉진하면서 가족 구성원 간의 의사소통과 응집력, 갈등 해결 역량이 향상되도록 돕는다. FFGT의 결과로 일반적 고통과 우울증에 있어 가장 큰 개선을 보였으나, 가족 내 심한 갈등이나 적대감이 존재하는 경우나 기능을 잘 발휘하고 있는 가족에게는 치료 효과가 없거나 오히려 나쁜 결과를 초래했다. 따라서 가족 단위의 사별 개입에 있어서는 대상 선별에 신중할 필요가 있다.

⑤ 가족사별 프로그램(FBP: Family Bereavement Program)

가족사별 프로그램은 부모의 사망 후 가족이 적응하는 과정에서 맥락적 회복탄력성 개념 틀을 기반으로 한다(Sandler et al., 2010). 이 프로그램은 아동과 생존한 부모의 기본적 욕구를 충족시키고 그들의 발달적인 삶의 과업을 성취할 수 있도록 지원한다. 이를 위해 FBP는 집단경험을 통해서 아동 또는 청소년과 생존한 부모의 긍정적 상호작용을 증가시키고, 긍정적 대처를 증가시키며, 스트레스 사건에 대한 부정적인 평가를 줄이고, 적응적 감정 표현을 촉진한다. FBP 치료는 통제실험과 종단연구를 통해 프로그램의 긍정적 효과가 6년까지 유지된다는 것이 확인되었다.

ᘐ 사별에 관한 평가와 개입에 대해 생각해 봅시다

1. 정상과 비정상의 정의를 내려보기 바랍니다. 그리고 이것을 애도에 적용해 설명해 보기 바랍니다.

2. 주위에서 복합성 비탄을 겪고 있다고 생각되는 사람을 본 적이 있나요? 당신이 그렇게 판단한 근거나 기준은 무엇인가요?

3. 복합성 비탄을 겪을 가능성이 높은 대상이나 상황은 어떤 게 있을까요?

4. 오랫동안 복합성 비탄을 질병으로 볼 것인지에 대한 논쟁이 학자들 간에 계속되었습니다. 이에 대한 당신의 생각은 어떠한가요?

08 상실과 심리치유

정영미

I. 상실

상실은 일반적으로 한 개인이 가치 있다고 생각하는 것을 박탈당하는 것을 뜻한다. 우리는 자신이 중요하게 생각하는 모든 관계에서 다양한 상실을 경험하며, 자신만의 방식으로 상실감을 느끼고 슬퍼하는 정서적 경험을 한다.

칼슨(Carlson)은 상실을 "인간이 가치 있다고 생각하는 어떤 대상에 가까이할 수 없게 되거나 또는 더 이상 가치 있는 질이나 목적을 달성할 가능성이 없게 변경되는 실제적이거나 잠재적인 상황"이라고 정의했다(1978).

II. 상실의 유형(Michell & Anderson)

1. 물질적 상실

개인에게 의미 있는 물리적 대상이나 친숙한 환경의 상실을 물질적 상실이라고 한다. 자신이 소중하게 여기는 물질적 대상으로, 소중한 사람에게 받은 물건이나 좋아하는 자동차 등 사랑하는 대상과 결합되어 내적 가치를 지닌 물건들의 상실이 해당하며, 더 좋은 것으로 대체해도 처음과 같은 애정을 가지지 못하는 것이 일반적이다. 도난이나 사고로 인해 재산을 잃은 것도 물리적 상실에 해당한다.

2. 관계의 상실

사람은 평생 관계 속에서 살아간다. 혈연관계, 가족과 같은 친구 관계, 직업적인 관계, 종교적 관계, 공통된 취미나 가치관을 가진 사회적 관계 등 다양한 관계를 맺으며 살아간다. 이런 관계의 상실은 의미 있는 삶의 중요한 부분을 잃는 것이다. 사별, 이혼, 은퇴, 실직, 이사 등이 이에 해당하며 가장 강렬한 관계의 상실은 죽음으로 인해 친밀한 사람과 사별하는 경우로, 남겨진 사람에게는 큰 고통이 따른다.

3. 심리적 상실

자신에게 중요한 정서적 이미지나 가능성, 특별한 계획이나 꿈을 포기하는 경험 등이 심리적 상실이다. 트라우마나 학대가 심리적 상실을 유인하기도 한다. 심리적 상실로 인해 약물이나 게임, 도박, 성중독 등에 빠지기도 하는데, 심리적 상실은 외적 경험과 관련되어 있기는 하지만 자신 안에 존재하는 내적인 경험이다.

4. 역할의 상실

개인이 속한 조직사회나 특정한 사회적 역할 또는 사회관계망 안에서 자신에게 부여된 지위와 역할을 잃어버리는 경험을 말한다. 자신의 정체감이 잃어버린 역할과 어느 정도로 연관되어 있는지가 중요한 의미가 된다. 정체성, 안정감, 통제력, 자존감 등에 부정적인 영향을 미치지만 극복했을 경우 새로운 자아의 발견과 성장의 기회가 될 수 있다.

5. 기능적 상실

개인의 자율성을 가능하게 하는 몸의 근육이나 신경계의 기능을 잃어서 강력한 고통을 경험하게 되는 것을 의미한다. 노화나 질병, 사고로 인한 신체의 일부나 기능의 상실, 사고로 생긴 정신적 충격으로 인한 정신 기능의 상실 등이 해당된다. 기능적 상실의 고통으로 힘들게 살아가는 사람들에게는 동정이 아닌 배려와 지지, 사회적 지원이 필요하다.

6. 체제의 상실

조직에서 수행되는 기능들이 없어지거나 제대로 수행되지 않는 경우를 의미한다. 직장에서 의미 있는 사람의 부재로 조직이 제 기능을 하지 못하거나 자녀가 학교나 취업, 결혼 등으로 떠날 때 일어난다. 우리는 체제 내에서 수행되는 기능들에 의존하고 있으며, 그런 기능들이 없어지거나 제대로 수행되지 않을 때 개인적 구성원으로서뿐만 아니라 전체로서의 체제 상실을 경험할 수 있다.

7. 기타 상실의 분류

① 피할 수 있는 상실과 피할 수 없는 상실: 인재(人災)와 천재(天災)

② 일시적 상실과 영구적 상실: 유학과 사별

③ 실재적 상실과 상상 속 상실: 이혼과 편집증적 생각

④ 예견한 상실과 예견하지 못한 상실: 병사와 돌연사

⑤ 떠남과 남겨짐의 상실

Ⅲ. 대상별 사별 경험

1. 부모

부모의 죽음은 자녀가 직면하는 가장 중요한 상실 중 하나이다. 부모는 자녀의 보호자 역할이자 역할모델이며 자녀를 지지하고 자녀가 성장할 수 있는 안정된 가정환경을 제공한다. 이 외에도 부모는 자녀의 적절한 성유형화와 동일시의 최소 단위이며, 사회적 규범을 가르치는 교사의 역할을 한다. 이러한 특성을 고려할 때 자녀의 보호와 양육을 전적으로 담당하는 부모의 사망은 자녀들에게 큰 상실감을 주고 상황의 변화를 가져온다.

부모의 사망을 경험하는 자녀는 연령과 관계없이 어린 자식처럼 반응한다. 이들은 더 이상 부모가 존재하지 않는다는 것에 대해 큰 상실감을 느끼게 된다. 부모와의 관계에서 해결되지 않은 문제나 갈등이 있었던 자녀는 후회, 회한 등을 경험하기도 하고, 자신의 성공이나 성취에 대해 인정받고 격려받고 싶은 갈망을 느끼기도 한다.

10세 이전에 부모와 사별한 경우에는 사별의 의미를 정확하게 알지 못해서 부모가 어딘가에 살아 있을 것이라고 생각하기도 한다. 이런 아동은 성장후 뒤늦게 상실의 슬픔을 크게 느끼게 된다. 이 경우 연민으로 인해 자신의 아이에게 모든 것을 허용하는 경우도 있으며, 아이가 이런 관대함 속에 성장하는 동안 부모에 대한 애도가 지연되기도 한다.

청소년기에 경험하는 부모 사별은 자녀의 성장과 발달, 가치관 형성에 중대한 영향을 미치며, 자녀 서열에 따라 부모 사별을 받아들이는 자세가 달라진다. 10대 청소년의 경우 사별한 부모의 빈자리를 채우기 위해 가장 노릇을하려고 하기도 한다. 그런 가족 내 역할의 재조명이 자녀 서열에서 차이를 보인다. 부모 사별 후 맏이는 사별한 부모의 역할을, 막내는 형이나 누나를 부모 대신 의존하려고 한다.

부모의 죽음을 경험한 뒤 적절한 수준의 지지를 받지 못하면, 아동과 청소년들은 심리적으로는 깊은 슬픔, 무기력, 공포, 죄책감 등을 경험하게 된다. 이러한 영향들이 주의 깊게 다루어지지 않을 경우, 외상후 스트레스장애나 우울, 불안 등의 정신장애로 연결되기도 한다. 행동적으로는 공격적이거나 반사회적인 행동이 증가하기도 하고, 식욕 저하로 식사를 거르거나, 잠을 잘 자지 못하며, 주의집중에 곤란을 느끼기도 한다(Hooyman & Kramer, 2006).

2. 배우자

평생의 동반자였던 아내나 남편의 죽음은 삶의 가장 큰 스트레스 중 하나이다. 배우자를 사별한 당사자는 슬픔이나 불안, 막막함, 외로움, 절망감, 그리움, 공허감, 미안함, 두려움, 쓸쓸함, 죽음불안, 회한, 안도감, 우울 등의 심리적 변화를 겪는다.

일반적으로 연령층이 높으면 사별의 슬픔과 고통이 오래 가지 않을 것이라고 생각하는 경향이 있다. 그러나 노년의 사별은 더 힘들다. 배우자에 대한 의존도가 높고, 살아온 세월이 긴 만큼 누적된 경험과 추억으로 인해 사별로 인한 고통은 더 심하다. 따라서 긴 애도 기간이 필요함에도 오래 살았다는 것으로 스스로를 위로하면서 상실의 고통에서 벗어나고자 한다.

3. 자녀

나이 순서에 따른 죽음을 자연스럽게 받아들이는 문화에서 자녀 사별은 가장 납득하기 어렵고 받아들이기 힘든 상실이다. 어리거나 젊은 자녀의 사망으로 가족이 해체되는 2차 상실이 발생하기도 한다. 반대로 자녀 사망으로 인해 부부관계가 더욱 견고해지는 경우도 있다. 자녀 양육을 함께 했던 부부관계가 얼마나 견고했는지가 영향을 미친다. 이외에도 남은 자녀에게 투사하게 되어 해당 자녀가 자신의 존재뿐 아니라 사망한 형제에 대한 부담감을 가지고 살 수 있다. 이로 인해 자아정체성의 혼란을 겪는 경우가 있다.

자녀의 죽음은 부모가 자녀에 대해 갖고 있던 꿈과 기대, 소망 모두를 잃는 것이다. 이러한 절망, 좌절, 분노, 우울, 죄책감, 두려움, 외로움, 공허함 등은 자녀를 잃은 부모들이 겪는 일반적인 감정이다. 특히 분노는 의료진이나 다른 가족, 또는 신에게로 향하기도 한다. 부모들은 일상생활이나 직장생활을 유지하는 것에 어려움을 느끼기도 하고, 주변 사람들과의 만남을 꺼리게 되기도 한다(윤득형, 2015).

4. 형제자매

형제자매는 서로에게 애착을 형성하면서 삶의 시간과 유대감을 공유하고 있기 때문에 서로에게 깊은 지지와 지도, 정보, 친구 관계 등을 제공할 수 있는 잠재력이 있다. 따라서 형제나 자매가 사망할 경우, 다른 형제자매에게 미치는 영향이 매우 심각할 수 있다.

형제자매의 죽음을 경험한 아동들은 아동의 성별, 건강 상태, 대처 유형, 기질, 자아 개념, 죽음과 상실에 대한 이전 경험과 같은 개인적 특성, 죽음의 원인, 투병 기간, 사망 장소, 사망 후 경과 시간과 같은 죽음을 둘러싼 상황, 생활공간, 가족 환경, 부모와 자녀 간의 의사소통, 부모의 슬픔, 가족 기능과 같은 환경적 요소들 간의 상호작용이 형제자매의 사별 경험에 영향을 미친다. 이와 같은 반응이 보이지 않는다고 해서 형제자매의 죽음이라는 사건의 중요성을 간과해서는 안 된다. 어떤 반응들은 내재화되어 눈에 보이지 않을 수 있기 때문이다.

사별을 경험한 대부분의 아동들은 자신의 반응들에 대해서 이야기할 수 있는 기회가 필요하다. 죽음과 자신의 반응에 대해 이야기할 수 있는 기회가 없었던 아동들은 적응에 어려움을 겪을 우려가 있으므로 형제자매 사별을 경험한 아동들이 위로받고, 배우고, 인정받는 경험을 할 수 있도록 돕는 것은 매우 중요한 일이다.

5. 반려동물

반려동물은 사람에게 무한한 사랑을 주며, 사람과 같은 공간에서 생활하면서 눈빛, 몸짓, 목소리 등을 통해 감정을 교류하고 애정을 표현하면서 인간과는 다른 가족 구성원으로 동반자나 반려자 역할을 한다.

사랑하고 아끼던 반려동물이 나이가 들어 죽거나, 누군가가 훔쳐서 사라지거나, 잃어버려서 헤어지게 되는 것도 상실에 속한다. 과거에는 반려동물이 죽고 난 후의 슬픔은 사회적으로 인정받지 못하는 슬픔으로 여겨졌으나, 최근 들어서는 반려동물이 죽고 난 후 개인이 느끼는 슬픔이 매우 고통스럽고, 강렬하며, 현실적이라는 것에 대한 사회적 동의가 확장되고 있다.

반려동물 사별 이후 경험하게 되는 반응은 가족의 사별과 다르지 않다. 물론 개개인이 모두 상실반응을 표현하지는 않지만 강도와 기간들이 다양하게 나타난다. 일반적으로 혼자서 반려동물을 키우는 사람들이 반려동물 죽음 이후 더 큰 고통을 느낄 수 있다고 보고된다. 가족들 간에 반려동물과의 관계 정도가 달랐다면 상실감도 다른 것으로 알려져 있다. 반려동물을 얼마나 사랑했는지에 따라 상실감의 깊이에도 차이가 나기 때문에 친밀감이 높을수록 상실감도 심화된다(이혜수, 2019).

Ⅳ. 회복이 어려운 상실

죽음의 방식은 다양하고 대부분의 사별은 고통을 야기한다. 특히 병이나 노환으로 인한 사별이 아니라 사고로 인한 사별인 경우는 회복이 어렵다. 자살이나 실종, 범죄로 인한 죽음, 천재지변 등으로 인한 사별의 경우 죽음을 받아들이지 못하고 죽음의 이유를 특정한 상황과 특정한 사람에게서 찾기도 한다. 가해자를 용서하라고 강요당하기도 한다.

소방관, 형사, 응급구조사 등 죽음을 객관화해야 하는 직업군에서는 본인과 가까운 지인의 죽음을 경험하면 의미 없이 지나쳤던 죽음들에 대한 상실이 불거져 나올 수 있다. 중년기 여성의 빈둥지증후군과 갱년기 상황에서 배우자 사별을 경험하면 상실감이 극대화되어 죽음을 생각하기도 한다.

그 밖에도 강간이나 지인의 자살과 같은 특별한 사건 이후에 그 상황을 견디지 못하고 자살을 하는 경우는 남은 이들에게 심각한 심리적 손상을 야기한다.

V. 상실로 인한 반응

1. 정서적 반응

상실을 당한 대부분의 사람들은 특히 사별 초기에 사랑하는 사람의 죽음을 받아들이지 못하고 부정과 저항을 한다. 이러한 반응은 정상적인 것이지만, 적절한 애도 과정을 거치지 못하고 그 상태에 머물러 사별이라는 현실을 받아들이지 않는다면 여러 가지 복합적인 문제에 부딪힐 수 있다. 애도자의 정서적 반응은 애도 과정에서 수시로 변화할 수 있으며 강도 역시 때에 따라 달리 나타날 수 있다. 애도자의 정서적 반응이 어떤 것이든 심리치유자에 의한 수용 경험은 애도자가 일상으로 돌아가는 데 많은 힘이 될 것이다.

① 슬픔

슬픔은 상실 후 느껴지는 가장 일반적인 감정으로, 흔히 울음을 동반한다. 울음은 치유 기능이 있고 다른 사람들로부터 동정심이나 보호반응을 유발하기도 하지만, 과도한 울음은 상대를 불편하게 하고 건강을 해친다. 때로 장례식에서 슬픔을 느낄 수 없었다고 하는 경우도 있는데, 이는 많이 울면 안 된다는 슬픔에 대한 거부감이나 슬픔 차단 욕구가 작용하기 때문이다. 이러한 슬픔의 감정 차단은 복합적인 애도 상태를 유발할 수 있다.

② 분노

분노는 상실 후에 빈번히 경험하게 되는 가장 혼란스러운 감정 중 하나다. 이러한 분노의 감정은 사별의 애도 과정 중 많은 문제의 근원이 되고 있어 적절한 자기 인식이 필요하다. 사랑하는 사람의 죽음을 막기 위해 아무것도 할 수 없었던 좌절감이나 죄책감, 자신을 두고 떠난 것에 대한 퇴행적 심리가 분노로 표현되기도 한다. 분노에 대한 가장 위험하고 부적응적인 방법 중 하나는 죄책감으로 인한 분노를 자신에게 돌려 심각한 우울증이나 극단적인 자살행동으로 표현하는 것이다.

③ 죄책감과 자기비난

죄책감과 자기비난은 상실 후 애도자가 겪는 일방적인 경험들이다. 고인이 살아 있을 때 좀 더 잘해주지 못했다거나 병원에 좀 더 빨리 데려가지 못해서 죽게 했다는 것과 같은 생각을 하는 경우인데, 이러한 감정은 대부분 불합리한 것들이 많다. 당신의 잘못이 아니라 일어날 수밖에 없는 상황에서 일어난 것이라는 '현실검증'을 통해 완화될 수 있으나 그렇지 못한 경우는 위험할 수 있다.

④ 불안

사랑하는 사람을 상실한 애도자들은 중요한 애착 대상의 상실로 인해 자신이 안전하지 못하다는 느낌, 죽음에 대한 강렬한 공포, 삶의 유한함에 대한 깨달음, 스스로 자신을 돌볼 수 없을 것에 대한 공포 등 매우 다양한 불안으로 인해 힘들어한다. 불안이 강할수록 정상적인 애도 과정을 방해해 복합애도로 진행될 수 있다.

⑤ 외로움

외로움은 애도자가 흔히 느끼고 표현하는 감정이며 특히 고인과 친밀한 관계를 유지했던 상실일수록 더욱 심하다. 스트로베(Stroebe) 등은 외로움을 감정적인 외로움과 사회적인 외로움으로 구분했는데, 사회적 외로움은 사회적 지지로 완화될 수 있지만 단절된 애착관계로 인한 감정적 외로움을 완화시키지는 못한다. 때로 외로움은 감정적으로 따뜻하게 어루만져야 할 필요성이 있지만 상실한 대상을 대신할 다른 대상이 와서 그 자리를 메운다 해도 완치는 불가능하다.

⑥ 피로감

상실 후 나타나는 매우 흔한 감정으로 무관심과 냉담을 경험하기도 한다. 평소 활동적이었던 사람에게는 상실의 고통이 놀랍고 큰 고통으로 다가올 수 있다. 피로감은 활동의 감소와 같은 신체적 증상으로 나타나기도 하는데, 몸을 덜 움직이면 에너지 소모가 적으므로 자기 보호 차원에서 스스로를 제한하기도 한다.

⑦ 무기력

상실 후 애도자를 더욱 고통스럽게 만드는 것은 감정을 복받치게 하는 무기력한 느낌이다. 불안과 밀접한 관계를 가지고 있는 무기력은 흔히 상실의 초기 단계에서 나타나며, 무기력이 심한 경우에는 흔히 피로감이 동반되므로 주위에 도움을 요청하거나 전문가의 도움을 받는 것이 필요하다.

⑧ 충격

충격은 사고사나 돌연사와 같이 갑작스러운 죽음이 발생한 경우에 강하게 나타난다. 그렇지만 예견된 상실의 경우처럼 이전부터 병이 진행되고 있었기 때문에 얼마 살지 못한다는 것을 알고 있었다고 해도 상실이 발생하면 애도자들은 충격을 경험한다.

⑨ 그리움

그리움은 상실에 대한 일반적이고 정상적인 반응이다. 사별한 여성에게 특히 심하게 나타나며 고인에 대한 그리움의 반응이 감소하면 애도가 거의 막바지에 다다랐다는 신호로 볼 수 있다. 그러나 그리움이 지속되면 치료가 필요할 수 있다.

⑩ 해방감과 안도감

해방감과 안도감은 상실 이후에 발생하는 긍정적인 감정이다. 독재적이고 권위적인 아버지가 죽거나 장기간의 중병으로 인해 병간호에 지친 가족의 경우 자유와 해방의 감정을 표현하기도 한다. 처음에는 이러한 낯선 감정을 불편해하고 죄책감을 느낄 수 있으나 변화된 상황에 대한 정상적인 감정임을 인식하고 편안하게 수용할 수 있도록 해야 한다.

⑪ 무감각

사별 후에 애도자는 멍하고 무감각한 경험을 하게 되는데, 이는 건강하고 정상적인 반응이다. 고통스러울 수밖에 없는 감정들에 대한 대처기제로 감각을 차단하는 것이다. 사별로 인해 한꺼번에 너무 많은 감정들이 일어나 감정의 소용돌이에 압도당하지 않기 위한 자기보호 기능이라고 할 수 있다, 무감각은 사랑하는 사람의 죽음을 인지한 직후에 일어나 초기 단계에 반복적으로 경험한다.

2. 인지적 반응

고인의 죽음은 애도자의 생활 어디에나 존재한다. 이는 사랑하는 사람과 함께할 수 없는 물리적인 부재의 문제다. 특히 고인과 관련된 모든 활동의 부재는 사별한 사람들이 무엇을 하든 일상에서 마주치게 될 현실이다. 사별한 사람들에게 첫 3~12개월의 기간은 가장 어려운 시기다. 애도반응은 개인마다 강도와 기간이 다른데 극도로 강렬한 반응을 경험하는 사람들은 자신들의 반응이 정상인지 아닌지 확인할 필요를 느낀다. 이런 경우 사별이라는 극단적인 사건에 대한 자연스럽고 정상적인 반응임을 애도자에게 이해시키고 정상화, 타당화를 통해 안심시켜 주어야 한다. 애도자가 겪는 인지적 반응은 다음과 같다.

- 고인에 대한 생각에 몰두하거나 자신도 모르게 고인이 갑자기 떠오르는 침투적 사고를 한다.
- 상실로 인한 충격으로 인해 절망감과 함께 자신을 비난한다.
- 주의집중과 결정을 어려워한다.
- 비현실적인 감각, 죽음에 대한 반복적인 생각을 한다.
- 삶과 죽음의 의미에 대해 고민하고 애도자가 가지고 있던 기본적인 영적 신념이 흔들리기도 한다.

3. 행동적 반응

사별자들은 깊은 슬픔을 겪어내면서 다양한 신체 증상과 함께 사별 전에는 하지 않던 여러 가지 일상적이지 않은 행동들을 한다. 사람에 따라 증상이 지속될 수 있으며 사별의 후유증이 더욱 심해질 수 있다. 그들은 때로 고인의 목소리를 듣거나 방안에 함께 있는 것과 같은 느낌을 받기도 하는데, 이는 고인과 여전히 가까이 있다고 느끼고 싶기 때문이다. 이때 사별자들이 그들 자신만의 속도에 맞춰 다른 가족구성원들과의 협의를 통해 고인의 물건들을 정리할 수 있도록 도와주는 것이 중요하다. 애도 과정에서 힘들어하는 사별자들이 상실에 따른 자연스러운 감정을 방어하면서 강한 상태를 유지하거나 반응을 억누르도록 하지 않고 정서적으로 반응할 수 있도록 신뢰관계에 중점을 두어 개입해야 한다. 애도자가 겪는 행동적 반응은 다음과 같다.

- 식욕 상실, 수면장애가 나타나 몸의 면역력이 저하되어 신체화 증상이 일어난다.
- 뱃속이 텅 빈 것 같은 헛헛함이 느껴진다.
- 가슴이 답답하게 조여드는 느낌이 들어 병원에 자주 가게 된다.
- 목이 갑갑하고 졸리는 느낌, 숨이 가빠지고 어떤 때는 숨이 안 쉬어진 다고 한다.
- 한숨을 자주 쉬며 소음에 과민해진다.
- 자신이 낯설게 느껴지는 이인증(離人症)이 나타나며 자기로부터 분리, 소외된 느낌이 들고 정서적 반응이 결여된다.
- 언어장애 등 자기조절 불능의 느낌이 들고 근육이 약해진다.
- 입안이 자주 마르고 에너지가 많이 딸리는 느낌이 든다.
- 얼빠진 행동을 하거나 고인을 찾아다니며 소리쳐 부른다.
- 고인을 생각나게 하는 것을 피한다.
- 고인에 대한 꿈을 꾼다.
- 울거나 쉬지 않고 과잉행동을 한다.
- 고인의 유물을 간수하거나 다른 사람에게 더 의존한다.
- 고인과 함께했던 특정 장소를 방문하거나 죽은 이를 생각나게 하는 물건을 지닌다.
- 다른 일에 대한 흥미가 없어지고 대인관계가 위축된다.
- 사회적 철수와 은둔생활을 한다.

VI. 심리치유

누군가의 슬픔과 고통을 온전히 이해하는 것은 불가능하다. 자기 자신의 감정도 납득하기 힘들 때가 있는데 타인의 감정을 자신의 사고와 감정을 통해 이해하기 때문이다. 의미있는 이를 사별한 사람들은 홀로 남겨졌다는 생각으로 불안하고 두렵지만 곁에서 공감하는 이가 있다면 큰 도움이 될 것이다. 사별자 홀로 고인과의 시간을 보내고 화해하는 시간도 필요하지만 치유를 위해 함께해 주는 사람이 있다면 사별자는 안심하고 애도 과정을 겪을 수 있을 것이다.

1. 상실치유자의 자세

• 상실치유자가 본인의 상실을 인식해야 한다. 본인의 상실을 이해하기 전에는 타인의 상실을 이해하기 어렵다.

• 사별자들은 사별의 슬픔을 표현하고, 같은 슬픔을 가진 사람들이 서로 공감하고 이해할 수 있는 자리가 필요함을 인식하고 있어야 한다.

• 사별의 슬픔을 극복하기 위해서 사별자 스스로 슬픔을 직면하고 견디며 나아갈 수 있도록 도와주어야 한다.

• 사별자들은 슬픔에 공감하지 못하는 태도와 섣부른 조언에 상처를 받을 수 있으므로 주의한다.

2. 상실치유모임 구성

• 사별자의 돌봄 기간은 1~5년이다. 사별모임 대상자는 사별 후 3개월이 지난 가족으로 정하며 49재 이후에 연락한다.

• 모임 전에 대상자의 범위, 연령별, 성별, 죽음 형태 등의 특성을 고려해야 한다. 개인 사정을 파악하고 전화 안부 등을 통한 사별자와의 라포 형성을 통해 동반모임 참석에 대한 부담감을 덜어준다.

• 사별자에 대한 익명성이 보장되어야 한다. 대상자의 요구에 부응해야 하며 사별자에게 신뢰감을 주어야 한다.

3. 애도의 핵심적 과정(Rando, 1993)

- 상실을 인식하고 죽음을 인정하라.
- 고통을 경험하라.
- 상실에 대한 모든 심리적 반응을 느끼고 인정하며 어떤 형태로든 표현하라.
- 상실한 대상과의 관계를 회상하고 다시 경험해 보라.
- 고인과의 오래된 애착과 가상의 세계를 버려라.
- 오래된 것을 기억하면서 새로운 세계에 적응하라.
- 새로운 관계, 신념, 동기, 목표, 추구하는 것들에 재투자하라.

4. 상실치유 방법

① 기법

상실치유를 위해 개인상담과 가족상담을 활용할 수 있으며 비슷한 상실을 경험한 사람들로 구성된 집단상담을 효과적으로 활용할 수 있다. 치유기법으로는 미술치료, 문학치료, 음악치료, 푸드테라피, 동작테라피 등의 기법을 활용할 수 있다. 한 가지 방법으로 진행할 수 있으며, 여러 가지 방법을 활용한 구성으로 효과성을 높일 수 있다.

② 함께하기

- 비언어적 표현에 관심을 기울여야 한다.
- 예의 바르게 행동하고 사별자가 성장할 수 있을 것이라는 믿음을 가지고 열정적이며 진실하게 대해야 한다.
- 판단하지 말아야 한다.
- 어렵게 꺼낸 이야기를 할 때 담담하게 들어주고 괜찮다고 이야기한다.
- 심각할수록 긍정적인 유머를 사용한다.
- 기꺼이 사별자와 나누기 위해 자기 자신을 개방한다.

- 사별자가 하는 말의 주제에 귀를 기울여야 한다.
- 사별자의 특별한 날(생일, 결혼기념일 등)에 사별자가 자신의 감정에 충실할 수 있도록 돕는다.
- 사별자가 침묵할 경우, 침묵을 깨지 않고 그 시간을 허용한다.

③ 의미 찾기(Viktor Frankl)

사별자들이 애도 과정에서 삶의 의미를 찾을 수 있도록 돕는다. 사별자가 애도 과정에서 스스로에게 부여하고 싶은 의미는 다양하기 때문에 상담자가 해답을 제시하지 않는다.

- 우리에겐 삶의 자세를 선택할 자유가 있다.
- 의미 있는 가치와 목표에 전념한다.
- 살아 있는 매 순간 의미를 발견할 수 있다.
- 생각의 포로가 되지 않도록 한다.
- 거리를 두고 자신을 바라보면 통찰과 식견을 얻을 뿐 아니라 자신에게 여유로워질 수 있다.
- 힘든 상황에 직면했을 때 관심의 초점을 바꿀 수 있다.
- 자신을 넘어서 세상을 위한 변화를 만들 수 있다.

④ 성장하기

사람은 죽음의 순간까지 성장할 수 있는 존재다. 그렇지만 사별을 경험하면 사별자들은 성장을 멈추고 퇴행하고 싶어 한다. 실제로 자신만 생각하고 이기적으로 변하며 사람들과의 관계를 멈추고자 하는 경향이 있다. 성장을 위해서는 여러 가지 조건이 있지만 모든 상황이 새로운 배움의 기회가 될 수 있다. 사별 경험 역시 성장의 기회가 될 수 있다.

⑤ 홀로서기

- 상실치유의 목적은 독립이다. 사별자는 의존하고자 하는 욕구를 가질 수 있다. 이때 상담자는 사별자의 삶을 책임지려는 태도를 지양하고 사별자 스스로 문제를 해결하고 삶을 결정할 수 있도록 응원하고 지지해야 한다.
- 사별자가 현재 겪는 문제와 고통의 상황을 변화시킬 수는 없으므로 그 상황에 대처하는 자세를 지지한다.
- 사별자의 상황을 100% 공감하기는 어렵다. 사별자를 공감한다고 하면서 의존하게 하면 안 된다. 사별자 스스로 문제해결의 방법을 찾아나가도록 돕는다.
- 성장을 돕고 지지하는 것이 중요하지만 변화를 위해서는 사별자의 자유의지가 더 중요하다.

Ⅶ. 상실에 대한 이해

모든 상실은 고통을 동반한다. 강도나 종류가 사람마다 다를 뿐이다. 아이가 학교에 간 이후에 기르던 햄스터가 죽었을 때, 아이의 어머니는 아이가 겪을 슬픔이 걱정되어 다시 사다놓아야 할지를 고민했다. 나는 아이에게 햄스터의 죽음을 알리고 이별할 기회를 줄 것을 권유했다. 아이는 햄스터를 묻어주고 기도를 해줌으로써 건강하게 이별할 수 있었다. 미국의 부시 대통령은 어느 날 부모님이 동생의 장례를 치르고 돌아온 것을 모르고 슬픔에 잠겨 있는 어머니를 위로하기 위해 어릿광대 같은 행동을 했다고 한다. 훗날 어머니의 슬픔이 동생의 죽음으로 인한 것임을 알았을 때 충격을 받았다고 한다. 간혹 자식의 죽음이나 배우자의 죽음을 부모나 배우자에게 이야기하지 못하는 경우를 보게 된다. 그로 인해 이별할 기회를 잃어버리고 나중에 알게 되었을 때 이별의 기회도 가지지 못한 것에 대한 원망을 듣기도 한다.

이혼으로 인한 배우자 상실이나 가족의 해체는 사회적 시선에 대한 불편감으로 숨기는 경우가 많이 있어서 위로를 받거나 극복을 위한 주변의 지원을 받을 기회를 잃어버려 힘든 과정을 겪기도 한다.

상실에 대해 솔직했으면 한다. 충분히 애도하고 주변 자원을 활용하여 극복할 기회를 가질 수 있도록 하는 것이 바람직하다.

∽ 상실에 대해 생각해 봅시다

1. 어떤 상실을 경험했습니까?

2. 상실로 인해 겪은 심리적 · 정서적 어려움은 어떤 것이 있었습니까?

3. 상실을 극복할 수 있었던 계기나 지원이 있었습니까?

4. 상실을 통한 성장이 가능하다고 생각하십니까?

09 외상성 죽음대처

김재경

Ⅰ. 들어가며

인간은 예상치 못했던 사건과 사고를 경험하면 그로 인한 상처와 고통 등에 영향을 받으며 살아간다. 참사나 재난 같은 충격적인 사건, 사고는 그 일과 관련된 사람들뿐만 아니라 일반인들에게까지 심리적으로 커다란 상처를 줄 수 있다. 상처와 고통이 심각할 경우에는 외상(trauma)으로 이어질 수 있다(권석만, 2013). 미국정신의학협회(American Psychiatric Association)의 『정신질환의 진단 및 통계편람』 제5판(DSM-5)에 따르면 외상성 사건(traumatic event)은 '실제적이거나 위협적인 죽음, 심각한 상해, 개인의 신체적 안녕을 위협하는 사건을 본인이 직접 경험했거나 목격함으로써 발생한 극심한 공포, 무력감, 두려운 감정을 경험한 사건'이다. 외상성 사건은 심각한 스트레스를 유발하게 되며, 대처하는 방식도 제각각 다르고, 회복하는 속도도 개인에 따라 차이가 있을 수 있다. 특히, 외상성 사건의 경험은 그 사건을 어떻게 받아들이느냐 하는 개인의 주관적인 반응에도 크게 영향을 받기 때문에 신념 체계가 크게 흔들리기도 한다. 이처럼 외상성 사건은 자신과 세상, 관계에 대한 근본적인 믿음과 가정을 깨버리기 때문이다(Janoff-Bulman, 1992). 개인에 따라 외상성 사건으로 인한 스트레스는 일반적인 스트레스 대응 능력을 압도하게 되며, 반복적으로 외상을 재경험하기 때문에 외상후 스트레스장애(PTSD)로 발전하기도 한다(Ford, 2012).

II. 외상성 죽음의 개념

1. 외상성 사건과 외상의 개념

외상(trauma)은 신체적인 손상과 개인이 감당하기 힘든 정신적 충격을 표현하는 용어이다. 외적 환경의 급격한 변화에 의해 심리적 충격을 받아서 심한 불안이나 무력감이 나타나며, 이것을 정신적 외상이라고 정의한다. 외상적 사건(traumatic events)은 개인에게 심리적 상처를 남겨서 사건이 종료된 후에도 최소한 1개월 이상 장애 후유증을 남기는 극심한 충격적인 사건을 뜻한다. DSM-5에는 '실제적이거나 위협적인 죽음이나 심각한 상해, 개인이 신체적 안녕을 위협하는 사건에 대한 개인의 직접적인 경험 또는 타인의 죽음, 상해, 신체 건강을 위협하는 사건의 목격, 가족 등의 예기치 못한 무자비한 죽음이나 심각한 상해 및 이들이 경험한 죽음이나 상해에의 위협을 포함'하고 있다. 그러나 외상사건을 정의함에 있어서 반드시 DSM 진단 기준을 충족시켜야 하는지에 대해서는 많은 논란이 제기되어 왔다(Brewin, 2008; Rosen & Lilienfeld, 2007). 쿠바니(Kubany) 등(2000)은 스토킹, 유산, 낙태, 어린 시절의 가정폭력 목격, 사랑하는 사람의 질병 등을 외상 사건에 포함시켰다. 또한 성희롱(Avina & O'Donohue, 2002), 외도 등 인간 배신행위(Dattilio, 2004), 다양한 형태의 성폭력(Frazier et al., 2009)을 외상 사건에 포함시켜야 한다는 주장들이 제기되었다(서영석 외, 2012).

외상성 사건의 종류에는 단 한 번의 충격적 사건으로 커다란 심리적 상처를 입게 되는 일회적 외상(single-blow trauma)과 주변 사람에 의해 반복적으로 주어진 충격으로 심리적 상처를 입는 반복적 외상(repeated trauma)이 있다. 대인관계 관여도에 따라서 구분되는데 첫째 지진, 태풍, 산사태, 홍수 등과 같이 인간이 개입되지 않은 자연재해, 즉 우발적으로 일어나는 인간 외적인 외상(impersonal trauma)이 있다. 둘째 타인의 고의적 행동에 의해 입은 상처와 피해를 뜻하는 것으로 전쟁, 테러, 살인, 폭력, 고문, 강간 등 인간 간의 외상에 속하는 대인관계적 외상(interpersonal trauma)이 있다. 셋째 부모, 양육자와 같이 정서적으로 매우 긴밀하고 의존도가 높은 관계에서 입게 되는 심리적 상처를 의미하는 것으로 신체적 학대, 가정폭력, 정서적 학대나 방임, 성폭행, 성적 학대 등이 속하는 애착 외상(attachment trauma)이 있다. 외상으로 인해 극심한 공포, 무력감, 두려움과 같은 감정을 경험한 경우에 심리적, 행동적으로 증상을 보이는 것을 외상후 스트레스장애(PTSD: post-traumatic stress disorder)라고 한다.

2. 외상후 스트레스장애(PTSD)

외상후 스트레스장애는 일상적으로 경험하기 어려운 전쟁, 고문, 자연재해, 사고 등의 심각한 사건을 경험한 후 그 사건 후에도 계속적인 고통을 재경험하면서 그것에서 벗어나기 위해 에너지를 소비하게 되는 질환이다. 정상적인 사회생활에 부정적인 영향을 끼치게 된다는 특징이 있다. 외상후 스트레스장애의 주된 증상으로는 충격적인 사건의 재경험과 이와 관련된 상황과 자극에서 회피하는 행동을 보이는 것이다. 질환은 사건 발생 한 달 후 또는 1년 이상 경과된 후에 시작될 수도 있으며, 해리 현상이나 공황발작을 경험할 수도 있고 환청 등의 지각 이상을 경험할 수도 있다. 연관 증상으로는 공격적 성향, 충동조절 장애, 우울증, 약물 남용 등이 나타날 수 있고, 집중력과 기억력 저하 등의 인지기능 문제가 나타날 수도 있다. 외상후 스트레스장애는 충격적인 사건 자체가 원인이기도 하지만, 충격적인 사건을 경험한 사람들 모두가 이 외상후 스트레스장애를 경험하는 것은 아니다. 사건 경험 전의 심리적, 생물학적 사전 요인이 질환 발생에 관여한다.

외상후 스트레스장애 발생과 연관되어 위험인자로 작용하는 것은 어렸을 때 경험한 심리적 상처의 존재, 성격 장애나 문제, 부적절한 가족이나 동료의 정서적 지원, 정신과 질환에 취약한 유전적 특성, 최근에 스트레스 많은 삶으로의 변화, 과도한 음주 등이 있다. 심리학적 원인을 살펴보는 데에는 2가지 모델이 있다.

첫째는 어렸을 때 심리적인 충격과 관련해 해결되지 않은 심리적인 갈등들이 현재의 사건과 맞물려 다시 일깨워지는 것으로 보는 정신분석적 모델이다. 둘째는 조건화된 자극이 지속적으로 공포 반응을 일으켜서 그 자극을 피하려는 행동이 문제를 일으키는 것으로 보는 인지행동적 모델이다. 생물학적 요인으로는 신경전달물질인 도파민(dopamine), 노르에피네프린(norepinephrine), 벤조다이아제핀(benzodiazepine) 수용체 그리고 시상하부-뇌하수체-부신 축(HPA axis)의 기능 등이 연관 있는 것으로 보고되었다. 생물학적으로는 뇌 안의 신경전달물질이나 호르몬의 활동이상 그리고 자율신경계의 과잉 활성화가 문제가 된다고 한다.

① 외상후 스트레스장애

『정신질환의 진단 및 통계편람(DSM-5)』에 따르면, 다음 기준을 만족하면 외상후 스트레스장애로 진단한다.

㈀ 외상성 사건을 경험했던 개인에게 다음 2가지 증상이 모두 나타난다.

• 개인이 자신이나 타인의 실제적이거나 위협적인 죽음이나 심각한 상해, 또는 신체적 안녕에 위협을 가져다주는 사건(들)을 경험하거나 목격하거나 직면했을 때

• 개인의 반응에 극심한 공포, 무력감, 고통이 동반될 때

※주의: 소아에서는 이런 반응 대신 지리멸렬하거나 초조한 행동을 보인다.

㉡ 외상성 사건을 다음과 같은 방식 가운데 1가지(또는 그 이상) 방식으로 지속적으로 재경험할 때

- 사건에 대한 반복적이고 집요하게 떠오르는 고통스러운 회상(영상이나 생각, 지각을 포함)

  ※주의: 소아에서는 사고의 주제나 특징이 표현되는 반복적 놀이를 한다.

- 사건에 대한 반복적이고 괴로운 꿈

  ※주의: 소아에서는 내용이 인지되지 않는 무서운 꿈

- 마치 외상성 사건이 재발하고 있는 것 같은 행동이나 느낌(사건을 다시 경험하는 듯한 지각, 착각, 환각, 해리적인 환각 재현의 삽화들, 이런 경험은 잠에서 깨어날 때 또는 중독 상태에서의 경험을 포함)

  ※주의: 소아에서는 외상의 특유한 재연(놀이를 통한 재경험)이 일어난다.

- 외상적 사건과 유사하거나 상징적인 내적 또는 외적 단서에 노출되었을 때 심각한 심리적 고통

- 외상적 사건과 유사하거나 상징적인 내적 또는 외적 단서에 노출되었을 때의 생리적 재반응

㉢ 외상과 연관되는 자극을 지속적으로 회피하려 하거나, 전에는 없었던 일반적인 반응의 마비가 다음 중 3가지 이상일 때

- 외상과 관련되는 생각, 느낌, 대화를 피한다.
- 외상이 회상되는 행동, 장소, 사람들을 피한다.
- 외상의 중요한 부분을 회상할 수 없다.
- 중요한 활동에 흥미나 참여가 매우 저하되어 있다.
- 다른 사람들로부터의 소외감
- 정서의 범위가 제한되어 있다(예: 사랑의 감정을 느낄 수 없다).

- 미래가 단축된 느낌(예: 직업, 결혼, 자녀, 정상적 삶을 기대하지 않는다)

(ㄹ) 외상 전에는 존재하지 않았던 증가된 각성 반응의 증상이 2가지 이상 있을 때

- 잠들기 어려움 또는 잠을 계속 자기 어려움
- 자극에 과민한 상태 또는 분노의 폭발
- 집중의 어려움
- 지나친 경계
- 악화된 놀람 반응

(ㅁ) 장해(진단 기준 B, C, D)의 기간이 1개월 이상

(ㅂ) 증상이 임상적으로 심각한 고통이나 사회적, 직업적, 다른 중요한 기능 영역에서 장해를 초래한다.

② 외상후 스트레스장애의 원인

외상후 스트레스장애의 원인으로 외상후 스트레스장애의 취약성 요인, 스트레스 반응이론(인지적), 정서처리 이론의 세 가지가 제시되고 있다.

(ㄱ) 외상후 스트레스장애의 취약성 요인

데이비슨과 포아(Davidson & Foa, 1991)는 외상후 스트레스장애를 유발할 수 있는 위험 요인을 외상 사건의 전, 중, 후의 세 가지로 나누었다.

- 외상 전 요인(pretraumatic factors): 정신장애에 대한 가족력, 아동기의 외상 경험, 의존성이나 정서적 불안정성 같은 성격 특성, 자신의 운명이 외부 요인에 의해 결정된다는 통제소재(locus of control)의 외부성 등
- 외상 중 요인(peritraumatic factors): 외상 사건이 타인의 악의에 의한 것일 때, 외상 사건이 가까운 사람에게 일어났을 때, 외상후 스트레스장애의 증상은 더 심하고 오래 지속된다(kessler et al.,1995).
- 외상 후 요인(posttraumatic facotrs): 사회적 지지 체계나 친밀한 관계의

부족, 생활 스트레스, 결혼생활이나 직장생활의 불안정, 심한 음주와 도박 등.

(ㄴ) 스트레스 반응이론(stress response theory)

호로비츠(Horowiz, 1976, 1986)는 외상 정보가 어떤 과정을 통해 인지적으로 처리되어 기존의 사고 체계에 통합되는지를 설명했다. 외상적 사건을 경험한 사람은 일반적으로 5단계의 과정을 나타낸다.

- 절규 단계(outcry): 심한 충격 속에서 극심한 고통과 스트레스 경험
- 회피 단계: 외상 경험을 떠올리는 모든 자극을 회피, 외상 사건을 잘 기억하지 못함
- 동요 단계: 통합되지 못한 채 회피 증상과 침투 증상이 함께 나타나는 고통스러운 과정
- 전이 단계: 조금씩 인지적으로 처리되면서 기존 신념 체계와의 통합 진행
- 통합 단계: 외상 경험의 의미가 충분히 탐색되어 기존의 신념 체계에 통합

(ㄷ) 정서처리 이론(emotional processing theory)

- 강간이나 성폭행과 관련된 외상을 설명하기 위해 제시한 이론
- 외상 경험과 관련된 부정적 정보들의 연결망으로 이루어진 공포 기억 구조를 형성
- 사소한 단서들은 이러한 공포 기억구조의 연결망을 활성화시켜 침투 증상 유발
- 공포 기억구조의 활성화를 회피하고 억압하여 부적응 상태 초래
- 공포 기억구조가 반복적으로 활성화되도록 하되 그와 불일치하는 정보를 제공함으로써 공포 기억 구조가 수정되도록 유도

- 외상 경험의 반복적 노출을 통해서 외상과 관련된 공포가 둔감화되고 그에 따라 외상 기억을 회피하려는 시도 감소
- 반복적 노출을 경험하면서 피해자는 자신을 위험의 도전 앞에서 유능하고 용기 있는 존재로 경험하게 함.
- 외상 경험으로 인해 자신은 무능하고 세상은 예측할 수 없는 두려운 곳이라고 인식하고 있던 피해자들은 자기 유능감을 회복하는 동시에 세상은 예측 가능하고 통제 역시 가능하다는 기존의 신념 체계로의 통합이 가능

③ 외상후 스트레스장애의 치료

충격적인 사건을 경험한 사람에게 우선적으로 제공돼야 할 것은 정서적인 지지와 그 사건에 대해 함께 이야기를 나눌 수 있는 용기를 북돋아주는 것이다. 그리고 상황을 잘 이겨낼 수 있도록 이완 요법 등의 적응 방법을 교육하는 것도 좋은 치료 방법이다. 외상후 스트레스장애 치료에 대한 교육이 필요하다. 외상후 스트레스장애 치료는 약물 치료와 정신치료 요법이 사용되는데, 약물은 우울증과 다른 불안장애의 증상과 유사한 증상뿐만 아니라 외상후 스트레스장애 고유의 증상도 호전시킨다고 한다. 정신치료 요법으로는 정신역동적 정신 치료가 도움이 될 수 있다. 이밖에 행동치료, 인지치료, 최면 요법 등이 심리 요법으로 활용되고 있다.

(ㄱ) 지속적 노출법

강간 피해자의 치료를 위해서 포아와 리그스(Foa & Riggs, 1993)가 제시한 방법이다. 외상 사건을 단계적으로 떠올리게 하여 불안한 기억에 반복적으로 노출시킴으로써 궁극적으로 외상 사건을 큰 불안 없이 직면할 수 있도록 유도한다. 외상 경험의 반복적 노출을 통해서 외상과 관련된 공포가 둔감화되고 그에 따라서 외상 기억을 회피하려는 시도가 감소하게 된다. 이완 상태에

서 외상 자극에 반복적으로 노출하는 것은 공포 기억 구조를 재활성화시키며 그와 불일치하는 정보가 제공됨으로써 공포 기억 구조가 수정되고 기존의 인지 체계와 통합되는 것을 촉진한다.

㉡ 인지처리 치료

외상 사건의 원인과 결과에 대해 잘못된 생각이 강한 부정 정서를 유발하고 외상기억에 대한 인지적 처리를 방해함으로써 외상으로부터의 자연스러운 회복을 저해한다는 가정에 근거한다. 외상 사건을 상세하고 정교하게 재평가하여 외상 사건에 부여한 부정적 의미를 수정하고 외상 기억에 대한 회피를 줄임으로써 외상으로부터의 회복 과정을 촉진한다. 외상 경험의 인지적 처리를 돕기 위해 환자로 하여금 외상 경험을 상세하게 기록하도록 격려하고, 기록 내용을 읽게 한다. 외상 기억에 대한 회피를 이겨내고 그와 관련된 강렬한 감정을 극복하는 것이 회복에 필수적 과정이기 때문이다. 외상 경험에 대해 논의하면서 외상 사건에 대한 잘못된 신념을 탐색하여 수정하고, 자책과 죄의식을 유발하는 부정적 신념을 변화시킴으로써 외상 경험을 수용하도록 유도한다.

Ⅲ. 외상성 죽음의 유형별 이해

1. 재난으로 인한 죽음

'재난 및 안전관리기본법'(법제처 국가법령정보센터, 2024)에 의하면, '재난'이란 "국민의 생명·신체·재산과 국가에 피해를 주거나 줄 수 있는 것"을 말한다. 재난을 경험했던 피해자들이 재난으로 인해 급성 스트레스 장애(Acute Stress Disorder)를 경험한 이후에 재난 유형에 따라서 3개월(Carty, O donnell,& Creamer, 2006), 6개월(Kaniasty & Norris, 2008), 12개월(Sim-eon, Greenberg,

Nelson, Schmeidler, & Hollander, 2005)의 시간이 지난 뒤에도 삶의 질 손상과 PTSD의 증상인 해리, 스트레스, 우울, 불안과 같은 문제를 겪는다고 보고되었다. 이러한 증상들은 수년 이상 지속된다고 보고되기도 했다(Ho, Paultre, & Mosca, 2002; Ozer, Best, Lipsey & Weiss, 2003).

세월호 재난으로 자녀를 잃은 유가족처럼 자녀의 죽음으로 인해 외상을 경험한 부모들은 9년의 시간이 지나도 PTSD의 주요 증상을 경험한다 (Murphy et al.,1999). 그들의 삶에서 자녀의 죽음 그 자체를 수용하는 데에는 약 3~4년의 시간이 소요되는 것으로 보고된다(Murphy, Johnson, Wu, Fan, & Lohan, 2003). 재난에 해당하는 구체적인 사례는 아래와 같다(법제처 국가법령정보센터, 2024).

[표 5] 재난으로 인한 죽음의 사례

일시	사고 내용	인명피해(사망)
1993. 03. 28	부산 북구 구포열차 전복	78명
1994. 10. 10	전북 부안군 서해훼리호 침몰	292명
1994. 10. 21	서울 성동구 성수대교 붕괴	32명
1994. 12. 07	서울 마포구 아현동 도시가스 폭발과 화재	12명
1994. 06. 29	서울 서초구 삼풍백화점 붕괴	502명
1995. 04. 28	대구 달서구 도시가스 폭발과 화재	101명
1999. 06. 30	경기도 화성 씨랜드 화재	23명
2003. 02. 18.	대구 지하철 중앙로역 방화 사건	192명
2014. 04. 16.	전남 진도 앞바다 세월호 침몰 사고	295명
2022. 10. 29.	서울 이태원 압사 사고	159명

① 자연재난

태풍, 홍수, 호우(豪雨), 강풍, 풍랑, 해일(海溢), 대설, 한파, 낙뢰, 가뭄, 폭염, 지진, 황사(黃砂), 조류(藻類) 대발생, 조수(潮水), 화산활동, 소행성 · 유성체 등 자연 우주물체의 추락 · 충돌, 그밖에 이에 준하는 자연현상으로 인해 발

생하는 재해

② 사회재난

재난 및 안전관리기본법에서 화재 · 붕괴 · 폭발 · 교통사고(항공사고 및 해상
사고를 포함한다) · 화생방사고 · 환경오염사고 등으로 인해 발생하는 대통령령으
로 정하는 규모 이상의 피해와 국가핵심기반의 마비, '감염병의 예방 및 관리
에 관한 법률'에 따른 감염병 또는 '가축전염병예방법'에 따른 가축전염병의
확산, '미세먼지 저감 및 관리에 관한 특별법'에 따른 미세먼지 등으로 정의
하고 있다.

③ 사회재난에 따른 주요 사건(출처: 신명진 2014)

'재난 및 안전관리기본법'에서 나타난 것처럼 교통사고는 사회적 재난으
로 볼 수 있기 때문에 피해자 개인 스스로가 해결해야 할 문제가 아닌 공적
인 관심과 대처가 필요하다.

2. 교통사고로 인한 죽음

교통사고는 우리나라에서 사망의 가장 흔한 원인 중 하나다. 가족과 친척
그리고 주변인 중 몇 명은 교통사고로 목숨을 잃은 사람이 있을 정도로 흔한
사망 원인이다. 미국에서는 20세기에서 치른 전쟁에서의 전사자보다 많은 수
의 사람들이 교통사고로 사망한다고 한다. 2017년 기준으로 미국에서 교통
사고로 사망한 사람의 수가 3만7,461명이며 이는 아프가니스칸, 이라크에서
전사한 미군 약 7,000명을 상회하는 수치다. 2023년 통계청 통계에 의하면
우리나라의 전체 교통사고는 33만1,328건이며 사망자 2,735명이고 부상자는
33만8,668명으로 나타났다.

이와 같은 수치를 보면 교통사고는 갑작스럽게 일어나며 그 결과는 참으
로 처참함으로 나타나기 때문에 사후조치에 대한 논의가 반드시 필요하다.

교통사고로 가족을 잃은 유가족의 경험은 먼저 죽음의 인식인 부정, 확인, 충격, 수용함 등이 있다. 정서적 반응으로는 무기력함, 슬픔. 상실감, 황당함 등이 나타난다. 고인에 대한 회상으로는 그리움, 안타까움, 불쌍함 등이 발생한다. 가해자에 대한 반응은 분노, 서운함, 용서 등으로 나타난다.

3. 폭력으로 인한 죽음

전 세계에서 매년 약 100만 명 이상의 사람들이 폭력으로 인해 사망하고 있다. 폭력은 15~44세 연령층의 주요 사망 원인 중 하나이며, 남성 사망의 14%, 여성의 7%를 차지한다. 폭력은 사망자뿐만 아니라 피해자에게 더 많은 물리적, 성적, 정신적 건강 문제를 일으키며, 국가 경제적으로 많은 부담으로 작용한다. 세계보건기구(WHO)에서 정의하고 있는 폭력은 '물리적인 강제력이나 힘을 고의로 이용하여 자신에게, 다른 사람들에게, 그룹 또는 지역사회를 의도적으로 협박하거나 실제로 사용하는 상황'을 의미한다. 이러한 폭력은 결과적으로 손상, 사망, 심리학적 폐해, 발달 장애 또는 상실을 초래하거나 초래할 가능성이 매우 크다. 이러한 정의는 자살이나 무력충돌뿐만 아니라 대인간 폭력을 모두 포함하고 있고, 실제 물리적인 행동뿐 아니라 위협이나 협박까지도 포함하는 매우 광범위한 개념이다(질병관리청, 2024).

폭력의 형태로는 대인간 폭력(interpersonal violence), 자살이나 자해(suicide and self harm), 집합적 폭력(collective violence)으로 크게 구분할 수 있다. 개인 또는 소규모 그룹에 의해 발생되는 대인간의 폭력은 청소년 폭력, 배우자 폭력, 아동·노인 학대와 같은 유형의 가족폭력, 타인에 의한 납치 성폭력, 학교, 직장 요양원 등과 같은 기관(환경)에서의 폭력을 포함한다. 대인간의 폭력은 신체적, 성적, 심리학적 폭력으로부터 상실, 방임에 이르는 광범위한 행동, 행위들을 포괄한다. 청소년 폭력은 일반적으로 범죄로 다루어 구분한다. 가족 내 폭력(배우자 폭력, 아동학대, 노인학대 등)은 일반적으로 많은 부분이 외부에 노출되지 않는다.

경찰이나 법원에서는 드러나지 않은 폭력이나 폭력에 대한 인지 또는 대응방법에 대한 준비에는 관심도가 낮다. 대인간 폭력의 다른 형태는 대부분 많은 공통적인 위험요인을 가지고 있다는 점인데, 심리학적 행위적 특성(낮은 행위 통제 수준, 낮은 자존감, 인성·행동장애 등)이 그것이다. 폭력으로 인한 죽음 중 살인사건 유가족의 애도반응은 강렬한 분노, 복수심, 신념과 가치 체계의 상실, 사회적 고립, 과도한 죄의식, 공포와 자살관념 등을 수반하게 된다(김태경, 2015).

4. 자살

세계보건기구에 따르면 자살(suicide)은 "자살 행위로 인하여 죽음을 초래하는 경우로, 죽음의 의도와 동기를 인식하면서 자신에게 손상을 입히는 행위"라고 정의했다. 자살이란 sui(자신)과 cidium(죽인다)라는 라틴어에서 유래한 것으로 뒤르켐(Durkheim, 1897)은 "자살은 장차 초래될 결과를 알고 자신에게 행하는 적극적 또는 소극적 행동으로 직접 또는 간접적 죽음의 형태를 띠고 있는 자신에 대한 살인행위"라고 정의했다.

자살은 세 가지 지표로 설명된다(Durand & Barlow, 2017). 첫째 삶을 끝내기 위한 자살 아이디어나 생각에 집중하는 자살생각(suicidal ideation), 둘째 삶을 끝내기 위한 구체적인 방법을 만드는 자살계획(suicidal plan), 셋째 죽을 의도를 가지고 자해 행위를 수행하는 자살시도(suicide attempt)다. 자살생각은 연속 과정의 시작 단계로 이해할 수 있다(Lester & Young, 1999). 매년 약 80만 명의 사람들이 자살로 인해 사망한다(WHO, 2020). 경제협력개발기구(OECD) 국가들은 자살 예방을 위해 다양한 개입을 시도하고 있다(Ishimo 외, 2021; Milner 외, 2017; Kreuz 외, 2017; 오시현 외, 2022). 자살로 처리되었으나 타살의 의혹이 남는 경우가 있는데 이 경우엔 의문사로 분류한다.

자살은 당사자의 가족, 친척, 그리고 친구나 동료 같은 주변 지인에게 상당한 정신적 충격과 고통을 주며 연쇄 자살 등 상당한 사회적 손실을 유발하기 때문에, 전 세계 거의 대부분의 국가에서 매우 부정적인 것으로 여긴다. 자살의 원인은 여러 가지 측면에서 살펴볼 수 있다. 자살하는 사람들은 의식의 단절을 통해 참을 수 없는 심리적 고통이나 압력에서 벗어나기 위한 도피 수단으로 자살을 선택하며, 자살을 유발하는 가장 중요한 심리적 요인은 절망감으로 알려져 있다. 절망감은 고통스러운 상황이 해결될 수 없거나 앞으로 더 악화할 것이라는 미래에 대한 비관적인 예상을 의미하고, 절망적이고 고통스러운 상황에서 벗어날 수 있는 최선의 해결 방법으로 자살을 택하게 된다.

뒤르켐이 제시한 자살론에서는 자살이 개인적 요인이 아닌 사회적·구조적 요인으로 인한 결과이다. 그는 자살을 사회적 통합과 사회적 규제라는 두 가지 차원에서 네 가지 유형으로 구분했다. 사회적 통합이란 타인이나 사회와의 유대관계를 의미하며, 사회적 규제는 개인에 대한 사회적 규칙이나 규범의 영향력을 의미한다.

자살의 네 가지 유형에는 첫째 이기적 자살(egoistic suicide)이 있다. 개인이 사회에 통합되지 못해 사회로부터 격리되고 지지를 잃음으로써 고립감, 소외감에 빠져 발생한다. 가족이나 친구와의 사회적 유대가 결여되는 경우에도 사회적 통합이 결여되기 때문에 자살이 발생할 수 있다.

둘째, 이타적 자살(altruistic suicide)이 있다. 이기적 자살과는 반대로 개인이 사회에 지나치게 통합돼 있어 자살로 인한 사망 자체가 사회를 위하는 길이라고 생각할 때 발생한다. 군대조직과 같이 소속 구성원들에게 집단을 위한 헌신과 충성을 우선적으로 강조하는 공동체에서 발생하고, 전쟁터에서의 육탄돌격대, 일본의 카미카제, 할복 등이 여기 해당한다.

셋째, 아노미적 자살(anomic suicide)이 있다. 집단이나 사회의 규범이 느슨한 상태에서 개인적 욕구가 실현되지 않는 경우 발생한다. 개인의 현재와 미래의 역할에 대한 불확실성이 큰 경제위기 상황이 발생했을 때 사회가 적절한 규제를 하지 않으면 자살이 발생하는 것이다.

마지막으로, 숙명적 자살(fatalistic suicide)은 사회적 구속의 정도가 높은 사회에서 발생한다. 개인에 대해 사회 규범에 의한 구속력이 너무 강해 더 이상 희망을 발견할 수 없을 때 유일한 탈출구로서 자살이 발생한다. 개인의 욕구가 과도하게 억압되면 자살이 발생한다는 것이다(유지영, 2018). 중앙심리부검센터 『자살예방 사례문헌집』(2019)에서는 자살의 주요 요인을 7가지로 분류했으며 다음과 같다.

① 정신질환

높은 자살위험은 급성질환 상황, 퇴원 직후(거의 절반 이상이 퇴원 후 첫 외래 방문 이전에 자살함) 또는 최근 정신건강서비스 기관 접촉과 연관되어 있다. 실제로 자살한 사람의 약 25%가 죽기 전 해에 정신건강 기관과 접촉했다고 보고된다. 자살과 연관되는 구체적인 정신질환에는 우울증, 약물 남용, 조현병, 인격장애 등이 있다. 약물 남용과 인격장애는 남성에게, 우울증은 여성에게서 더 높게 나타난다.

② 자살하려는 의도

분명한 자살의도는 자살에 대한 확실한 예측 요인이 된다. 자살의도는 세심한 계획과 치명적 방법을 고려하는 심각한 수준에서부터 계획 미비, 행동 은폐, 실패 등의 그리 심각하지 않은 의도나 양가감정까지 다양하다. 어떤 사람이 분명한 의도를 나타내고, 즉시 시행할 계획을 갖고 있고, 자살 수단에 접근할 수 있다면 자살의 위험은 매우 높다고 볼 수 있다. 이런 의도는 단기간(하루, 몇 시간 또는 더 짧은 시간)에도 변동이 있을 수 있다는 점을 인식하는 것이 중요하다.

③ 자살시도력

과거에 자살을 시도한 사람의 자살률은 특히 자살시도 후 첫해에 상당히

높아지며, 따라서 과거의 자살시도는 앞으로 일어날 자살의 강한 예측 요인이 된다. 실제로 자살사망자의 약 절반이 자살을 시도한 과거력을 가지고 있으며, 4분의 1이 죽기 전 해에 자살을 시도했을 것으로 추측된다. 자살위험은 지속적일 수 있어 과거의 자살시도는 오래 전에 발생했더라도 자살의 주요 예측 요인이 될 수 있다.

④ 치명적인 수단의 사용

치명적인 수단의 사용(예: 총, 농약 등)은 즉시 생명을 빼앗아갈 수 있기 때문에 치명적인 수단에 대한 접근은 주요 우려 사항이 된다. 특히 이러한 수단을 쉽게 구할 수 있거나, 자살할 의도가 분명하거나, 과거에 자살시도가 있었다면 더욱 그렇다. 이러한 치명적인 수단과 함께 약물이나 자살에 사용될 수 있는 다른 유독성 약물(농약 등)이 자살 수단으로 활용되는 경우가 있다.

⑤ 성별

여성은 남성보다 자살할 생각을 표현할 가능성이 약간 더 높으며, 자살시도의 경우에는 최대 2~3배 가능성이 높지만 남성들의 경우 여성보다 치명적인 방법을 사용하기 때문에 실제로 자살에 이르는 경우가 높다.

⑥ 연령

자살은 모든 연령대에서 발생할 수 있다. 예를 들어, 10대 초반의 어린이에게도 있을 수 있으며 아주 드문 일로 전체 자살의 1% 미만이다. 청소년(15~24세)과 노년층(75세 이상)이 모든 연령대 중 가장 자살률이 높다.

⑦ 심리사회적 스트레스 요인

자살행위로 이끄는 심리사회적 스트레스 요인은 다수이며 대개 서로 관련되어 있다. 이런 요인에는 사망이나 이혼에 의한 가까운 인간관계의 상실, 실직과 다른 업무 관련 상실, 만성질환이나 장애, 만성통증, 소송 관계, 대인관계 갈등과 기타 생활사건 등이 있다. 이혼이나 별거 중인 사람은 결혼한 사람보다 2~3배 자살할 생각을 더 많이 가지고 있을 수 있고 3~5배 자살시도의 가능성이 높다.

"죽고 싶다", "차라리 내가 없으면 좋겠어", "요즘 계속 잠을 못 자", "입맛도 없고 밥을 먹을 수가 없어" 등을 말하면 언어적 징후들이 나타난 것이다. 수면제를 모으는 행위, 자신의 중요한 물건을 타인에게 나누어준다든지, 유서를 작성하는 것, 우울증 증상이 심해지거나 사람들을 만나지 않으려 하는 것, 평상시와 다르게 잠을 과하게 많이 자거나 적게 자는 것 등은 행동적 징후이다. 상황적 현상으로는 극심한 스트레스 상황에 놓이는 것, 경제적 어려움이 생기는 것, 사랑하는 사람을 잃은 상실 등이 일어나고 자살하기 전 징후를 남기는 것이다.

이런 언어적, 행동적, 상황적 단서들이 나타날 경우 민감하게 반응하고 적절하게 대처하는 것이 중요하다. 자살을 심각하게 고려하고 시도하는 사람이더라도 그 이면에는 죽고 싶다는 마음과 동시에 살고 싶다는 마음이 공존한다. 자살 관련 대처방법은 다음과 같다.

첫째, 자살의 신호에 민감하게 반응하고 직접적으로 물어봐야 한다.

둘째, 자살 위험에 노출된 사람을 혼자 두지 않는 것으로 자살 도구를 비롯한 위험 요인으로부터 격리시키고 안전한 환경에 머물도록 하는 것이 중요하다.

셋째, 비판하거나 판단적인 태도가 아닌 수용하고 공감하는 자세로 상대방이 편하게 마음을 나눌 수 있도록 경청하며 힘이 되고 지지해 주는 말을 하는 등 상대방이 혼자가 아니라는 사실을 상기시켜 주는 것이다.

넷째, 정신과, 심리상담센터 등을 통해 전문적인 치료를 받을 수 있도록 돕는 것이 중요하다. 자살은 신체적, 정신적 질병과 관련된 경우가 많으며 우울증은 자살과 매우 밀접한 연관성을 가지고 있기 때문이다.

Ⅳ. 나가며

사랑하는 가족이 병, 사고로 죽는다고 하면 정신적인 충격을 받게 된다. 가족의 죽음은 외상성 스트레스 장애로 올 수 있으며, 몇 개월 또는 몇 년 동안 힘들어할 수 있다. 충격적인 사건을 경험한 사람에게 필요한 것은 주변 사람들의 정서적인 지지이며 주변 사람들의 역할이 중요하다.

OECD 회원국 42개국의 세계 자살률 순위(2018~2020년 통계자료)를 보면 우리나라가 1위다. 자살은 여러 가지 원인으로 발생할 수 있으며, 심리적 지원, 사회적 연결 강화, 정신건강 서비스 제공의 확대 등이 자살 예방을 위한 중요한 요소이다.

1. 외상성 사건(traumatic event)에 대해서 쓰세요.

2. 외상후 스트레스장애의 심리적 증상은 무엇인가요?

3. 외상의 구분에서 자연재해와 사회재해를 쓰세요.

4. 개인에게 발생한 횟수에 따라 외상을 구분할 수 있는데, 단 한 번의 충격적 사건으로 인해 입게 되는 심리적 상처는 무엇이 있을까요?

5. 뒤르켐이 말한 자살의 네 가지 유형을 쓰세요.

① 이기적 자살

② 숙명론적 자살

③ 아노미적 자살

④ 이타적 자살

10 문학치료학을 활용한 죽음교육

이미영

삶과 죽음을 있는 그대로 이해하는 것은 참으로 복잡하다. 그래서 문학작품을 통해 삶과 죽음을 이해하고자 하는 시도를 하기도 한다. 핵가족화·도시화된 현대인의 삶에서 장례 절차를 통한 죽음의 간접 경험조차 그리 쉽지 않다. 이렇게 죽음은 직접 경험하고 가르칠 수도 없고, 배울 수도 없는 일이다. 삶과 죽음을 이해하고 배운다는 것은 대단히 어려운 문제이기에 적절한 활용 매체가 절실히 필요하다. 이에 문학작품에서의 삶과 죽음의 모티프(motif)를 통한 사유와 공감은 자기 서사의 변화를 도모할 대안이 필요하다고 하겠다. 이에 따라 죽음교육의 방법론으로서 서사가 적합함을 밝히고 서사를 근간으로 하는 문학치료학이 생사학의 방법론으로 적합한 이유를 살펴보고자 한다. 나아가 실천적으로 청소년과 40대 자살고위험군을 대상으로 문학치료학을 활용한 죽음교육의 사례를 소개한다.

I. 죽음교육에 왜 서사가 중요한가?

인간은 '호모 스토리언스(Homo Storiens)', 즉 '서사적 인간'이라고도 한다. 그만큼 인간은 이야기적으로 생각하고 말하는 체계를 가졌으며, 인간은 본래 스토리적으로 사고하고 행동하는 존재라 할 수 있다. 인간이 서사적이라는 말은 서사를 이해하는 방식으로 인간을 이해할 수 있다는 것을 의미한다. 문학치료학에서는 인간과 문학을 서사적으로 이해한다. 문학치료학은 인간을 문학적으로 볼 수 있게 하였다. 즉, '인간을 문학으로 보고 문학을 인간'으로 본다. 문학작품을 바라보는 방식으로 인간은 인생을 바라보기 때문에, 문학작품과 인생을 같은 방식으로 다룰 수가 있는 것이다. 인간은 '서사적 인간'이기에 필요한 사항들을 서사를 통해 교육하는 것이 중요하다고 할 수 있다.

그래서 문학치료학은 죽음을 경험하지 못하거나 죽음에 대한 사유를 할 기회가 많지 않은 사람들에게 죽음교육을 서사적으로 하기에 유용하다. 특히 죽음을 직접 경험하는 것은 불가능하기에 문학작품 속의 죽음서사로 죽음을 이해할 수 있다. 죽음을 구연한 이야기를 읽고, 다시 쓰고, 대화를 통해 공감하고 성찰하여 내면화할 수 있다. 따라서 죽음과 연관된 삶의 의미에 대해 사유하기에 적합하다고 할 수 있다. 문학작품을 통해 삶에서 경험하지 못했던 죽음서사를 제공받을 수 있다. 죽음서사가 우리에게 중요한 것은 단편적인 죽음의 순간을 초점화하기보다 죽음의 시작 지점에서부터 끝날 때까지의 전 과정을 지켜볼 수 있기 때문이다. 그런 의미에서 서사는 시뮬레이션(simulation)이다. 여기에서 자기 서사의 변화는 결국 자기 서사의 '보충'과 '강화'와 '통합'을 통해서 이루어진다. 즉, 문학작품의 작품서사는 자기 서사에 누락된 부분을 보충해 주기도 하고, 미약한 부분을 강화시켜 주기도 하고, 분열되어 갈등하고 있는 부분들을 통합해 주기도 하면서 자기 서사의 변화를 유도한다고 할 수 있다.

문학치료학의 서사 이론은 자기 서사를 진단한 후에 선정된 작품을 사례자에게 제시하고 이에 대한 반응을 도출하는 과정을 통해 프로그램의 수정, 보완 지점을 탐색하고 추후 방향성을 타진하여 결과적으로 죽음 언급을 회피하지 않고 내재화된 자기만의 이야기를 생각하고 창작하고 말함으로써 삶의 의미를 재정립하고 삶에 대한 개념 변화를 지향하게 할 수 있다.

문학치료는 '서사적 인간학'을 기반으로 삼는 가운데 인간 내면의 서사를 조정함으로써 삶의 조정과 변혁을 추구하는 독창적이고 도전적인 인문학적 치유론이다. 문학치료학은 인간 활동이 곧 문학이며 나아가 인간 자체가 문학이라고 본다. 인간이 곧 문학이므로 문학을 치료함으로써 인간을 치료한다는 것이 문학치료학의 기본 명제가 된다.

그렇다면 원리적인 면에서 죽음교육과 문학치료학의 관계는 어떠한가?

만약 내면에 죽음에 대한 자기만의 서사가 있다면 건강한 삶을 감당해 나갈 힘을 가질 수 있을 것이다. 서사적인 교육의 장점은 엉성했거나 불분명했던 서사도 온전한 서사로 재구성해서 이해해 볼 수 있다는 데 있다. 아직 다 형성되지 못한 부분의 서사를 채워나갈 수 있는 것이다. 서사를 중요시하는 이유는, 서사를 통해 문제의 앞뒤 맥락을 이해하고 공감하는 일이 가능해지기 때문이다.

그간의 죽음교육은 내용 면에서 죽음의 순간, 장례 문제, 유언과 상속, 입관 체험 등의 활동에 치우친 면이 있다. 이때 자칫하면 죽음을 사유하는 내용은 빠지고 활동 자체만 기억나게 할 수 있다. 죽음을 사유하는 죽음교육 활동에는 다양한 것이 있다. 그중에서도 문학을 죽음교육에 활용하는 이유는 죽음에 대한 전체 서사를 살펴 내면화시킬 수 있기 때문이다. 작품이 가지고 있는 서사가 문제 상황에 대해 잘 이해하고 감당할 수 있는 힘을 길러준다고 하겠다.

죽음이 끝이 아니며 삶의 연장선 안에서 바라볼 수 있게 하며, 단순히 생(生)과의 단절이 아닌 상승적 의미가 내포된 다의적 해석이 가능함을 말해주고 있다. 따라서 문학치료학에서 죽음 모티프를 활용한 분석과 상징적 의미의 연구는 삶과 죽음에 대한 성찰의 기회를 제공하고 죽음 관련 상담과 죽음 교육 프로그램으로 임상 현장에서 활용할 가치가 크다고 할 수 있을 것이다. 문학치료학의 방법론을 활용하여 죽음교육을 진행하는 것은 중요하다고 본다. 죽음을 이야기하는 작품을 감상하고, 새로운 나만의 작품 창작을 통해 서사를 수행할 수 있는 능력을 향상시킴으로써, 자기 서사를 변화시키고 내면화한다면 삶의 의미를 새롭게 정립하여 종국에는 삶의 태도 변화가 가능하다고 본다.

죽음교육의 대안으로 문학치료학을 활용하고자 하는 이유는 다음과 같다.

첫째, 죽음교육과 문학치료학은 인간의 건강한 변화를 추구하는 인간학이다. 죽음교육은 인간의 전 생애를 다룬다. 인간을 성장하고 발달하는 존재로 바라본다. 퀴블러 로스는 죽음을 '인간의 마지막 성장'으로 보았다. 전병술은 "학문의 궁극적 의미는 삶과 죽음에 대한 해석을 통해 삶의 태도 변화를 이끌어내는 것이다"라고 보았다. 문학치료학은 인간관계 내에서 자기 서사의 변화를 목표로 한다. 죽음교육과 문학치료학은 인간 성장을 목표로 하고 있다는 점에서 상동성을 지닌다. 다만 문학치료학은 방법론에서 서사 맥락을 활용함으로써 자기 서사의 내면화를 추구한다는 면에서 방법론적으로 새롭다고 하겠다.

둘째, 죽음교육과 문학치료학은 삶과 죽음의 인식 전환을 추구하는 학문이다. 대만, 일본, 우리나라 등 동양의 생사학(生死學)은 서양의 죽음학의 기본 요소를 수용하면서 전통적인 사생관과 생명윤리의 문제까지도 포함시키고 실천학으로서 죽음학을 정립한다. 서양의 죽음학이 호스피스 돌봄과 임종 돌봄 등 현장 연구에 초점을 두고 연구·교육이 되었다면, 생사학은 죽음학에 삶의 문제가 결여되었음을 주목하여 삶과 죽음을 일원화하여 생사와 연결된 문제를 연구 대상으로 한다. 생사학이라고 하면 우리 사회에서 생소한 분야이지만 생사학은 삶에만 치우치는 것과 죽음에 편향되는 것 역시 배척하며 삶과 죽음의 균형 관계를 모색한다.

II. 죽음교육에 문학치료학을 활용한 사례연구

죽음 경험이 없는 청소년에게 삶의 의미를 추구하는 죽음교육을 위해 삶과 죽음을 구연한 이야기를 통해 문학치료학 서사 이론을 활용했다. 이에 더해 40대 자살고위험군 대상 문학치료 프로그램으로 인간관계 내에서 자기서사의 문제점을 진단하여 자기를 이해함으로써 다양한 가능성을 가지고 삶을 모색할 수 있도록 했다.

1. 삶과 죽음을 구연한 스토리를 통한 청소년 죽음교육 사례연구

'2019 한국생사관 연구자료를 위한 설문지'를 통해 '죽음을 소통단절로 인식'한 청소년에게 함께 논의하기 위해 『내가 가장 슬플 때』, <선녀와 나무꾼>, <만고충신 김덕령>을 제공했으며, '죽음을 삶의 성장으로 인식'한 주제로 의견을 나누기 위해 『100만 번 산 고양이』, <구복여행>, <환생한 송아지 신랑>을 제공했다. '삶 속 인간관계 맺기 인식'을 주제로 의견을 나누기 위해 『오소리의 이별 선물』, <내 복에 산다>, <호식당할 팔자 면한 신바닥이>를 제공했다. 문학치료학의 서사 이론을 활용하여 진행한 청소년 죽음교육 프로그램은 [그림 5]에서 볼 수 있듯 3단계의 절차로 구성되었다.

[그림 5] 청소년 죽음교육 사례연구의 프로그램 설계 절차

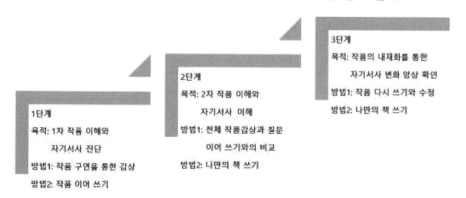

본 문학치료 프로그램은 김혜미의「구비설화 <구복여행>을 활용한 청소년 생명지킴이 문학치료 프로그램 사례연구」의 프로그램에 따라 설계했다. 김혜미의 절차에 덧붙여 사례자들이 직접 쓰는 '나만의 책쓰기'를 병행해 자기 이해를 돕고자 했다. 나만의 책쓰기는 사례자가 자신이 현재 관계 맺는 방식이나 고민하고 있는 지점을 확인할 수 있도록 하는 방법으로 기존의 프로그램에 덧붙여 활용하면 시너지 효과를 준다고 판단해 함께 진행했다.

1회기는 사례자들의 특징을 알고자 그림책『내가 가장 슬플 때』를 읽게 했다. 그리고 정보 활용 동의서를 작성하고 '나만의 책쓰기'를 설명했으며 책쓰기 어플 '하루북' 사용법 가이드를 제시하고 사전 설문조사를 실시했다. 2회기~3회기는 죽음을 소통 단절로 인식하는 이야기를 주제로『내가 가장 슬플 때』, <선녀와 나무꾼>, <만고충신 김덕령>을, 4회기~6회기는 죽음을 삶의 성장으로 인식하는 이야기를 다루고자 그림책『백만 번 산 고양이』, <구복여행>, <환생한 송아지 신랑>을, 7회기~9회기는 삶 속의 인간관계 맺기 방식을 이야기하고자 그림책『오소리의 이별 선물』, <내 복에 산다>, <호식당할 팔자 면한 신바닥이>를 감상하고 이어쓰기, 원작과 이어쓰기 비교, 다시 쓰기 프로그램을 진행했다. 10회기에는 가장 마음에 드는 이야기를 수정하여 다시 쓰기를 했다.

그리고 11회기에는 개별적으로 만나 좀 더 내밀한 이야기를 나누면서 재창작 과정인 작품 수정을 수행했다. 사례자들을 개별적으로 만난 이유는 사례자 랜디와 미르는 문학치료 프로그램 활동 중 작품에 대한 반응이 상이한 경우가 많았기 때문이다. 이에 따라 각자 개별적인 질문을 좀 더 해볼 필요가 있어 이와 같이 진행했다. 12회기에는 출판기념회를 통해 각자가 쓴 재창작된 작품에 대한 스토리텔링과 소감을 진행하고 사후 설문조사 후 '나만의 책쓰기'를 종결했다.

함께 진행하는 '나만의 책쓰기'의 목적은 죽음을 구연하는 작품에 접속하는 경험이 일상에서 삶의 의미를 사유하도록 하는 데 있다. 따라서 죽음과 삶이 유기적으로 연결되는 지점을 사례자의 삶의 현장에서 생생한 자기 삶의 언어로 드러내는 데 초점을 두었다. 문학치료 활동에서 글쓰기는 학생들이 자기 서사를 발견해 자기 성찰을 할 수 있게 돕는다. '나만의 책쓰기'는 문학심리분석상담사가 사례자의 자기 성찰을 깨우쳐주기보다는 스스로 자기 서사를 발견하고 알아차림으로써 자기 성찰을 하도록 돕는 데 그 의미가 있다.

본 사례에서는 삶의 의미를 찾아가는 청소년 교육을 목적으로 죽음에 대한 인식을 증진시켜 주는 문학작품 감상을 첫 번째 활동으로 구성했다. 평소 글쓰기를 좋아하는 청소년 2명을 대상으로 죽음교육 프로그램을 진행했다. 두 사례자는 공통적으로 미래의 꿈이 작가로 글쓰기에 관심이 있어 함께 작품을 감상하며 작품 창작하기를 선호하여 이 프로그램에 참여하게 되었다.

설화와 그림책을 활용한 죽음교육 프로그램 1단계에서는 작품 감상과 이어쓰기를 통한 1차 자기 서사를 진단했다. 설화 구연과 그림책 함께 읽기를 통해 청소년 사례자들이 작품의 서사를 만나는 과정을 거쳤고, 이어쓰기를 통해 작품 속의 상징적 인물이나 문제 상황에 대해 어떤 태도를 보이고 무슨 감정을 느끼며 선호도는 어느 정도인지 파악했다.

[그림 6] 청소년 사례자 미르와 랜디의 죽음인식 변화 양상

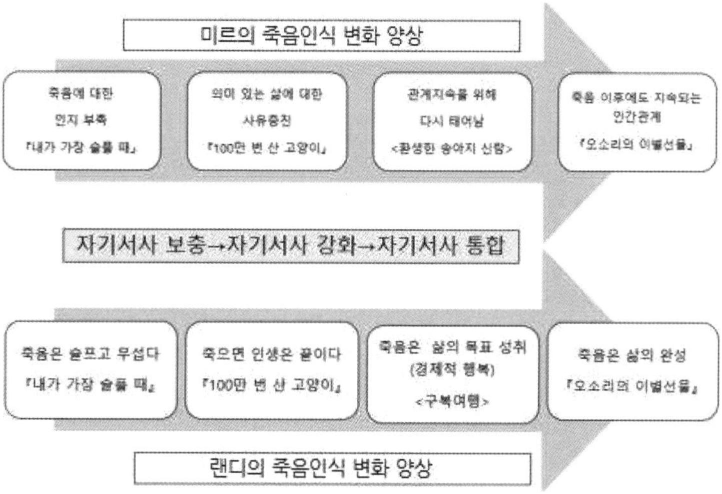

189

2단계에서는 전체 작품 감상과 관련된 질문을 통해 2차 자기 서사를 이해했다. 이 단계에서 사례자는 '나만의 책쓰기'를 수행하면서 자신의 일상을 자기 말로 써보는 기회를 가졌다. 창작에 대해서 문학심리분석상담사와 의문점을 질문하고 답하는 과정을 거쳐 내용을 좀 더 짜임새 있게 수정하는 기회를 가질 수 있었다. 이때 문학심리분석상담사는 사례자가 이어쓰기를 한 작품과 원래 작품을 비교해 반복적인 반응을 드러내는 사례자의 자기 서사 경향성을 파악할 수 있었다.

3단계에서는 작품 재창작과 '나만의 책쓰기'를 통한 변화 양상을 확인했다. 마지막 단계는 기존 작품을 바탕으로 작품 다시 쓰기를 했다. 이때, 창작에서 중요한 점은 완결성과 서사적 개연성이 있는 스토리를 구성해야 한다는 것이다. 작품을 재창작하는 것은 자기 노출과 탐색의 효과를 확인하고, 작품의 의미가 내면화된 정도를 확인할 수 있기 때문이다. 이 단계에서는 작품을 잘 이해하고 구현해 내는 방편으로 원작품에 대한 이해를 바탕으로 창작을 진행했다.

본 사례에서 사례자의 작품에 대한 반응을 통해 크게 두 가지를 확인할수 있었다. 죽음교육 프로그램 중 문학작품을 통해 자기 서사의 보충, 강화, 통합이 일어남에 따라 청소년의 죽음 인식 양상에서 죽음에 대한 사유가 증진되고 죽음을 삶의 끝으로 보던 인식에서 삶의 완성으로 인식이 변화하는 양상을 보인 것이다. 특히 죽음인식의 양상 변화가 청소년의 삶에 대한 개념의 변화 양상에 영향을 미치는 것을 알 수 있었다. 새로운 죽음이해를 통한 성장과 독립적 삶의 욕구를 실현할 뿐 아니라 새로운 관계 재정립을 이해하고 관계 지향적 삶을 추구하는 태도를 엿볼 수 있었다. 죽음교육 후 설문조사에서 공통적으로 나타난 미르와 랜디의 죽음인식에 대한 변화 양상을 통해서 죽음 이후 소통에 대한 거부감이 들지 않는 것으로 인식한 것을 볼 때 문학치료학적으로 자기 서사의 변화 양상을 재확인할 수 있었다.

본 사례는 죽음을 구연한 이야기를 통해 삶의 의미를 찾아가는 죽음교육 프로그램 활동을 통해 청소년이 죽음에 대한 인식이 생김으로써 자신만의 죽음에 대한 가치관을 형성할 단초를 마련한 것이다. 작품 창작 과정을 통해 이렇게 만들어진 죽음에 대한 인식은 삶을 구체적으로 조망하고 그동안 미미했던 인간관계의 중요성을 깨닫고 성장하는 삶을 지향하는 태도에 영향을 미칠 수 있음을 알 수 있다.

따라서 무한한 가능성을 가진 청소년이 다양한 죽음서사와 접속함으로써 삶의 의미를 찾아가는 서사를 이야기(storytelling)할 수 있는 계기와 장이 많이 마련되어야 한다. 청소년들에게 매스미디어나, 사회교육을 통한 죽음교육은 물론, 정규 교과과정을 통해 죽음교육을 실시함으로써 죽음에 대한 올바른 태도와 긍정적 삶의 자세를 갖도록 하는 일이 매우 중요하다. 죽음교육은 죽음의 의미 이해와 올바른 죽음 인식을 갖게 해줄 뿐 아니라 죽음을 긍정적으로 수용하고 자신의 정체성 형성에 도움을 받음으로써 현재 삶의 가치와 중요성을 인식할 수 있는 계기를 마련해 주기 때문이다.

2. 설화를 활용한 40대 기혼여성 자살고위험군 상담사례 연구

본 사례는 부부 갈등으로 가정폭력과 자살 충동의 어려움을 겪고 있는 40대 기혼여성 수선(가명)의 인간관계 맺기 방식을 문학치료 프로그램과 '나만의 책 쓰기'를 통해 살펴본 것이다. 그리고 수선의 인간관계 내에서 자기서사의 문제점을 진단하여 자기 이해를 함으로써 다양한 가능성을 가지고 삶을 모색할 수 있도록 하기 위해 진행되었다. 부부 갈등을 겪고 있는 내담자 수선은 점점 더 대화를 회피하는 남편에 대한 답답함과 양육 스트레스로 자살 충동을 느끼고 자살예방센터에 전화 상담을 하기도 했다. 평소 글쓰기에 관심이 많은 수선은 자살예방센터에서 제안한 문학치료 프로그램을 수락했고, 주 1회 90분씩 12회기에 걸쳐 실시했다. 자살 충동을 느끼는 내담자이기에 자살을 극복할 수 있는 관계 맺기 방식을 시뮬레이션할 수 있는 작품을 선정했다. 수선은 자신이 자살 충동을 느끼고 있는 것을 알고 자살예방센터에 전화하여 자기 자신의 현 상황을 이겨내려고 노력한 경험이 있다. 이에 따라 '죽음'의 장면에서 자살을 극복하게 해주는 인간관계망이 나타나는 작품을 탐색하는 것이 중요하다고 보았다.

구비설화 <해와 달이 된 오누이>, <내 복에 산다>, <효불효 다리>, <콩쥐와 팥쥐>, <정승 딸을 만나 목숨 구한 총각>, <지네각시>를 통해 문학치료 프로그램을 설계했다. 이는 ① 설화 구연을 통한 감상과 설화 이어쓰기를 통한 1차 작품 이해, ② 전체 작품 감상과 관련된 질문을 통한 2차 작품 이해, ③ 설화 다시 쓰기와 나만의 책 쓰기를 통한 변화 양상 확인으로 구성되었다. 이와 같은 설계를 기반으로 진행된 문학치료 프로그램에서 40대 기혼 여성 수선은 이어쓰기, 원작과의 비교, 다시 쓰기, 나만의 책 쓰기를 통해 부정적 모성 대물림을 받은 자기를 이해하게 되었고 남편을 있는 그대로 바라보고 이해하기로 했다. 결과적으로 본 문학치료 프로그램을 통해 먼저 수선 자신을 객관화해서 바라볼 수 있었고, 자기의 남편에 대한 집착의 근원이 자신의 부모와의 관계에서 비롯되었음을 인식하게 되었다. 이에 수선 스스로 남편에게 집착하는 관계 맺기 방식을 인식하고 남편을 있는 그대로 바라보고 이해하고 소통하고자 노력하는 계기를 마련하게 되었다.

본 문학치료 프로그램은 구비설화 <구복여행>을 활용한 청소년 생명지킴이 문학치료 프로그램 사례연구의 단계를 따라 설계했다. 문학치료 상담의 구성은 2~7회기는 1, 2단계를 진행했고, 8~12회기는 3단계를 진행하도록 짰다. 7회기 동안 선정된 작품을 감상하고 활동하면서 책 쓰기 어플 '하루북'을 활용하여 수선이 직접 쓰는 '나만의 책 쓰기' 과정을 병행함으로써 자기를 객관화해서 바라볼 뿐 아니라 자기 이해를 도와 자기 치유를 모색할 수 있도록 했다. 이에 상담사가 '나를 찾기 위한 과정으로서의 글쓰기'를 제안했다. 이에 따라 '나만의 책 쓰기'는 '수선의 인생 이야기'와 '설화 재창작'으로 구성하기로 했다.

1회기는 사례자의 특징을 알고자 초기 상담을 진행했다. 그리고 정보 활용 동의서를 작성하고 '나만의 책 쓰기' 프로젝트에 대한 설명, 책 쓰기 어플 '하루북' 사용법 가이드를 제시했다. 2회기~5회기는 부모-자녀 관계에 대한 자기 서사를 진단하기 위해 설화 <해와 달이 된 오누이>, <내 복에 산다>, <효불효 다리>, <콩쥐와 팥쥐>를 감상하고 이어쓰기, 원작과 이어쓰기 비교, 다시 쓰기 프로그램을 진행했다. 그리고 6회기~7회기는 죽음과 생명에 대한 가치관을 파악하고자 설화 <삼정승 딸을 만나 목숨 구한 총각>, <지네각시>를 선택했다. 8회기~12회기에는 가장 마음에 드는 이야기를 개연성 있게 재창작, 수정했다. 그리고 '나만의 책 쓰기 프로젝트'를 종결하는 것으로 계획했다.

이번 문학치료 프로그램의 설화 감상, 이어쓰기, 다시 쓰기의 과정을 통해 사례자는 부부관계 갈등의 원인이 사례자의 엄마가 남편에게 집착함으로써 자녀를 방임하는 '부정적 모성 대물림'에서 비롯됨을 객관적으로 확인하고, 그 책임을 엄마 탓으로 넘기지 않고 자신의 잘못을 인정하게 되었다. 또한 사례자는 자신이 현 상태를 감당할 수 없어 문제해결을 회피하는 방법의 일환으로 배움의 현장에서 돌파구를 찾고자 함을 확인했다.

본 사례에서는 사례자에게 드러난 문제 상황은 '자살시도'였지만, 설화를 활용한 문학치료 프로그램을 통해 자살시도의 원인이 부정적 모성 대물림에 기인한 부부관계의 소통 단절에 있음을 확인할 수 있었다. 본 문학치료 프로그램을 통해 먼저 사례자는 자신을 객관화해서 바라볼 수 있었다. 남편에 대한 집착의 근원이 자신의 부모와의 관계에서 비롯되었음을 인식하게 되면서 변화의 물꼬를 튼 것이다. 이에 사례자는 스스로 남편을 있는 그대로 바라보고 이해하고 소통하고자 노력하는 계기를 마련하게 되면서 가족관계의 변화 양상을 보이게 되었다.

3. 죽음교육은 서사를 활용하는 문학치료학이 유용하다

죽음교육에 '서사'를 활용하는 것은 중요하다. 만약 내면에 죽음에 대한 자기만의 서사가 있다면 건강한 삶을 감당해 나갈 힘을 가질 수 있을 것이다. 서사적인 교육의 장점은 엉성했거나 불분명했던 서사도 온전한 서사로 재구성해서 이해해 볼 수 있다는 데 있다. 서사 형태의 교육은 내면에 각인되어 죽음교육 효과를 지속하기에 유용하다. 이에 따라 '자신만의 구체적인 서사'를 확립해 갈 수 있는 내용이 제공돼야 할 필요가 있다. 그 대안이 '서사적 교육'이라고 하겠다. 서사적 교육이 중요한 이유는 인간은 자신의 경험과 기억을 서사적으로 인지하기 때문이다. 따라서 각자의 삶을 구조화하여 운영해 가는 자기 서사에 영향을 미칠 작품 서사를 제공하여 삶과 죽음에 대해 깊이 있게 사유할 수 있도록 서사적으로 교육할 필요가 있다.

결과적으로 문학치료학은 삶과 죽음을 구연한 스토리를 통해 삶의 의미를 찾아갈 수 있도록 돕는 데 유용한 방법이다. 왜냐하면 필멸할 수밖에 없는 취약한 존재인 인간에게 내재화된 작품 서사가 각자의 자기 서사와 조우하여 보다 건강한 삶의 방향으로 인간관계를 맺어 당당한 삶의 주인공으로 살아가도록 돕기 때문이다. 상호 담화를 통해 스스로 기억하여 내면에 담을 때, 그리고 자기 서사를 글로 펼쳐낼 때 '온전한 자기 것'이 되며 새로운 생명력과 가치가 살아날 수 있기 때문이다.

이처럼 삶과 죽음을 구연한 작품을 통한 문학치료학을 기반으로 죽음교육 프로그램을 진행했을 때 생명의 소중함을 깨닫고 가치 있는 삶을 지향해 나갈 수 있도록 도움을 줄 수 있다. 이것이 기존 죽음교육과의 차별점이라고 하겠다.

현재 문학작품을 통해 죽음인식의 변화를 도모하고 삶의 의미를 추구하는 문학치료학 서사 이론을 활용한 죽음교육 프로그램이 죽음교육의 한계를 보완하고 교육의 장에서 널리 확장되기를 바란다. 다음에 제시된 문학치료 활동은 삶과 죽음을 구연하는 스토리를 통해 죽음교육 활동을 하는 기초적인 방안을 보여주는 예시라고 하겠다.

؆ 그림책 『100만번 산 고양이』의 앞부분입니다. 이어질 내용을 상상하여 창작해 보세요.

백만 번이나 죽고 백만 번이나 살아난 고양이가 있었다. 고양이는 그동안 백만 명의 사람과 지냈지만, 고양이는 죽음을 앞에 두고도 한 번도 울지 않았다. 백만 년이나 죽지 않고, 백만 번이나 산 고양이는 백만 명의 사람으로부터 귀여움을 독차지했고, 백만 명의 사람이 고양이가 죽었을 때 울었다. 그러나 정작 고양이는 단 한 번도 울지 않았다.

한때 임금님의 고양이였지만 임금님을 싫어했다. 고양이는 전쟁터에 나갔다가 날아온 화살을 맞고 죽었다. 임금님은 성으로 돌아와 고양이를 묻어주고 엉엉 울었다.

한때 뱃사공의 고양이였지만 바다를 싫어했다. 세계의 바다와 항구로 다니다가 배에서 떨어져 죽고 말았다. 뱃사공은 나무 아래에 고양이를 묻고 엉엉 울었다.

한때 도둑의 고양이였지만 도둑을 아주 싫어했다. 고양이는 도둑질하러 갔던 집의 개에게 물려 죽고 말았다. 도둑은 좁다란 뜰에 고양이를 묻고 엉엉 울었다.

한때 서커스단 마술사의 고양이였지만 서커스 따위는 싫었다. 어느 날 마술사는 실수로 고양이를 상자 속에 넣고 정말 반으로 쓱싹쓱싹 자르고 말았다. 마술사는 천막 뒤에 고양이를 묻고 엉엉 울었다.

한때 홀로 사는 할머니의 고양이였지만 고양이는 할머니를 아주 싫어했다. 고양이는 나이가 들어 죽고 말았다. 할머니는 정원 나무 아래에 고양이를 묻고 엉엉 울었다.

한때 어린 여자아이의 고양이였지만 아이를 아주 싫어했다. 아이의 등에서 포대기 끈에 목이 졸려 죽고 말았다. 여자아이는 고양이를 나무 아래 묻고 온종일 울었다.

한때 고양이는 딱히 주인이 없었다. 처음으로 고양이는 자기를 무척 좋아했다. 멋진 얼룩 도둑고양이였다. 암고양이들은 그 고양이의 신부가 되고 싶어했다. 고양이는 "나는 백만 번이나 죽어 봤다고." 하면서 자기 자신을 좋아했다.

그런데 얼룩 고양이를 본 척도 하지 않는 새하얗고 예쁜 고양이가 있었다.

ᔆ 그림책 『100만번 산 고양이』의 전체 요약본입니다. 나의 작품과 비
교해 보세요.

백만 번이나 죽고 백만 번이나 살아난 고양이가 있었다. 고양이는 그동안 백만 명의 사람과 지냈지만, 고양이는 죽음을 앞에 두고도 한 번도 울지 않았다. 백만 년이나 죽지 않고, 백만 번이나 산 고양이는 백만 명의 사람으로부터 귀여움을 독차지했고, 백만 명의 사람이 고양이가 죽었을 때 울었다. 그러나 정작 고양이는 단 한 번도 울지 않았다.

한때 임금님의 고양이였지만 임금님을 싫어했다. 고양이는 전쟁터에 나갔다가 날아온 화살을 맞고 죽었다. 임금님은 성으로 돌아와 고양이를 묻어주고 엉엉 울었다.

한때 뱃사공의 고양이였지만 바다를 싫어했다. 세계의 바다와 항구로 다니다가 배에서 떨어져 죽고 말았다. 뱃사공은 나무 아래에 고양이를 묻고 엉엉 울었다.

한때 도둑의 고양이였지만 도둑을 아주 싫어했다. 고양이는 도둑질하러 갔던 집의 개에게 물려 죽고 말았다. 도둑은 좁다란 뜰에 고양이를 묻고 엉엉 울었다.

한때 서커스단 마술사의 고양이였지만 서커스 따위는 싫었다. 어느 날 마술사는 실수로 고양이를 상자 속에 넣고 정말 반으로 쓱싹쓱싹 자르고 말았다. 마술사는 천막 뒤에 고양이를 묻고 엉엉 울었다.

한때 홀로 사는 할머니의 고양이였지만 고양이는 할머니를 아주 싫어했다. 고양이는 나이가 들어 죽고 말았다. 할머니는 정원 나무 아래에 고양이를 묻고 엉엉 울었다.

한때 어린 여자아이의 고양이였지만 아이를 아주 싫어했다. 아이의 등에서 포대기 끈에 목이 졸려 죽고 말았다. 여자아이는 나무 아래 고양이를 묻고 온종일 울었다.

한때 고양이는 딱히 주인이 없었다. 처음으로 고양이는 자기를 무척 좋아했다. 멋진 얼룩 도둑고양이였다. 암고양이들은 그 고양이의 신부가 되고 싶어했다. 고양이는 "나는 백만 번이나 죽어 봤다고" 하면서 자기 자신을 좋아했다.

그런데 얼룩 고양이를 본 척도 하지 않는 새하얗고 예쁜 고양이가 있었다. 얼룩 고양이는 백만 번이나 죽어본 것을 자랑했다. 하얀 고양이는 별 반응이 없었다. 다음 날도 그 다음 날도. 얼룩 고양이는 하얀 고양이 곁에 있어도 괜찮냐고 물었고 허락을 받았다. 그리고 늘 곁에 붙어 있었다. 하얀 고양이는 귀여운 새끼 고양이를 많이 많이 낳았다. 얼룩 고양이는 하얀 고양이와 새끼 고양이들을 자기 자신보다 더 좋아했다. 새끼 고양이들이 자라서 훌륭한 도둑고양이가 되어 뿔뿔이 흩어졌다. 하얀 고양이는 조금 할머니가 되었다. 얼룩 고양이는 하얀 고양이와 오래오래 살고 싶었다. 어느 날 하얀 고양이는 죽었다. 얼룩 고양이는 처음으로 울었다. 백만 번이나 울었다. 얼룩 고양이는 하얀 고양이 옆에서 죽었다. 그리고 다시 살아나지 않았다.

원작과 이어쓰기의 서사적 특성 비교	
인물의 차이	
사건의 차이	
해결 과정의 차이	

ᡠᡠ 열린 질문에 자기만의 답을 해보세요.

1. 고양이가 백만 번이나 산다는 건 무슨 의미일까요?

2. 백만 번이나 산 고양이는 만나는 주인들을 모두 싫어했습니다. 왜 싫어했을까요?

3. 백만 번 살았을 때 고양이가 한 번도 울지 않은 이유는 무엇일까요?

4. 도둑고양이로 살 때, 고양이는 처음으로 자기만의 고양이로 살았는데 그 의미는 무엇일까요?

5. 고양이는 백만 번이나 살아났었지만, 하얀 고양이가 죽고 난 후에는 다시 살아나지 않았는데 그 이유는 무엇일까요?

6. 이 작품을 통해 보았을 때 '죽음'은 무엇이라고 생각하나요?

11 애도를 위한 정의예식

양준석

인생은 수많은 선택과 상실로 가득하다. 우리는 태어날 때부터 죽을 때까지 무수한 선택을 해야 하며 이에 따라 상실도 경험한다. 선택의 기로에서 결정하기란 쉽지 않은 것이지만 상실은 더더욱 어려운 경험이다. 우리가 경험한 상실 중에서 충격적이고 견디기 어려운 경험들도 있다. 그럼에도 불구하고 우리는 앞으로 나아가기 위해 상실을 부정하기도 하고, 상실에 우울해하기도 한다. 결국은 상실을 수용하고 적응하며, 상실 또한 떠나보내며 살아간다.

그런데 애착과 의존 정도가 심할수록 함께 했던 삶을 잃어버리는 사별 경험은 나와 세상의 관계에서 '멈춤 현상'을 가져오기도 한다. 바삐 움직이는 일상 속에서 무엇을 해야 할지 모른 채 관성대로 움직이거나 지난 시간을 반추하면서 살아간다. 시간이 약이라고 달래보지만, 마냥 시간이 흐른다고 상실의 슬픔이 해결되는 것은 아니다. 오히려 시간이 지날수록 더 큰 무게와 압박으로 다가와, 삶을 송두리째 바꿔놓기도 한다.

현대적 관점에서 상실 경험은 더 이상 자연스러운 과정으로 치부될 수 없다. 상실 경험에 따른 여러 증상들에 대해 치료적 요인들이 무엇인지 발견하고 이를 근거로 다양한 개입이 필요한 상황이다. 그중 애도 관련 의례가 상실 경험과 관련해 치료에 어떻게 작용하는지, 이를 기초로 개별적 사례에 의례를 통한 어떤 애도적 개입방법들이 있는지 함께 공유하고자 한다.

I. 죽음문화와 의례

애도 과정에서 죽음문화와 의례는 개인과 사회의 중요한 역할을 담당한다. 특히 불가항력적이고 되돌릴 수 없는 죽음은 인류 문화의 큰 역할을 담지하고 있고, 의례는 핵심적 역할을 담당한다. 미첼(Mitchell, 1977)은 죽음문화에서 예식(ritual)을 '공동의 상징적 활동에 대한 보편적 단어'로 설명했다. 예식과 관련된 죽음문화는 두 가지 요소를 가지고 있는데, 외적(신체적) 행동과 사회적 행동이다. 외적 행동은 내면의 현실을 상징하는 몸짓, 자세, 움직임을 의미하고, 사회적 행동은 예식활동에 포함되는 공동체를 말한다(Douglas, 1970).

이러한 죽음문화와 예식은 인간의 삶을 풍요롭게 하는 다양한 기능 중 본질적 기능으로 행위 주체와 대상 객체 간의 내밀한 소통에 의한 자기정화 기능, 재생 기능, 자기계발 기능, 자기실현 기능, 사회통합 기능, 인류통합 기능 등을 담당한다. 그중 '자기정화'는 정신적 승화작용을 말하며, 카타르시스(catharsis)라고도 한다. 카타르시스는 상실에 대한 여러 감정을 정화하는 기능과 신체 안의 좋지 못한 체액의 배설, 제거 등의 기능을 담당한다. 우리의 몸과 감정은 서로 연결되어 있어 감정적 정화를 제대로 하지 못했을 때 신체적 증상을 낳을 수 있고, 신체적 기능의 이상이 감정적 고통을 야기한다. 또한 죽음문화에서 의례활동을 통해 심성을 순화하고 고양시키는 정신적 기능과 역할을 수행함으로써 상실을 경험하는 사람들의 마음을 정화하고, 그들의 삶을 순화시킨다.

고대로부터 인간은 생명의 탄생부터 죽음까지는 물론, 죽음 이후에도 관심을 두었다. 가족이 죽으면 모든 것이 끝나는 것이 아니라 조상으로 자손을 위해 음덕을 베푸는 존재로 남아 있다고 생각했다. 그래서 의례를 통해 생사의 과도기적 경계를 두었고, 그 경계 역시 산 자와 죽은 자의 유대관계를 지속해 나간다고 의미를 부여했다.

여기서 의례(儀禮)란 제(祭)나 재(齋)를 통해 시행되는 형식을 갖춘 예의(禮儀)로서 관혼상제(冠婚喪祭) 등의 전통적 사회의식을 말한다. 실제 나라마다 민족마다 생명의 탄생에서 죽음, 그리고 죽음 이후에 이르기까지를 일종의 생애주기로 보고 생애발달단계 마디가 되는 구간마다 거치는 상징적이고 함축적인 문화를 '상징적 의례'라는 개념으로 정의했다. 예로부터 우리는 생일, 결혼, 장례, 제례 등의 의례를 기념하는 것을 매우 중하게 여겼다.

이러한 상징적 의례에 대해 터너(Turner, 1967)는 통과의례와 연중의례로 나누어 설명한다. 통과의례는 돌, 결혼, 환갑, 장례 등과 같이 일생에 한 번만 오는 의례로서, 이때 개인은 통과의례를 통해 새로운 질서나 정체성을 갖는다. 이에 비해 연중의례는 생일이나 제사처럼 매년 같은 시기 또는 같은 날에 행하는 의례를 말한다. 이에 대해 반 게넵(Van Gennep, 1960)은 이렇게 말했다. "통과의례는 삶의 주기적 단계를 만들고 그 안에 초월성을 끌어들이는 측면이 있기에 적극적 의례이며, 연중의례는 자연의 섭리에 순응시킴으로써 인간의 삶을 확인하고 생활의 율동을 주는 측면이기에 소극적 의례다."

통과의례로서 상례(喪禮)와 제례(祭禮)는 죽음과 관련된 것으로 당사자가 아닌 자식이나 후손에 의해 치르는 의례로서 가족을 중심으로 이뤄지고 있다. 이러한 상례와 제례는 약 2만여 년 전부터 출현한 것으로 추정되는데 의례의 핵심 요소는 초점화(focusing), 형식화(framing), 표현화(displaying)로 정리할 수 있다.

첫째, 초점화는 의례를 통해 고인이나 망자에 대한 기억을 불러내고 이를 고양시키거나 확장시켜 의례의 시간과 공간을 살아 있게 만드는 것이다. 이로써 실제화가 이뤄지고 기억을 창조적으로 변형시켜 의례적 시간을 성화(聖化)시킬 수 있다.

둘째, 형식화는 의례의 명백한 절차나 예법을 통해 자신이 표현하고자 하는 핵심적인 내용을 단계마다 규정하는 것이다. 이로써 죽음이 주는 충격을 의례를 통해 처리할 수 있다.

셋째, 표현화는 의례를 통해 세속(世俗)의 공간에서 성(聖)의 공간으로의 접근을 가능케 하며, 세속과 성의 공간을 연결하는 상징물로도 의례의 목적을 드러낸다. 예를 들면 의례의 행위로서 울기, 무릎 꿇기, 엎드리기, 절하기, 서 있기 등으로 복종, 공유, 순종, 정화 등의 감응을 신체화하여 드러냄으로써 슬픔과 고통스러움에서 점차 성스러운 감정과 역동적인 생명의 힘으로 참여자를 전환시키는 것이다.

이러한 의례는 정화작용으로 재창조한 공간에 성스러운 새로운 세계를 열게 된다. 이러한 세계가 재창조되는 우주론적 시각은 초점화된 의례의 주 대상이 의례가 열리는 시간과 공간의 중심이자 주인이 되게 하는 과정이라 할 수 있다.

II. 치료적 기제로서 의례

애도를 위한 치료적 기제로 사회적 관계, 애도의식, 영성, 의미 재구성, 견뎌내기 등 다양한 요소들이 있다. 이 중 윤득형(2019)은 의례의 중요성과 함께 의례의 주요 기능을 변화(transformation)로 봤다. 특별히 사별 이후에는 감정, 인지, 신체, 행동의 변화를 경험하는 유족들에게 삶과 죽음에 대한 새로운 관점을 함께 공유하고 일상 안에서 통합된 삶을 지속할 수 있는 역할을 하는 것이 매우 중요하다 역설했다.

사실 사회적 애도의식이나 종교적 애도의례는 고인과 애도자의 변화를 확인하는 과정으로, 애도자 스스로 지금 여기의 자리를 확인하며 상실 대상과의 분리를 도모하고 다시 살아가는 삶의 재통합을 이루어낸다. 여기가 치료적 기제로서 의식, 의례의 치유성을 분석하고 애도적 개입에서 새로운 치료 기제로서 의식이나 의례의 중요성이 주목되는 지점이라 하겠다.

실제 애도의식이나 의례는 인류 모든 문화권에서 그 시대와 문화권에 맞는 죽음에 대한 생각과 철학을 녹여냄으로써 애도 과정을 담은 형식 안에서 치유성을 품고 다양한 형태의 애도의례로 행해져 왔다.

실제 우리나라의 전통 상장례 의식은 호상(김시덕, 2012)에 행해지는 상장례 의례와 객사나 갑작스러운 죽음을 당한 망자의 영혼을 정화하기 위한 굿(지역에 따라 씻김굿, 오구굿, 지노귀굿 등으로 불림)에 이르기까지 다양하게 진행되어 왔다. 이 과정에서 죽은 자와 산 자 모두에게 죽음을 삶에 통합하며 이후 세상에 대한 성장과 성숙을 도모하려는 한국인의 생사관이 그대로 투영되어 있다. 또한 인류 보편적으로 나타나는 통과의례의 분리(separation) – 전환(transition/limen) – 통합(incorporation/re-aggregation) 의례와 정화 의례의 전 과정을 구체적인 절차와 상세한 행위로 담고 있다. 따라서 치료의 기제로 애도의 치유성이 증명되고 있다. 임종을 시작으로 부고를 알리고 염습을 하고 상여를 매고 매장하고 신주를 모시고 탈상에 이르는 상장례 의식 전 과정에서 이루어지는 의상과 소품, 노래와 행위 등은 다양한 문화의 총합으로 종합예술적 형태를 띠고 있다.

통과의례를 바탕으로 의식의 종류, 의례의 형태와 내용을 7가지로 나눌 수 있다. 첫째, 영역 통과의식으로 지리적인 영역 통과(territorial passage), 사회적 지위 변화에 수반되는 영역의 통과를 말한다. 둘째, 집단의 소속과 이탈에 관련된 의식으로 이방인에게 의례를 행하게 되는 것이다. 이방인을 중립화시키거나 이롭게 만들려는 의도로 의례가 행해진다. 그 내용은 부수되어 있는 특수한 속성들을 제거하려는 것이다. 셋째, 출생과 아동기의 의식을 말한다. 넷째, 입사식 등과 같이 성인이 되어 자리를 잡는 의식을 말한다. 다섯째, 약혼식, 결혼식과 같이 한 개인이 새로운 조직이나 체계로 전환되는 과정을 말한다. 여섯째, 임신과 출산의식으로 한 개체가 집단 체계로서 재생산을 다루는 과정을 말한다. 일곱째, 장례의식으로 산 자와 죽은 자를 삶과 죽음의 사이에 일시적으로 놓이게 함으로써 죽음에 의한 영향, 고통을 다룬 후 산 자는 삶으로, 죽은 자는 사자(死者)의 세계로 통합시키기 위한 것이다.

이처럼 통과의례는 개인사에서 발달 위기에 따른 변화와 혼란을 완충하여 이 과정을 무사히 통과하기 위한 의식으로, 일상 사회생활로부터의 분리 – 전환 – 통합/재통합이라는 과정을 거친다.

터너(Turner)는 반 게넵의 통과의례 단계별 특성을 정리했다.

첫째, **분리**는 예비의례(preliminal rites) 단계로서, 사람들은 현재 상태로부터 멀어져서 한 공간이나 상태에서 다른 것으로 옮기려는 준비를 한다. 개인이나 집단은 사회구조 내에서 이전에 고정되어 있던 지점으로부터의 격리(detachment)를 보여주는 상징적인 행동들을 하게 된다. 이 단계에서는 이전 자기로부터의 거리두기나 잘라내기(cutting away)가 있고 이는 상징적인 행동과 의례로 드러난다. 신성한 시공간과 세속적 시공간을 명확히 구분하여 제의적 주체들을 이전에 그들이 속해 있던 사회 층위로부터 분리시키는 것을 표현하는 상징적 행위들을 포함하며, 이 단계는 여러 가지 사회적 특징들이 상징적으로 첨예하게 전도되는 형태로 나타난다.

둘째, **전환**은 경계성(liminality)에 놓여 있는 단계로 '임계의례(liminal rites)' 또는 '문턱의례(threshold rites)'라고 부르기도 한다. 이 단계는 단계 사이에 존재하는 기간으로 한 공간이나 상태를 벗어났지만 다음 공간이나 상태로는 아직 들어가지 않은 중간 상태다. 경계성 또는 경계적 페르소나(liminal persona), 문턱에 서 있는 사람(threshold people)은 모호한 상태일 수밖에 없는 상황을 말한다. 제의 주체들은 일종의 애매성의 시기와 영역, 즉 어떤 결과로 생긴 사회적인 지위나 문화적인 상태의 속성들을 거의 가지고 있지 않은 일종의 사회적인 중간상태(Social Limbo)에 놓이게 된다. 이 단계는 여러 가지 차이점들을 희미하게 하고 소실시키는 단계로서 획일성, 구조적 불가시성, 익명성의 특징이 나타나는 시기라 할 수 있다.

셋째, **통합/재통합**은 식후의례(postliminal rites)라고 불리기도 하는데, 이 단계에 이르면 통과는 의례적 주제에 의해 완성된다. 이제 의례를 마치고 새로운 정체성을 받아들인 후, 새로운 상태로 사회에 재진입하게 된다. 재통합(re-aggregation)은 의식과 의례, 새로운 연결을 드러내는 외형적 상징들을 특징으로 한다. 의례에는 '성스러운 끈(sacred bond)', '성스러운 줄(sacred cord)', 매듭을 흔히 사용하거나, 기타 띠, 고리, 팔찌, 왕관과 같은 것들을 사용하여 제의적 주체들이 전체 사회 속에서 상대적으로 새롭고 안정되고 분명한 위치로 되돌아감을 나타내는 상징적인 현상들과 행동들을 포함한다. 이 단계는 어떤 향상된 지위, 좀 더 나은 단계를 표상한다.

그러나 반 게넵은 모든 의식에서 이 세 단계가 똑같이 중요하거나 똑같이 정교하게 행해지는 것은 아니며, 모든 의례 유형에서나 모든 민족에게서 동일하게 나타나는 것도 아니라고 말한다. 예를 들면, 애도 관련 의례에서는 분리 의례가 더 중요하게 다뤄지고, 임신에 관한 의식이나 입사식에서는 전환 의례가, 결혼식에서는 통합 의례가 더 중요하다는 것이다.

실제로 상실 경험을 분리 – 전환 – 통합/재통합 의례로 정리하면 다음과 같다.

먼저 애도자들은 고인과의 분리 의례를 통해 전환기에 들어가는데, 이 분리 의례의 특징은 일반적 정화 의례들이나 금기, 물리적 분리 행위들이 포함된다. 전환 의례는 삶과 죽음의 사이에서 망자의 사회적 지위에 따라 달라지기도 한다. 이후 통합 의례는 전환기에서 나와 사회로 재통합되는 과정으로서 필요하고, 주로 추모를 의미하는 의례들이 나타난다. 산 자의 이승으로의 통합, 죽은 자의 저승으로의 통합을 거쳐 탈상을 하게 된다.

Ⅲ. 치료로서의 애도작업

애도에 대한 두 가지 논쟁 중에 하나가 고인과의 분리냐 유대감 지속이냐 하는 문제다. 고인과의 분리를 주장하는 입장은 프로이트의 정신분석적 입장으로 프로이트는 애도 대상에 대한 리비도(libido)의 철회, 즉 고인에 대한 욕망을 포기하고 현실로 복귀하는 것을 정상적인 애도로 보았다. 애도자들은 고인을 현실 속에서 더 이상 찾지 않고 고인이 없는 현실을 수용하고 새로운 대상으로 리비도를 부착하는 것이 애도 과업이라고 했다(Freud, 1917, 1957). 이러한 입장은 워든(Worden, 2009)의 애도과업에서 더욱 강조되었다. 애도과업의 첫 단계는 고인의 죽음을 수용하고 상실로 인한 정서적인 고통을 잘 이겨내는 것이라 할 수 있다. 이후에 고인이 없는 새로운 현실에 재적응하고 고인이 없는 세상에서 새롭게 살아가는 의미와 방향을 찾는 것이라 할 수 있다(Shuchter, 1986).

그러나 고인과의 유대를 강조하는 데리다(Derrida)는 고인을 남은 자의 현실에서 제외시키는 것이 애도가 아니라 죽은 후에도 지속적으로 고인을 기억하고 오히려 더 사랑할 수 있다고 주장한다. "죽은 자를 우리 안에 존재하도록 하는 것, 이것이 (그에 대한) 신뢰의 최고 표현이 아니겠는가?"(2001)라고 하였고, 고인을 계속 신뢰하고 존중하는 것이 우리가 할 수 있는 최고의 애도라고 주장하기도 한다. 실제 이러한 입장을 반영하여 클라스, 실버만, 닉만(Klass, Silverman, Nickman)은 유대감 지속(Continuing Bonds) 이론을 통해 오히려 고인과의 유대감을 지속하는 것이 애도에 더 도움이 될 수 있다고 한다.

사실 분리냐 유대감 지속이냐를 이분법적으로 어느 것이 더 타당한가를 논증하는 것이 무리일 수 있다. 왜냐하면 어느 대상이냐, 어느 문화권이냐, 발달 단계에서 어느 위치냐에 따라 애도의 과업은 달라질 수 있기 때문이다. 실제 사별 대상(부모, 배우자, 자녀, 형제, 애완동물 등), 애도자의 자원과 애착 정도에 따라 애도는 달라질 수밖에 없기 때문이다. 오히려 애도 과정을 통해 고인이 없는 현실의 아픔을 딛고 고인과 상실 의미를 찾고 삶을 더욱 풍부하게 만드는 과정이 의미가 있지 않나 생각한다.

이야기치료 애도 상담의 이론적 근거를 제공한 마이어호프(Myerhoff, 1982)는 적극적으로 고인에 대한 이야기를 하는 것이 우리 삶을 더욱 풍부하게 한다고 강조했다. 애도 작업은 "기억을 지우는 것보다 오히려 온전히 기억하여 그 기억을 유지하는 것이 회복과 안녕에 더 필요하다"고 주장했다(1982). 진정한 애도란 고인과의 기억을 분리하는 것이 아니라 오히려 고인을 더 생생하게 기억하고 고인과의 유대감을 유지함으로써 현재 삶 속에 고인과의 관계를 지속하도록 하는 것이 중요하다고 강조한다.

이야기치료의 창시자 마이클 화이트(Michael White)는 「다시 안녕이라 말하기(Saying hullo again: The incorporation of the lost relationship in the resolution of grief)」(1998)에서 고인을 다시 애도자의 삶에 불러들이는 이야기 방식을 설명한다. '경험을 다시 경험하기(Experience of experience)' 챕터에서는 "돌아가신 분의 눈으로 지금 당신을 본다면, 그가 당신에 대해 소중하게 여겼던 어떤 점을 당신도 같이 볼 수 있습니까?"라는 질문을 던진다.

사실 이야기는 삶에 일어나는 경험을 이해하기 위해서 필수적이다. 터너(Turner, 1986)는 "삶의 경험은 우리가 말할 수 있는 이야기로 모두 다 표현해 낼 수 없을 만큼 풍부하다"고 주장하기도 한다. 그런데 애도 과정에서 대부분의 사람들은 사회문화적으로 고인이나 죽음에 대한 터부시로 고인을 잊어버리거나 고인이 없는 삶을 살아가도록 요구받는다. 시간이 지날수록 풀지 못한 경험들은 의식의 밖 한 구석에 깊숙이 묻혀버리거나 기억에서조차 사라져버린다. 데리다(2001)는 이러한 분리와 망각을 고인에 대한 폭력이란 표현으로 비정상인 애도라 했다.

Ⅳ. 애도적 개입으로서 정의예식과 회원 재구성

1. 정의예식

이야기치료에서 정체성을 재정의하는 예식이 있다. '정의예식(definitional ceremony)'이라고 부르는 것이다. 이것은 마이어호프의 '정체성 선언'을 토대로 만들어진 개념으로 사람들은 자신의 정체성을 다른 사람들에게 지속적으로 선언하는 것이 중요하다고 한다. 대부분의 정체성은 사람들과의 관계에서 표현되는 이야기가 정체성이 되기 때문이다. 따라서 정의예식은 사별경험 후 새롭게 자신의 정체성을 구축하는 과정으로 이 과정을 통해 자신의 정체성을 좀 더 확고하게 만들 수 있으며, 애도 과정에서 삶으로 나아가는 데 도움을 줄 수 있다.

정의예식은 내담자가 신중하게 선발한 회원 등 외부 증인을 청중으로 초청하여 그들 앞에서 자신의 삶을 이야기하고 재현할 수 있는 장을 제공하는 것이다. 내담자가 자신의 삶에 대해 말하고 외부 증인들이 다시 말하는 것을 통해 자기 삶의 목표와 헌신, 꿈 등을 재확인하고 자신이 선호하는 정체성을 인정하는 사회적인 과정이라고 할 수 있다.

정의예식 진행은

① 먼저 내담자와 상담자가 말하고(telling),

② 내담자가 말한 것에 대해 외부 증인들이 말하고(retelling),

③ 외부 증인들이 말한 것에 대해서 내담자와 상담자가 다시 말하는 (retelling of retelling) 과정으로 진행된다.

외부 증인은 내담자가 형성한 새로운 이야기를 지지하고 확인해 주는 역할을 할 수 있는 사람이어야 한다. 내담자의 새로운 이야기가 담고 있는 가치와 열망에 대해 연대감을 형성해 주고 그 사람의 대안적 이야기를 유지하고 지지해 주는 역할을 할 수 있는 사람이어야 한다. 외부 증인들이 진술을 할 때 비난은 금지이며, 형식적인 칭찬이나 평가, 조언, 교훈 등은 하지 않도록 한다.

외부 증인들이 말하는 재진술(retelling)을 할 때에는 4단계를 고려한다.

첫째, 표현 단계로 내담자의 이야기를 듣고 가장 와 닿는 부분이나 기억 난 이야기를 나누게 한다. 이때 내담자가 이야기한 단어나 문장, 감정이나 기분 등 마음에 와 닿는 표현에 대해 이야기한다.

둘째, 이미지를 이야기하는 단계로 내담자의 이야기를 들으면서 관련되어 떠오른 이미지가 있다면 이야기를 나눈다. 내담자의 이야기가 주는 이미지나 또는 내담자의 삶의 가치와 정체성에 대한 이미지를 살핀다.

셋째, 공명 단계로 내담자의 이야기를 듣고 내 삶의 경험과 어떤 점이 비슷하고 무엇이 떠올랐는지 말한다. 이 부분은 서로의 삶이 연결될 수 있음을 의미하고 소통하는 과정이다.

넷째, 전달과 이동 단계로 내담자의 이야기가 외부 증인에게 어떤 영향을 미쳤고 어떤 변화를 주었는지에 대한 이야기를 나눈다. 내담자는 이 부분에서 자신의 이야기가 다른 사람에게 영향을 미칠 수 있고 감동을 줄 수 있다는 사실에 새로운 정체성을 형성하게 된다.

이처럼 사람들은 다른 사람들과 함께 만든 이야기적 현실을 통해 자신의 경험에 의미를 부여하며, 이렇게 구성된 실재를 통해 자기 삶의 정체성을 구축하며 살아간다. 정의예식은 애도 과정에서도 이야기를 통해 상처받은 서로의 마음을 탐색하며, 서로가 주고받는 대화를 통해 서로의 아이디어를 주고받으면서 지금까지와는 다른 새로운 의미를 발전시켜 '지금까지 말하지 않은' 가능성, '지금까지 말하지 않은' 이야기를 열어가도록 하는 것이다.

2. 회원 재구성

이야기치료에서 회원 재구성(re-membering)은 "특별한 양식의 기억을 지칭하는 것으로 여러 회원들을 다시 모으는 데에 주의를 기울이는 것"으로 정의할 수 있다(Myerhoff, 1982). 과거 인연을 맺었던 사람을 회원이라고 부르며,

회원 재구성 대화는 회원과의 만남의 유산이나 인격의 자원들, 소중한 가치들을 기억을 통해 되살려내는 대화를 말한다. 회원의 재구성은 치료적 대화를 위한 새로운 가능성을 제공하는 과정으로 자신의 인생에서 부정적이었던 사람들은 제명시키고 대신 좋은 영향을 미친 사람들을 기억해 내고 영광스러운 회원으로 임명할 수 있다. 이는 자신이 선호하는 정체성 이야기를 더 풍성하게 만들 수 있게끔 도울 뿐 아니라 그들이 원하는 방식대로 행동할 수 있는 지지 체계를 제공하게 해준다. 다른 사람들과의 관계를 통해 정체성은 형성될 수 있기에 회원 재구성 대화는 사람들의 정체성 형성에 중요한 영향을 미칠 수 있다.

애도 상담에서 회원은 애도와 관련된 고인이며 고인의 눈을 통해 애도자에 대한 이야기를 발전시키는 것이다. 이때 중요한 것은 사실적인 보고보다 기억의 진실성이다. 과거를 다시 경험하도록 하는 이야기의 목적은 이야기 주인공의 긍정적인 자원들을 기억해 현재 활용할 수 있도록 하기 위함이다. 이런 회원 재구성 대화는 상실로 인해 어려움에 처한 사람들이 과거 여러 기억 중에서 의도적으로 그들의 자존감을 높여주거나 새로운 정체성을 풍부하게 구축하는 데 도움이 되는 방법일 수 있다.

예기치 못했던 죽음, 원하지 않았던 죽음, 사회적 참사나 가족의 자살과 같은 불행한 죽음 등의 주제를 다루면서 이야기치료는 애도자 삶의 유용한 지식과 기술들을 발견하고 이를 체화하도록 하는 것을 목표로 한다. 따라서 애도 상담에서도 애도 당사자의 정체성과 삶에 대한 풍부한 대안적 이야기를 하는 것은 매우 중요한 이야기의 지향점이 될 수 있다. 이 과정을 통해 이야기치료에서 애도상담은 고인이 떠나도 그 사람과의 관계는 지속하게 하며 애도자의 삶을 풍부하게 하고 새로운 삶의 저작을 촉진하도록 한다. 이 과정을 통해 고인들이 남겨놓은 유형, 무형의 유산을 잘 활용하여 애도자들이 새로운 삶의 에너지를 얻을 수 있도록 돕는 것을 강조한다. 실제 이야기는 잠시 중단되었더라도 다시 이야기를 통해 불가능해 보이는 만남을 지속시켜 줄 수 있는 방법 중에 하나다. 사랑하는 사람들에 대한 기억을 돌이키고 새로운 해석을 함으로써 사람들은 오히려 자신의 존재감을 되찾거나 삶의 질서를 얻을 수 있다(Myerhoff, 1982).

V. 나오며

상실 이후 '남겨진 자'로서 그가 경험한 세상을 상실 이전으로의 세상으로 복구하는 것은 불가능하다. 오히려 상실을 수용하고 삶의 변화 과정에서 경험할 수밖에 없는 일들을 통과하면서 우리들은 살아갈 날들을 위한 여정을 시작한다. 어쩌면 의례라는 형식을 통해 우리들은 삶의 본질은 고통이며 상실과 이별은 삶을 살아가는 누구에게나 경험할 수밖에 없는 것이며 오히려 잘 애도하고 잘 기억하는 것이 치유와 회복의 문을 여는 것임을 확인한다. 이런 면에서 다양한 애도의 의례와 이야기치료에서 말하는 애도하는 정의예식은 애도 과정에 중요한 기제로서 작용할 수 있다.

물론 종교가 다르고 문화가 다르기에 각기 수용할 수 있는 문화적인 의례와 형식이 다르지만 본질적으로 의례에서 말하는 요소들을 담고 있기에 의례는 슬픔을 표현하기도 하고, 주변의 지인들로부터 위로를 받음으로써 애도와 함께 상실과 사별을 수용하게 된다. 실제 의례는 인간의 근원적인 측면에서 몸과 맘, 영적인 측면, 사회적인 측면에서 틀을 짓고 표현하게 하여 그들의 삶을 회복하게 한다. 그래서 의례가 없는 애도는 불가능한 애도가 될 수 있다. 의례는 자신들이 처한 역사적, 문화적 상황을 반영하며 성스럽고 인간적인 가치의 무한한 단면들을 보여준다 할 수 있다. 문화가 변하듯이 의례의 양상은 변할 수 있지만 삶의 변화는 불가피한 진리이듯이 그 자체로서 살아있는 고유한 형태일 수밖에 없다. 이 과정을 통해 함께 삶을 살아왔던 가족과 친지, 모든 반려자와 영원히 이별을 고하게 되며, 죽음이라는 한계상황에 직면하여 고인과 애도자를 분리하고 고인의 자리를 만들어내는 절차로서 모든 통과의례 중에 가장 중요한 예법이 상실과 애도에 관련된 예법이 아닌가 싶다. 이와 관련하여 다니엘 에르비외 레제(Danièle Hervieu-Léger)의 『죽는다는 것은 무엇인가』에서 한 문장으로 글을 마무리하려 한다.

"죽음은 원래는 특정 사회의 문화적, 정치적, 심리적, 감정적 표현방식을 초월하는 경험이지만 한 시대, 한 장소, 한 집단에 고유한 '상징적 포장'으로 다듬는 작업에 의해 사회마다 차이가 생겨나는 것이다."

_ 다니엘 에르비외 레제

๑๑ 애도 관련 의례에 대해 생각해 봅시다

1. 자신이 경험한 애도의례는 어떻게 진행되었고 어떠했습니까?

2. 애도의례를 통해 도움받은 점은 무엇이고 어려움은 어떤 것들이 있었습니까?

3. 만약 자신이 사랑하는 가족에 대한 애도 관련 의례를 주관한다면 어떻게 하고 싶습니까?

4. 자신의 죽음에 대한 애도의례를 구성해 본다면 어떻게 할 것입니까?

참고문헌

1장 죽음을 바라보는 시선

1 낯선 죽음의 시대와 생사학

곽혜원, 『존엄한 삶, 존엄한 죽음』, 새물결플러스, 2014.

박상환, 『라이프니츠와 동양사상 – 비교철학을 통한 공존의 길』, 미크로, 2005.

한림대학교생사학연구소 엮음, 『죽음을 두고 대화하다』, 모시는사람들, 2015.

배영기, 『죽음에 대한 문화적 이해』, 한국학술정보, 2006.

부위훈, 『죽음, 그 마지막 성장』, 청계, 2001.

시마조노 스스무·다케우치 세이치, 『사생학이란 무엇인가』, 정효운 옮김, 한울, 2010.

林綺雲 외, 『죽음학』, 전병술 옮김, 모시는사람들, 2012.

한국죽음학회 웰다잉 가이드라인 제정위원회, 『죽음맞이』, 모시는사람들, 2013.

한림대학교생사학연구소 엮음, 『생과 사의 인문학』, 모시는사람들, 2015.

천선영, 『죽음을 살다 – 우리 시대 죽음의 의미와 담론』, 나남, 2012.

2 죽음의 심리학 – 죽음의 불안과 심리

권석만, 『삶을 위한 죽음의 심리학』, 학지사, 2019.

강선보 외, 『죽음과 교육』, 동문사, 2019.

박충구, 『인간의 마지막 권리』, 동녘, 2019.

어니스트 베커, 『죽음의 부정』, 노승영 옮김, 한빛비즈, 2019.

이이정, 『죽음학 총론』, 학지사, 2011.

3 죽음문화와 역사

박서현, 「하이데거에 있어서 '죽음'의 의의」, <철학>, 109, 177-202쪽, 2011.

박정은, 『슬픔을 위한 시간』, 옐로브릭, 2018.

박충구, 「인간 죽음의 역사」, <기독교사상>, 715, 160-172쪽, 2018.

박형국, 『죽음과 고통 그리고 생명』, 모시는사람들, 2015.

심승환, 「키에르케고어와 하이데거 사상에 나타난 죽음의 교육적 의미와 죽음교육
의 방향 고찰」, <교육철학연구>, 41(1), 65-95쪽, 2019.

신승환, 『철학, 인간을 답하다』, 21세기북스, 2014.

이근무·김경희·유지영, 말기암 노인 환자들의 죽음인식에 대한 현존재분석」,
<한국노년학>, 42(4), 833-853쪽, 2022.

이명곤, 「키르케고르: 죽음에 관한 진지한 사유와 죽음의 형이상학적 의미」, <철학
연구>, 131, 303-330쪽, 2014.

이은희, 「길가메쉬 서사시에 나타난 죽음 이해」, 강남대학교 박사학위논문, 2018.

최혁, 「포스트 코로나바이러스 시대의 죽음 이해: 하이데거와 사르트르를 중심으
로」, <철학연구>, 130, 303-332쪽, 2020.

홍은영, 「우리 시대의 죽음담론에 대한 시론」, <의철학연구>, 16, 87-114쪽,
2013.

2장 죽음을 둘러싼 도덕성

4 죽음과 윤리

권석만, 『삶을 위한 죽음의 심리학』, 학지사, 2019.

김철영, 「자살의 사회적 원인과 도덕적 치료에 관한 연구: 에밀 뒤르껭의 사회적
자살론을 중심으로」, <장신논단>, 36, 103-146쪽, 2009.

이이정, 『죽음학 총론』, 학지사, 2011.

임종식, 『생명의 시작과 끝』, 로뎀나무, 1999.

한림대학교 생사학연구소, 『생명과 인간존엄에 대한 숙고』, 박문사, 2018.

EBS 편집부 엮음, 『EBS 뉴탐스런 생활과 윤리』, 한국방송공사, 2014.

5 생애 말기 의사소통

가톨릭대학교 간호대학 호스피스연구소, 『호스피스 완화돌봄』, 현문사, 2022.

노유자 외, 『호스피스·완화의료』, 현문사, 2018.

노유자·한성숙·안성희·김춘길, 『호스피스와 죽음』, 현문사, 1997.

마셜 B. 로젠버그, 가브리엘레 자일스, 『상처 주지 않는 대화』, 강영옥 옮김, 파우
제, 2019.

문도호, 「환자 및 가족과 팀원 간의 의사소통」, <호스피스 학술지>, 6(1), 68-70

쪽, 한국호스피스협회, 2006.

박명희, 『임종돌봄표준지침 가이드북』, 가톨릭대학교 서울성모병원 호스피스완화의
　료센터, 2018.

서울대학병원 완화의료 임상윤리센터, 『코로나19 시대의 임종돌봄 의사소통 매
　뉴얼』, 2020.

양수, 「호스피스 대상자와의 의사소통」, <호스피스>, 21, 7-10쪽, 한국가톨릭호스
피스협회, 2001.

엘리자베스 존스톤 테일러, 『어떻게 말할까?』, 한국호스피스완화의료학회 영적돌봄
　연구회 옮김, 현문사, 2023.

정여정, 「임종상담이 호스피스 환자 가족의 죽음에 대한 인식, 불안, 임종준비도에
　미치는 영향」, 충남대학교 대학원 석사학위논문, 2020.

최혜정·이대영, 신선미, 「호스피스 자원봉사자가 인식한 의사소통 실천 경험에 대
　한 탐색적 연구」, <신학과 사회>, 36(3), 337-368쪽, 21세기기독교사회문화아카
　데미, 2022.

한국호스피스완화간호사회, 『호스피스 완화간호』, 현문사, 2021.

황애란, 「호스피스 대상자와의 의사소통」, <한국호스피스완화의료학회지>, 11(1),
　1-11쪽, 한국호스피스완화의료학회, 2008.

Betty, R., & Nessa, C., & Judith, Paice, *Oxford textbook of palliative
　Nursing*, NewYork: Oxford University press, 109, 2015.

Bukman, R., *How to Break Bad New: A Guide for Health Care Profession*,
　Balti-more: The Johns Hopkins University Press, 1992.

Julia Balzer Riley, 『인간존중과 의사소통』, 현명선·공성숙 외 옮김, 학지사메디
　컬, 2021.

Paul-Brown, D., Holland, A., Frattali, C., & Thompson, C. K., *Quality of
　Communication Life Scales(QCL)*, American Speech-Language-Hearing
　Association, 2004.

로버트 버크만, 『무슨 말을 하면 좋을까』, 모현호스피스 옮김, 성바오로출판사,
　2014.

6 용서와 화해

삶과죽음을생각하는회, 웰다잉교육 전문강사 양성교육 교재, 우애령, 「용서와 화
　해」, 2011.

에버렛 워딩턴, 『용서와 화해』, 88-89쪽, 213쪽, 220쪽, IVP(한국기독학생회출판부), 2006.

김주환, 『내면소통』, 592쪽, 인플루엔셜, 2023.

스티븐 체리, 『용서라는 고통』, 황소자리, 2013.

송봉모, 『상처와 용서』, 바오로딸, 2011.

송봉모, 『미움이 그친 바로 그 순간』, 바오로딸, 2011.

홍성남, 『벗어야 산다』, 아니무스, 2011.

마르틴 파도바니, 『상처입은 감정의 치유』, 분도출판사, 2010.

마태오 린 외, 『내 삶을 변화시키는 치유의 8단계』, 생활성서사, 2003.

마이클 포드 엮음, 『헨리 나웬의 살며 춤추며』, 바오로딸, 2010.

안셀름 그륀, 『황혼의 미학』, 분도출판사, 2009.

루이스 스미디스, 『용서의 미학』, 이레서원, 2005.

딕 티비츠, 『용서의 기술』, 알마, 2008.

3장 죽음교육과 상실치유 이야기

7 사별에 대한 평가와 개입

권석만, 『현대 이상심리학』, 학지사, 2003.

권석만, 『삶을 위한 죽음의 심리학』, 학지사, 2019.

Association for Death Education and Counseling, *Handbook of Thanatology*, 2nd edition, Routlege, 2013.

Worden, J. William, *Grief counseling and grief therapy: A handbook for the Mental health practitioner*, 5th edition, Springer Publishing Company, 2018.

Stephen J. Freeman, 『애도상담 – 상실과 비애에 관한 지침서』, 이동훈·강영신 옮김, 사회평론아카데미, 2019.

David W Kissane, Maria Mckenzie, Sidney Bloch, Chaya Moskowitz, Dean P Mckenzie, *Family focused grief therapy: a randomized, controlled trial in palliative care and bereavement*, American Journal of Psychiatry Association, 163(2006), pp.1208-1218.

Paul A. Boelen, Marcel A., Van Den Hout, Jan Van Den Bout, *A Cognitive-Behavioral Conceptualization of Complicated Grief*, Department of Clinical Psychology: Science and Practice, 13(2006), pp.109-128.

Sandler, I. N., Ma, Y., Tein, J. Y., Ayers, T. S., Wolchik, S., & Kennedy, C., *Long-term effects of the family bereavement Program on multiple indicators of grief in parentally bereaved children and adolescents*, Journal of Consulting and Clinical Psychology, 78, pp.131-144, 2010.

Shear, K., Frank, E., Houck, P. R., & Reynolds, C. F., *Treatment of complicated grief: a randomized controlled trial*, Journal of the American Medical Association, 293, pp.2601-2608, 2005.

Robert A. Neimeyer, *Narrative strategies in grief therapy*, Journal of Constructivist Psychology, 12, pp.65-85, 2010.

8 상실과 심리치유

육성필·박혜옥·김순애, 『애도의 이해와 개입』, 박영스토리, 2019.

윤득형, 『슬픔학개론』, 샘솟는기쁨, 2015.

마리아의 작은 자매회, 『모현상실수업 7기 교재』, 2016.

David K. Switzer, 『모든 상실에 대한 치유, 애도』, 최혜란 옮김, 학지사, 2011.

Stephen J. Freeman, 『애도상담』, 이동훈·강영신 옮김, 사회평론아카데미, 2019.

베레나 카스트, 『애도』, 채기화 옮김, 궁리, 2015.

이해수, 「반려동물 상실에 따른 반려인의 그리프 케어(Grief Care)와 장송(葬送)에 관한 연구」, 동국대학교 불교대학원 생사문화산업학과 석사학위논문, 2019.

차유림, 「부모사별 청소년의 적응에 관한 연구: 적응유연성 관점으로」, 서울대학교 대학원 사회복지학과 박사학위논문, 2012.

Hooyman, N. R., & Kramer, B. J., *Living through loss: interventions across the life span*, Columbia University Press, 2006.

9 외상성 죽음대처

신명진, 「세월호 유가족의 사별경험」, 한양대학교 임상간호정보대학원 석사학위논문, 2016.

서경숙, 「외상적 상실을 경험한 세월호 유가족의 애도과정에 관한 현상학적 연구」, 서울신학대학교 신학전문대학원 박사학위논문, 2023.

방서현, 「중고등학생의 사이버불링 피해경험과 자살생각 및 우울의 관계: 사회적 지지의 조절된 매개효과를 중심으로」, 숭실대학교 대학원 석사학위논문, 2023.

김태경, 「살인피해자 유가족의 경험과 한국형 심리지원 방안모색을 위한 제언」, <피해자학연구>, 23(2), 93-125쪽, 2015.

서영석·조화진·안하얀·이정선, 한국인이 경험한 외상사건: 종류 및 발생률」, <한국심리학회지>, 24(3), 671-701쪽, 2012.

오시현 외, 「자살시도자와 자살 사망자의 자살 방법, 스트레스 요인 및 정신과적 진단」, <수면정신생리>, 29(1), 15-20쪽, 2022.

최미영 외, 「일반인에서의 재난인식, 재난태도, 재난대처능력 간 영향관계」, <한국정보통신학회 2022년 추계 종합학술대회 논문집>, 314-317쪽, 2022.

유지영, "뒤르켐의 자살론과 자살예방정책", 대학원신문, 2018.

정정엽, "자살 예방, 죽음의 그림자로부터 소중한 이들을 지키는 방법", 정신의학신문, 2022, https://www.psychiatricnews.net/news/articleView.html?idxno=33792

권석만, 『현대 이상심리학』, 학지사, 2023.

APA, 『DSM-5 간편 정신질환진단 통계편람』, 학지사, 2018.

American Psychiatric Association, *Diagnostic and statistical manual of mental disorders: DSM-5*, 2013.

10 문학치료학을 활용한 죽음교육

신동흔, 『스토리텔링 원론』, 아카넷, 2018.

신동흔, 「문학치료학 서사이론의 보완 확장 방안 연구-서사 개념의 재설정과 서사의 이원적 체계」, <문학치료연구> 38권, 한국문학치료학회, 2016.

정운채, 「자기서사의 변화 과정과 공감 및 감동의 원리로서의 서사의 공명」, <문학치료연구> 25권, 한국문학치료학회, 361-381쪽, 2012.

정운채, 「문학치료학의 서사이론」, <문학치료연구> 9권, 247-278쪽, 한국문학치료학회, 2008.

이강옥, 『죽음서사와 죽음명상』, 역락, 2020.

　여기에서 이강옥은 죽음서사는 저승환생담, 임종담과 해탈성불담, 이승혼령담, 환생담, 이승저승관계담, 부활담 등으로 나누고 있다. 본 연구에서는 죽음의 서사는 죽음을 소재로 다룬 이야기임을 밝힌다.

정운채, 「서사의 다기성(多岐性)을 활용한 자기서사 진단 방법」, <고전문학과 교육> 10권, 한국고전문학교육학회, 107-138쪽, 202쪽, 2005.

김혜미, 「구비설화를 활용한 청소년 생명지킴이의 생명존중인식 변화 사례 연구」, <문학치료연구> 54권, 한국문학치료학회, 173-216쪽, 2020.

김혜미, 「구비설화를 활용한 자살예방 문학치료 프로그램 사례연구 - 자살위험군 사례자 A를 대상으로」, <문학치료연구> 50권, 한국문학치료학회, 2019.

신동흔, 『한국문학치료학회 문학심리분석상담사 2급 양성과정 강의자료집 - 문학치료학의 원리와 실제』, 3쪽, 2021.

양준석 외, 『생사학 워크북 1』, 솔트앤씨드, 16-19쪽, 2023.

김혜미, 「구비설화 <내 복에 산다>의 전승 가치와 그 현대적 활용 방안-청소년의 동화창작프로그램 사례를 통하여」, <고전문학과 교육> 제29집, 한국고전문학교육학회, 355-358쪽, 2015.

전병술, 「대만에서의 생사학」, 2005년 10월 29일 제18회 한국철학자대회 발표논문, 대회보 2, 475-487쪽.

이미영, 「삶과 죽음을 구연하는 스토리를 통한 청소년 죽음교육 사례연구」, 한림대학교 대학원 생명교육융합 협동과정 생사학전공 석사논문, 2021, 일부 발췌.

김혜미, 「구비설화 <구복여행>을 활용한 청소년 생명지킴이 문학치료 프로그램 사례연구 - 토의와 재창작을 중점으로 둔 프로그램의 설계와 실행」, <인문과학연구> 제67집, 강원대학교 인문과학연구소, 37-62쪽, 2020.

이미영·김혜미, 「설화를 활용한 40대 기혼여성 자살고위험군 상담사례 연구 - 부정적 모성대물림으로 배우자와의 갈등을 보이는 사례자를 대상으로」, <독서치료연구>, 13(1), 한국독서치료학회, 19-44쪽, 2021.

서사와문학치료연구소, 『행복한 삶과 문학치료』, 152쪽, 쿠북, 2016.

인지심리학 쪽에서 진행돼온 이야기 스키마 관련 논의로는 바틀렛, 브루노, 맨들러와 존슨, 쏜다이크 등의 논의를 주목할 만하다. 이에 대한 자세한 논의는 Lee Seunghwan, 「A Review of Story Grammers」, <어학연구> 제20집(3), 서울대 어학연구소, 1984. ; 신동흔, 「인지기제로서의 스토리와 인간연구로서의 설화연구」, <구비문학연구> 제42집, 한국구비문학회, 65-72쪽, 2016.

정운채, 「문학치료학의 서사이론에 입각한 창작이론」, <문학치료연구> 제26집, 한국문학치료학회, 407-423쪽, 2013.

사노 요코 글·그림, 『100만 번 산 고양이』, 김난주 옮김, 비룡소, 2019.

11 애도를 위한 정의예식

고미영, 「이야기치료의 애도상담에 대한 사례 연구」, <교육문화연구>, 25(3), 인하대학교 교육연구소, 2019.

마리아의 작은 자매회, 『사별상실 동반가이드』, 2011.

양준석, 『코로나를 애도하다』, 솔트앤씨드, 2022.

윤득형, 『슬픔학개론』, 샘솟는기쁨, 2015.

황성일, 「유족의 죽음인식 수용방안 – 상장례를 중심으로」, 동국대학교 석사학위논
　　문, 2014.

정진영, 「연극치료 의식기법을 활용한 애도상담프로그램 개발과정 연구」, 한국상담
　　대학원대학교 석사학위논문, 2021.

장 클로드 아메장·다니엘 에르비외 레제·에마뉘엘 이르시 외, 『죽는다는 것은 무
　　엇인가』, 김성희 옮김, 알마, 2013.

Stephen J. Freeman, 『애도상담』, 이동훈·강영신 옮김, 사회평론아카데미, 2019.

생사학실천마을

(https://ssmaeul.tistory.com)

생사학실천마을은 생사학 관련 활동가들이 모여 각자 보유한 지식과 자산을 상호 소통하고 순환하여, 삶과 죽음의 존엄과 의미를 끌어내는 의식 전환을 추구하는 애도 코뮤니타스입니다. 이를 위해 회원간 긴밀한 연대와 협조를 도모하고 생사학 발전을 지원하며 국내외 죽음교육 관련 단체와 교류함으로써 기꺼이 수용하는 건강한 사회와 공동체 발전에 이바지함을 목적으로 합니다.

2021년 3월 28일 '웰다잉 문화조성 관련 동향에 대한 난상토론'을 중심으로 모임을 시작하였으며 이후 죽음 관련 저자와 만남, '생사학과 죽음교육 기초 및 실제 과정'을 운영하고 있으며, 생사문화 관련 스터디와 토론회, '생사문화주간' 운영 등을 통해 생사학을 현장에서 씨를 뿌리고 일구는 작업을 하고 있습니다. 생사학실천마을은 우선적으로 생사학 활동가 네트워크 활성화를 도모하고 있으며, 더불어 생사학 연구지원과 생사 문화활동 활성화를 위해 크게 3팀으로 모임을 구성하여 운영하고 있습니다.

생사학실천마을은
함께 연구하고 작업하며 실천합니다.

사유와 성찰

연구 Study
- 공동 Study
- 공동연구
- 생사학아카이브

공유와 확산

실천 Link
- On-Line 공간
- 네트워크운영
- 연대(연구소, 협회)

소통과 케어

작업 Work
- 교육(지역, 학교)
- 애도상담집단
- 프로그램개발

사유와 성찰을 위한 연구팀에서는 한국적 생사학 정립과 확산을 위한 공동 스터디와 공동연구사업, 자료집 출간과 번역·출판사업을 기획 운영하고 있습니다.

공유와 확산을 위한 실천팀에서는 자살예방과 생사문화 실현을 위한 시민문화사업 등을 기획하고 있으며, 관련 단체와의 연대와 네트워크 운영에 힘을 쏟고 있습니다.

소통과 돌봄을 위한 교육팀에서는 생사학 관련 교육과 학교·기관·지역에서 생사학 강좌사업을 운영하고 있으며 애도 프로그램 집단 개발과 운영을 위한 사업을 기획하고 있습니다.

현재 생사학실천마을 구성원은 지역에서도 활발히 활동을 하고 있습니다. 소개하면, 생사학아카데미(이지원 소장), 부산 웰다잉문화연구소(오영진 소장), 마음애터 협동조합(양준석 대표), 아주작은상담실 공감(정영미 소장), 글수레(김경희 원장), 웰다잉포유연구소(이미영 소장), 펫로스애도연구회(장헌정 대표), 소금나무 생사학 연구소(김장원 소장) 등이 활동하고 있습니다.

몸과 마음의 조화 **솔트앤드**

"존재하는 모든 것에는 이유가 있다! 당신도 그렇다!"
15년간 숲 해설을 하며 자연에서 배운 삶의 지혜

추순희 지음

"사진과 함께 보니 그곳에 있는 것 같기도 하고, 녹차 같은 책이네요."
_ 알라딘 독자 maru×××

40년간 맥진기로 맥동과 맥파를 해석…
"병명을 몰라도 병인을 알면 치료할 수 있다!"

숨어 있는 병의 원인을 과학적으로 찾아내는
한의학적 건강검진

황재옥 지음

30년간 3만명 이상의 임상 사례에 따른 결론…
"이명은 전신질환이다!"

67밴드 미세청력검사와 10가지 한의학적 진단에 따른 치료

이내풍 지음